»Meine Mutter sagte immer, dass mein Vater ein Verlierer sei. Aber er war auch ein Dieb. Doch wenn ich gewusst hätte, wer hinter ihm her ist, hätte ich nie zugelassen, dass er meine kleine Schwester und mich entführt.«

Gastonia, North Carolina. Easter Quillby und ihre jüngere Schwester Ruby leben nach dem Tod ihrer Mutter in einem Kinderheim. Den beiden Mädchen sind nur noch die Großeltern im fernen Alaska geblieben. Bis plötzlich eines Nachts ihr Vater auftaucht und sie aus dem Heim entführt. Wade Chesterfield will eine zweite Chance mit seinen Töchtern, endlich für sie da sein und anderswo ein neues Leben mit ihnen beginnen. Doch das Verschwinden der Mädchen bleibt nicht lange unbemerkt. Brady Weller, ehemaliger Detective und Vormund der beiden, nutzt seine alten Kontakte, um Wade auf die Spur zu kommen. Aber er ist nicht der Einzige: Auch der brutale Auftragskiller Pruitt, der nach vielen Jahren Rache an Wade nehmen will, verfolgt die kleine Familie. Denn Wade hat etwas bei sich, das ihm nicht gehört. Und hat völlig unterschätzt, in welch große Gefahr sein Handeln Easter und Ruby bringt …

»Ein Roman von geradezu hypnotischer Stärke – zutiefst erschütternd und großartig erzählt.«

The New York Times zu »Fürchtet euch«

Wiley Cash stammt aus einer Bergregion im äußersten Westen North Carolinas, und sein Heimatstaat ist auch der bevorzugte Schauplatz seiner Romane. Mittlerweile lebt der Autor mit seiner Frau in West Virginia. Dort unterrichtet er am Bethany College amerikanische Literatur und Creative Writing. Im Moment arbeitet er an seinem nächsten Roman.

Außerdem bei FISCHER Taschenbuch erschienen:
»Fürchtet euch«

Weitere Informationen, auch zu E-Book-Ausgaben, finden Sie bei www.fischerverlage.de

WILEY CASH

Schaut nicht zurück

ROMAN

Aus dem Amerikanischen
von Ulrike Wasel
und Klaus Timmermann

FISCHER Taschenbuch

MIX
Papier aus verantwortungsvollen Quellen
FSC
www.fsc.org
FSC® C083411

Deutsche Erstausgabe
Erschienen bei FISCHER Taschenbuch
Frankfurt am Main, Oktober 2014

Die Originalausgabe erschien 2014 unter dem Titel
»This Dark Road to Mercy« bei William Morrow,
an imprint of HarperCollins Publishers, New York.

Satz: Fotosatz Amann, Memmingen
Druck und Bindung: CPI books GmbH, Leck
Printed in Germany
ISBN 978-3-596-19444-5

Für Familien aller Art

Woher ihr kommt, das ist verschwunden, wohin ihr zu gehen glaubtet, war niemals da, und wo ihr seid, taugt nichts, es sei denn, ihr könnt davor weglaufen. Wo also ist eure Bleibe? Nirgendwo.

Nichts außerhalb von euch kann euch eine Bleibe sein … In euch selbst ist die einzige Bleibe, die ihr habt.

– Flannery O'Connor, *Die Weisheit des Blutes*

1 *Easter Quillby*

Wade verschwand aus unserem Leben, als ich sechs Jahre alt war, und in dem Jahr, als ich zwölf wurde, tauchte er wie aus dem Nichts wieder auf. Da hatte ich mir schon mein halbes Leben lang von Mom anhören müssen, dass er an allem schuld war, angefangen beim Strom, der uns abgedreht wurde, bis zu der Tatsache, dass Ruby und ich keine vernünftigen Schuhe für die Schule hatten, und als er dann wiederkam, hatte ich längst beschlossen, dass er der Loser war, als den sie ihn immer bezeichnet hatte. Aber dann stellte sich heraus, dass er noch viel mehr war. Nämlich auch ein Dieb, und wenn ich gewusst hätte, was für Leute hinter ihm her waren, hätte ich nie im Leben zugelassen, dass er mich und meine kleine Schwester aus Gastonia, North Carolina, mitnahm.

In meinen frühsten Erinnerungen an Wade nimmt Mom mich mit ins Baseballstadion Sims Field, damals, lange vor ihrem Tod. Sie zeigte dann aufs Spielfeld und sagte: »Da ist dein Daddy, da hinten.« Ich war damals höchstens drei oder vier, aber ich kann mich noch genau erinnern, wie ich aufs Infield starrte, wo alle Männer in ihren Trikots genau gleich aussahen, und mich fragte, wie ich meinen

Daddy bei einem Baseballspiel je erkennen sollte, wenn er genau wie alle anderen aussah.

Wenn ich jetzt daran denke, finde ich das komisch, denn an dem Tag, als er beschloss, zurückzukommen und uns zu holen, erkannte ich Wade gleich, als ich ihn oben auf der Tribüne sitzen sah, in Höhe des First Base. Ich hatte ihn immer »Wade« genannt, weil es mir irgendwie nie richtig vorkam, ihn als »Dad« zu sehen oder als »Daddy« oder wie Kinder ihre Eltern sonst noch nennen sollen. Väter, die so genannt wurden, machten für ihre Kinder Sachen, von denen ich mir nie vorstellen konnte, dass Wade sie für uns machen würde. Das Einzige, was er je für mich gemacht hatte, war, mir eine kleine Schwester namens Ruby zu bescheren und außerdem reichlich Geschichten, die meine Mom den Rest ihres Lebens erzählen konnte, aber sie starb, kurz bevor ich zwölf wurde, und das war der einzige Grund, warum Wade überhaupt nach Ruby und mir gesucht hatte.

Ich hatte es gerade zum Third Base geschafft und konnte gut so tun, als hätte ich ihn nicht da oben sitzen sehen. Meine Augen hoben sich nur ein bisschen, so dass ich Ruby sehen konnte, die auf der Bank darauf wartete, dass sie mit Kicken an die Reihe kam. Sie saß mit dem Rücken zur Tribüne und hatte ihn noch nicht entdeckt, und falls doch, hätte sie ihn wahrscheinlich nicht mal erkannt.

Wenn man Ruby und Wade verglich, hätte man nicht gedacht, dass sie miteinander verwandt waren, aber dasselbe hätte man auch über sie und mich sagen können.

Ruby sah genauso aus wie Mom. Sie hatte lange dunkle Haare, dunkle Augen und dunkle Haut, sogar im Winter. Ich war das genaue Gegenteil. Meine Haare waren rotblond und glatt wie Schnittlauch, und ich kriegte eher Sonnenbrand und Sommersprossen, als dass ich braun wurde. Ruby war schön – schon immer. Ich sah genauso aus wie Wade, nur eben als Mädchen.

Er saß allein auf der Tribüne, und als ich mich auf dem Spielfeld umschaute, wurde mir klar, dass ihn noch keines von den anderen Kindern bemerkt hatte. Auf dem Schulhof, oben auf dem Hügel rechts von mir, standen Mrs Hannah und Mrs Davis und plauderten. Keine von beiden hatte ihn schon gesehen. Aber ich musste nicht lange warten, bis jemand ihn entdeckte.

»Da oben sitzt einer«, sagte Selena. Sie spielte Third Base und stand vornübergebeugt da, die Hände auf den Knien. Sie war schwarz wie die meisten Kinder, mit denen wir nach der Schule noch zusammenblieben, und wie so ziemlich alle Kinder bei uns im Heim. Ihr Haar war zu dicken Zöpfen geflochten, die von Bändern mit Murmeln dran zusammengehalten wurden. Die Murmeln stießen klickernd aneinander, wenn sie den Kopf bewegte. Ich hätte sie gern gefragt, ob sie mir auch so eine Frisur machen würde, aber meine Haare waren zu dünn für Zöpfe, was ich nicht weiter schlimm fand, weil Selena größer war als ich und auch viel älter wirkte und ich immer zu nervös war, um sie anzusprechen. »Wieso sitzt der da und beobachtet uns?«, fragte sie.

Ich wusste nicht, ob sie mich meinte oder bloß laut mit sich selbst sprach. »Keine Ahnung«, sagte ich schließlich. Sie sah mich an, als hätte sie vergessen, dass ich neben ihr am Base stand. Ich betete insgeheim, dass sie nichts über die Ähnlichkeit zwischen Wade und mir sagen würde, und ich wünschte mir wieder mal, Mom ähnlicher zu sehen, so wie Ruby.

Ein Drittklässler namens Greg stellte sich auf die Home Plate, und obwohl ich ahnte, dass ich es lieber bleiben lassen sollte, rannte ich in Richtung Home, sobald er den Ball gekickt hatte. Der Ball rollte einfach nur direkt zum Pitcher zurück, und ich wurde an der Plate rausgeworfen. Ich trottete zur Bank, hielt aber den Kopf gesenkt und schaute nicht hoch zur Tribüne. Mein Gesicht fühlte sich heiß an, und ich wusste, ich war rot angelaufen, und ich redete mir ein, dass ich mich bloß deshalb schämte, weil ich an der Home Plate rausgeflogen war, nicht weil Wade es mit angesehen hatte.

Ruby saß allein am Ende der Bank und baumelte mit den Füßen. Als ich näher kam, strich sie sich die dunklen Haare hinter die Ohren und streckte die Hand aus und wartete auf mich.

»High Five«, sagte sie. Ich setzte mich neben sie, ohne was zu sagen, und dann beugte ich mich vor und wischte den Staub von meinen Schuhen. Ruby ließ die Hand knapp über meinem Knie hängen. »High Five«, sagte sie wieder.

»Es heißt *High* Five, weil man die Hand dabei hoch hält.«

»Meinetwegen. Dann klatsch einfach mit mir ab.«

Ich klatschte ihr schlapp auf die Hand, und als ich aufschaute, sah ich Marcus, der im Infield am Second Base stand und mich beobachtete. Er trug ein weißes Cubs-Trikot mit Sammy Sosas Nummer und Namen auf dem Rücken. Das Schuljahr hatte gerade angefangen, und es war erst der dritte Freitag im August, aber Mark McGwire hatte schon einundfünfzig Home Runs und Sosa erst achtundvierzig. Marcus und ich drückten Sosa die Daumen, dass er zweiundsechzig schaffte und als Erster Roger Maris' Rekord brach. Er lächelte mich an, aber ich schaute weg, als hätte ich ihn nicht gesehen. Er machte mich nervös, und ich zog meine Haare nach hinten zu einem Pferdeschwanz und ließ sie mir auf die Schultern fallen. Als ich wieder zu Marcus rübersah, lächelte er noch immer. Ich musste auch ein bisschen lächeln, aber dann hörte ich eine Stimme meinen Namen flüstern. »Hey!«, sagte sie. »Easter!«

Es war Wade. Er lehnte von außen am Zaun, etwa auf halbem Weg zum First Base. Ruby schaute hoch und starrte ihn eine Sekunde lang an, dann wanderten ihre Augen zu mir. Wade lächelte und winkte uns, zu ihm rüberzukommen. »Ist das –?«, setzte sie an, aber ich unterbrach sie, bevor sie die Frage aussprechen konnte.

»Warte hier«, sagte ich und stand von der Bank auf.

»Easter.« Ruby sprang herunter, als wollte sie mir folgen.

»Warte hier«, sagte ich wieder. Sie stand bloß da und

sah mich an, und dann blickte sie zu Wade am Zaun. Ich zeigte auf die Bank und wartete, bis sie wieder draufgeklettert war. Sie verschränkte die Arme, als hätte ich mit ihr geschimpft. »Ich bin gleich wieder da«, sagte ich. Ich schaute zu Mrs Hannah und Mrs Davis rüber. Sie hatten ihn noch nicht gesehen. Ich hielt mich dicht am Zaun und ging die Base Line entlang.

Wade hatte eine alte blaue Braves-Kappe auf, und seine Haare, genauso rotblond wie meine, standen um die Ohren ab. Die Koteletten reichten ihm bis runter zum Hals, und sein grünes T-Shirt und seine Bluejeans waren mit weißer Farbe bekleckert. Er hob eine Hand von der Oberkante des Zauns und winkte kurz. »Hey«, sagte er mit einem Lächeln. Auch seine Hände waren voll weißer Farbe.

Bevor ich bei ihm ankam, blieb ich stehen und verschränkte die Arme und lehnte mich mit der Schulter gegen den Zaun. Wade sollte sich nicht einbilden, dass ich froh wäre, ihn so plötzlich zu sehen – dass er einfach so nach der Schule aufkreuzen könnte, und alles wäre wieder in Ordnung. Ehrlich gesagt, ich wollte ihn nicht mal angucken.

»Ihr macht hier wohl einen auf Neger-Liga, was?«, sagte er und lachte, als müsste ich seinen Witz lustig finden, tat ich aber nicht. Er nahm die Hände vom Zaun und schob sie in die Taschen.

Ich blickte aufs Spielfeld, wo das Inning gerade zu Ende ging. Marcus lief vom Infield in Richtung Bank auf der anderen Seite der Home Plate, ohne mich aus den Augen zu lassen. Sein Gesicht sah besorgt aus, und ich hätte gern gelächelt, um ihm zu zeigen, dass alles okay war, dass ich den Mann kannte, der da mit mir sprach, dass ich wusste, was ich tat, aber er sollte auch nicht denken, ich wollte ihm irgendwie ein Zeichen geben, dass er rüberkommen und nach dem Rechten sehen sollte. Ich wollte nicht, dass er Wade begegnete. Ich drehte mich wieder zu Wade um, die Arme noch immer verschränkt. »Was willst du hier?«

Er seufzte und hob die Augen und schaute in Richtung Outfield, und dann sah er mich an. »Ich hab gehört, was mit eurer Mutter passiert ist«, sagte er.

»Du hast es *heute* gehört?«

»Nein, nicht heute. Vor einer Weile.«

»›Vor einer Weile‹ – heißt das, du hättest zu ihrer Beerdigung kommen können, auch wenn die noch so mickrig war? ›Vor einer Weile‹ – heißt das, du hättest dich um uns kümmern können, bevor sie uns ins Heim gesteckt haben?«

»Nein«, sagte er. »So lange ist es nun auch wieder nicht her.«

»Bloß lange genug, um nichts zu machen.«

»Bis jetzt nichts.«

»Bis jetzt?« Ich musste lachen. Ich ließ die Arme sinken und wandte mich ab, um zurück zur Bank zu gehen, wo Ruby auf mich wartete.

»Easter, Moment noch. Lass uns kurz reden – nur eine Minute.« Er hatte die Hände aus den Taschen genommen, und seine Finger fassten in den Maschendraht.

»Ich muss wieder aufs Feld«, sagte ich, und noch während ich das sagte, dachte ich, dass jemand im Film so was sagen könnte, bevor irgendwas Gutes oder irgendwas Schlimmes passierte, damit du weißt, ob es ein Happy End gibt oder nicht.

»Ich will bloß ein bisschen Zeit mit dir und deiner Schwester verbringen.«

»Geht nicht«, sagte ich. »Dafür ist es zu spät.«

»Ich weiß, es scheint zu spät, aber ihr seid alles, was ich habe.«

Ihr seid alles, was ich habe: Das hatte ich bestimmt hunderttausendmal von Mom gehört, aber sie hatte es gesagt, wenn sie uns abends ins Bett brachte oder morgens mit uns zum Bus ging. Manchmal hatte sie es gesagt, wenn ich sie in unserem alten Haus spät abends beim Weinen in ihrem Zimmer überraschte. Dann hatte sie mich an sich gezogen und mich gehalten, als ob sie mich trösten wollte, obwohl sie doch diejenige war, die weinte, und sie wiegte mich hin und her und versprach mir, dass alles gut werden würde. Wenn sie mich dann losließ, ging ich wieder ins Bett und betastete mein Nachthemd, das an manchen Stellen ganz nass von ihren Tränen war. Und ich schaute rüber zu Ruby, die in ihrem Bett schlief, und ich hörte Moms Stimme wieder sagen: *Ihr seid alles, was ich habe*. Ich fand es schlimm, Mom weinen zu sehen, aber ich wusste immer, dass sie den Satz ehrlich meinte. Ich wusste nicht, ob Wade ihn ehrlich meinte. Ich glaubte, das wusste er selbst nicht.

»Du *hast* uns nicht mehr«, sagte ich. »Du hast uns aufgegeben. Ich hab das Formular gesehen, das du unterschrieben hast, in dem das steht. Deshalb sind wir hier im Heim, *Wade.*«

Er sah weg, als ich ihn mit seinem Namen anredete. Dann blinzelte er ganz langsam. »Ich weiß«, sagte er, »und es tut mir leid. Aber wir können doch trotzdem mal was zusammen machen.«

Ich warf einen Blick über die Schulter und sah, dass das Inning schon angefangen hatte und Jasmine für mich als Shortstop eingesprungen war. »Na toll«, sagte ich. »Jetzt haben sie mich ausgewechselt.« Ich drehte mich wieder zu Wade um. »Was sollen wir denn deiner Meinung nach zusammen machen?«

»Na ja«, machte er. »Keine Ahnung. Beim Base Running könntest du noch ein bisschen was verbessern.« Er trat vom Zaun weg und rieb sich beide Arme, dann fasste er sich an die Ohren und dann an die Nasenspitze. »Ich war hier und hab versucht, dir zu helfen, aber du hast mich wohl nicht gesehen.« Er fing wieder an, sich über die Arme zu reiben.

»Was machst du da?«

»Ich geb dir ein Zeichen, damit du im Spiel bleibst«, sagte er. »Ich sage dir, du sollst am Base bleiben, genau da bleiben, wo du bist. War doch völlig ausgeschlossen, dass dieser magere Bursche den Ball aus dem Infield rauskickt. Ich versteh noch immer was von dem Spiel, Easter. Ich könnte mal vorbeikommen und euch ausleihen, und wir könnten hier ein bisschen auf dem Spielfeld trainieren, einen richtigen Baseball werfen, Spielzüge üben.« Er lächelte, als er das sagte, als fände er das die beste Idee aller Zeiten.

»›Ausleihen‹?«, fragte ich. »Wie Bücher aus der Bibliothek?«

»Nein, klar seid ihr keine Bücher. Ich mein bloß, ich würde vorbeikommen und euch abholen – mit dir und Ruby was unternehmen.«

»Das kannst du nicht machen«, sagte ich.

»Wieso nicht?«

»Weil das gegen die Vorschriften ist. Du kannst nicht einfach kommen und uns abholen.«

»Was ist das hier eigentlich für ein Heim?«, fragte er.

»Ein Heim für gefährdete Kinder«, erklang Rubys Stimme. Ich schaute nach rechts und sah sie neben mir stehen, so nah, dass ich mir nicht erklären konnte, wieso ich ihren Körper nicht an meinem gespürt hatte. Sie starrte zu Wade hoch, als hätte sie Angst vor ihm, als könnte er einfach durch den Zaun greifen und sie durch die Maschen auf die andere Seite ziehen.

»Du solltest doch da hinten bleiben«, sagte ich und stupste sie mit der Hüfte wieder in Richtung Bank, aber sie rührte sich nicht, und sie ließ Wade nicht aus den Augen.

»Gefährdete Kinder?«, fragte Wade. »Was soll denn das heißen? Ist das so ein Heim, wo die Kinder ausrasten und sich gegenseitig wehtun?«

»Es heißt gar nicht so«, sagte ich. »Das hat sie von Kindern in der Schule aufgeschnappt. Es ist bloß ein ganz normales Kinderheim.«

»Gut«, sagte er. Er stieß sich vom Zaun ab und stemmte die Hände in die Hüften. »Ich hoffe, ihr wisst, dass ihr nicht lange da drin bleiben werdet. Irgendwer wird kommen und euch da rausholen – wahrscheinlich euch beide zusammen adoptieren, weil ihr Schwestern seid. Ihr seid wahrscheinlich schon als Nächste an der Reihe.«

»Woher willst du das wissen?«, fragte ich.

»Weil«, sagte er mit einer Stimme, die klang, als müsste ich die Antwort schon kennen. Er betrachtete die anderen Kinder auf dem Spielfeld, und dann sah er wieder zu mir runter. »Weil ihr weiß seid.«

Irgendwer rief meinen Namen, und als ich mich umdrehte und den Hügel hinaufschaute, sah ich Mrs Davis auf uns zukommen, schneller als sie normalerweise gehen würde. Sie sah, dass ich zu ihr rüberblickte, und sie schwenkte die Arme über dem Kopf und schrie wieder meinen Namen. Mrs Hannah war oben auf dem Schulhof geblieben, aber sie war jetzt näher an der Schule als vorher, und ich wusste, dass sie uns beobachtete und sehen wollte, was passieren würde, wenn Mrs Davis bei uns war.

»Die rufen bestimmt die Polizei«, sagte ich.

»Ach ja?«, fragte Wade und lächelte. »Weil ihr mit eurem Daddy redet?«

»Die wissen nicht, wer du bist«, sagte ich. Dann sah ich zu Ruby runter. »Und wir auch nicht.« Ich nahm ihre Hand und ging zurück zur Bank. Ich drehte mich nicht noch mal um, aber an der Art, wie Ruby ging, merkte ich, dass sie den Kopf nach hinten gedreht hatte und Wade anstarrte. »Komm«, sagte ich und zog kräftig an ihrer Hand, damit sie schneller ging.

Als wir wieder an der Bank waren und uns hinsetzten, war Mrs Davis unten am Hügel angekommen. Sie marschierte innen am Zaun entlang und ging vor Ruby und mir in die Hocke. Sie hatte hellbraune Haut und kurze lockige Haare und trug eine dicke Brille. »Wer war der Mann, mit dem ihr da gesprochen habt?«, fragte sie.

Ich sah zu der Stelle rüber, wo Wade am Zaun gestanden hatte, aber er war weg. »Ich kenne ihn nicht«, behauptete ich. Ich legte eine Hand auf Rubys Knie. »Wir beide nicht.«

2

»Bist du sicher, dass er es war?«, fragte Ruby.

»Klar bin ich sicher«, sagte ich. Das war ungefähr das zehnte Mal, dass sie mir diese Frage stellte, seit wir Wade am Nachmittag gesehen hatten. Es war Schlafenszeit, aber das Licht in unserem Zimmer war noch an. Draußen auf dem Flur gingen ein paar Kinder vorbei auf dem Weg ins Bad.

Ruby lag in ihrem Bett und starrte an die Decke. Sie hatte die Hände hinter dem Kopf gefaltet, und ich konnte sehen, dass sie die Füße unter der Bettdecke gekreuzt hatte. »Ich weiß nicht«, sagte sie. »So hab ich ihn irgendwie nicht in Erinnerung.«

»Das liegt daran, dass du erst vier warst, als du ihn das letzte Mal gesehen hast«, sagte ich. »Und wir hatten ja nie irgendwelche Fotos von ihm rumliegen, um dich daran zu erinnern, wie er aussieht.«

Sie rollte sich auf die Seite und stützte den Kopf auf die linke Hand und schaute zu mir rüber. Ich saß auf meinem Bett an die Wand gelehnt und wartete darauf, dass er an das Fenster neben mir klopfte, obwohl ich wusste, dass er in den nächsten paar Stunden nicht auftauchen würde. »Wir haben auch keine Fotos von Mom«, sagte sie.

»Ich weiß. Aber ich besorg uns bald welche.«

»Woher denn?«, fragte sie.

»Von ihrer Mom und ihrem Dad«, sagte ich. »Ich schreib denen nach Alaska, sobald wir beide irgendwo untergekommen sind. Und dann bitte ich sie, uns alle alten Klamotten und Spielsachen von Mom zu schicken und alle Fotos, die sie von ihr haben – den ganzen Kram, den sie bei ihnen gelassen hat.«

»Vielleicht sollten wir einfach bei denen leben«, sagte sie. »Vielleicht fänden wir's ja schön da.«

»Nein, Ruby, bestimmt nicht.«

»Woher willst du das wissen?«, fragte sie.

»Weil wir sie nicht kennen und sie uns nicht kennen. Wieso sollen sie zwei Mädchen bei sich aufnehmen, die sie noch nie gesehen haben? Wer macht denn so was?«

»Ich weiß nicht«, gab sie zu. »Aber vielleicht haben sie ein Zimmer, das voll ist mit Moms alten Sachen, und vielleicht würden wir sie liebhaben, wenn wir sie erst mal richtig kennen. Vielleicht würden sie uns auch liebhaben. Vielleicht würden wir bleiben wollen.« Ich sagte nichts. Wir hatten das Thema schon öfter gehabt, und ich hoffte, sie wäre fertig damit, solche Fragen zu stellen, wenigstens bis morgen.

Sie legte sich wieder auf den Rücken. Sie war still, aber ihre Augen waren noch offen, und ich sah ihr an, dass sie über irgendwas nachdachte. »Ich hoffe, du kriegst bald ein paar Fotos von Mom«, sagte sie. »Ich kann mich gar nicht mehr an sie erinnern.«

»So ein Quatsch. Es sind doch erst drei Monate.«

»Aber ich kann sie mir einfach nicht vorstellen«, sagte sie. »Ehrenwort.« Ich dachte kurz darüber nach, und dann dachte ich, dass Ruby erst sechs war und dass drei Monate ihr ganz schön lang vorkommen mussten.

»Schon gut«, sagte ich. »Es ist eine Weile her. Aber du wirst dich wieder an sie erinnern.«

»Hoffentlich«, sagte Ruby.

»Ganz sicher. Schlaf jetzt.« Ich knipste die Lampe aus, die auf dem kleinen Tisch zwischen unseren Betten stand, und dann lehnte ich mich wieder gegen die Wand. Ich schaute durch das dunkle Zimmer zu Rubys Bett hinüber.

»Wartest du auf ihn?«, fragte sie.

»Ja«, sagte ich.

»Glaubst du, er kommt heute Nacht?«

»Ja. Schlaf jetzt.«

Ich fand es schlimm, wenn Ruby davon redete, dass sie sich nicht mehr an Mom erinnern konnte, aber manchmal fand ich es ebenso schlimm, dass ich mich so gut an sie erinnern konnte. Immer wenn ich an den Tag dachte, an dem ich sie gefunden hatte, fühlte ich mich wie jemand anders, als hätte ein anderer Mensch mit einem anderen Leben mir das alles erzählt. Aber es kam mir so echt vor, dass ich nur schwer so tun konnte, als hätte ich es bloß von jemand anderem gehört. Ich werde nie vergessen können, dass ich es war, die sie fand, obwohl ich mir ganz oft wünsche, ich wäre es nicht gewesen.

Mom sagte immer, dass sie uns deshalb so genannt hatte, wie sie uns genannt hatte, weil die Namen etwas bedeuteten, was sie immer besonders schön fand: Easter, weil Ostern ihr Lieblingsfest war, und Ruby, weil Rubine ihre Lieblingsedelsteine waren. Ruby und ich fragten Mom oft, was sie denn sonst noch alles schön fand. Einmal hatte sie gesagt, ihre Lieblingshunde wären Boston Terrier und ihre Lieblingsfarbe lila. Und was Musik anging, hörte sie eigentlich immer nur Journey, deshalb dachte ich mir, dass das ihre Lieblingsband sein musste. Ruby und ich fingen also an, uns so zu nennen: Ich war Boston Terrier, und sie war Lila Journey. Boston Terrier: Ich geb ja zu, es klingt albern, wenn man es das erste Mal hört, aber wenn man es in Vorname und Nachname aufteilt, klingt es ganz hübsch, finde ich – schick und ein bisschen gefährlich, wie der Name von einer Frau in einem Actionfilm, in die der Held sich verliebt, obwohl er ihr nicht so richtig traut. Jetzt kommt mir dieses Spiel mit den falschen Namen verrückt vor, aber wir haben sie so oft benutzt, dass sie für uns fast echt wurden, und manchmal passierte es mir, dass ich Ruby »Lila« nennen wollte, auch wenn wir nicht spielten. Wir hatten uns längst gegenseitig versprochen, dass wir diese Namen annehmen würden, falls wir irgendwann aus dem Heim abhauen müssten, um nicht getrennt zu werden. Wir würden bis ans Ende unseres Lebens Boston Terrier und Lila Journey sein. Keiner würde je erfahren, dass wir früher in Gastonia mal jemand anders gewesen waren.

Es ist leichter, mir Boston Terrier und Lila Journey vorzustellen, die aus dem Schulbus steigen und am Lineberger Park vorbei nach Hause gehen, wo es zu still ist, als sie ankommen. Es ist leichter, mir vorzustellen, wie ein Mädchen mit so einem hübschen Namen Mom und ihn auf dem Bett in Moms Zimmer findet, beide völlig weggetreten. Ich weiß nicht, wie er richtig hieß, aber er nannte sich Calico. Als ich sie fand, lag er am Fußende des Bettes und seine Füße hingen auf den Boden. Er hatte ein schwarzes T-Shirt und Shorts in Tarnfarben an. Mom lag mit dem Kopf auf einem Kissen und sah aus, als wäre sie einfach noch nicht aufgewacht. Sie trug bloß eine blaue Unterhose und ein weites weißes T-Shirt mit einem Bild von Tweety drauf.

Ich war allein in Moms Zimmer gegangen, aber ich hörte Ruby in der Küche, wie sie den Kühlschrank auf- und zumachte und die Hängeschränke nach was Essbarem durchsuchte. Ich machte Moms Tür zu und schloss sie ab, und dann ging ich rüber zum Bett und starrte auf Moms Brust und hoffte und betete, sehen zu können, dass sie sich vom Atmen hob und senkte. Aber ich war mir nicht sicher, ob ich es sehen konnte oder nicht. Calico atmete, als würde er schlafen, und ich stieß sein Bein mit meinem Schuh an.

»Calico«, flüsterte ich. Er bewegte sich nicht, und ich stieß sein Bein noch einmal an. »Calico«, sagte ich ein kleines bisschen lauter.

Seine Augenlider flatterten. Ich streckte eine Hand aus und stupste ihm mit einem Finger gegen das Knie. Als seine Augen schließlich aufgingen, lag er bloß da und starrte an die Decke. Ich beobachtete ihn einen Moment, und dann flüsterte ich wieder seinen Namen.

Sein Kopf schnellte hoch, und er sah mich vom Bett aus an. Seine Haare waren wild und lang und standen kreuz und quer. Er blinzelte ganz langsam, als könnte er mich nicht genau sehen, und dann stemmte er sich auf die Ellbogen und schaute sich um. Als er zu Mom hinübersah, starrte er sie bloß an, als könnte er sich nicht genau erinnern, wer sie war oder wieso sie überhaupt da neben ihm lag. Er blickte wieder mich an, und ich schätze, da kapierte er endlich, wer Mom war und dass ich ihre Tochter war.

»Hey«, sagte er und sprang vom Bett auf, so schnell er konnte. »Wir haben euch gar nicht reinkommen hören.« Er versuchte, mich anzulächeln, und dann sah er wieder zu Mom, die noch immer mit geschlossenen Augen dalag.

Calico schob sich an mir vorbei und ging ans Kopfende des Bettes und bückte sich und betrachtete Mom von nahem. »Corinne«, flüsterte er. Er legte ihr eine Hand auf die Schulter. »Corinne«, sagte er wieder. »Wach auf, Mädchen.« Er sah zu mir hoch und lächelte mich halbherzig an. »Alles in Ordnung mit ihr«, sagte er. »Sie schläft bloß.«

Auf Moms Nachttisch lagen alle möglichen verschiedenen Pillen, und Calico schob sie mit dem Finger hin und her, als würde er nach einer ganz bestimmten suchen. Dann sammelte er alle auf und tat sie in ein kleines weißes Arzneidöschen und schraubte den Deckel darauf. Zwei

Dosen Bier standen auch auf dem Nachttisch. Die erste, die er in die Hand nahm, war wohl leer, denn er stellte sie wieder hin. Dann nahm er die andere und trank sie in einem langen Zug aus.

Das Bett quietschte, als er sich daraufkniete und über Mom beugte und die Finger an ihren Hals legte. Er schloss die Augen, als würde er sich konzentrieren, und dann stand er auf und schob sich wieder an mir vorbei und schloss die Schlafzimmertür auf. Er hielt die Hand am Knauf, als wollte er ihn nicht loslassen.

»Hör mal«, sagte Calico. »Ich geh jetzt jemanden holen, der nach deiner Mom sieht. Ihr wartet schön hier, und ich bin gleich wieder da. Okay? Ihr wartet schön hier.« Er öffnete die Tür, und ich schaute zu, wie er in die Diele ging. Er öffnete die Haustür und schloss sie hinter sich, und ich hörte ihn die Treppe runtergehen. Aus irgendeinem Grund, und ich kann nicht sagen, warum, stellte ich mir vor, dass er losrannte, sobald er unten angekommen war, und ich wusste, dass er nicht rannte, um Hilfe zu holen.

Ich setzte mich neben Mom auf den Rand der Matratze. Meine Finger berührten ihren Hals an der Stelle, wo Calico sie berührt hatte, und ich schloss die Augen genauso, wie er es gemacht hatte. Nach ein paar Sekunden konnte ich so gerade eben ihren Puls fühlen, und ich wusste, das bedeutete, dass sie noch am Leben war und dass sie wieder in Ordnung käme und es keine Rolle spielte, ob Calico sein Wort hielt oder nicht. Die Dielenbretter knarrten, und als ich aufschaute, sah ich Ruby in der Tür stehen. Sie hatte ihre Schuhe schon im Wohnzimmer ausgezogen und stand in Socken da. Auf der Wange hatte sie ein bisschen Erdnussbutter verschmiert. »Was hat Mom denn?«, fragte sie.

»Sie ist krank«, sagte ich und zog die Bettdecke etwas höher um sie, damit Ruby sie nicht so gut sehen konnte. »Aber sie ist bald wieder gesund.«

»Was für eine Krankheit hat sie denn?«

»Ich weiß nicht«, sagte ich. »Sie ist einfach krank.« Moms Augenlider zuckten ein kleines bisschen, und ich fragte mich, ob sie träumte. »Wir müssen sie schlafen lassen.« Als ich die Augenbrauen hochzog, verstand Ruby den Wink und ging zurück in Richtung Wohnzimmer. Ich beugte mich zu Mom runter und flüsterte ihr ins Ohr, für den Fall, dass Ruby noch auf dem Flur stand und lauschte: »Dir geht's bald wieder gut, Mom«, sagte ich. »Ruh dich aus und schlaf ein bisschen. Wir machen uns selbst was zu essen.«

Ich überlegte, ob ich zu Fayles' an der Ecke gehen und einen Krankenwagen rufen sollte, aber nachdem ich die vielen Pillen gesehen hatte, wusste ich, was passieren würde, wenn sie so im Tiefschlaf gefunden würde. Jeder, der hier reinkam und sie so fand, würde sie ins Krankenhaus bringen und sie wahrscheinlich auch verhaften. Und Ruby und ich würden garantiert weggebracht. Ich dachte mir, wenn Mom atmete und ihr Herz schlug, konnte ich sie doch wohl in Ruhe schlafen lassen. Ich hatte sie schon öfter so gefunden, und sie war immer ein paar Stunden später aufgewacht und dann wie ein Zombie aus einem Gruselfilm ins Wohnzimmer gewankt. Ruby und ich saßen meistens vor dem Fernseher oder erledigten unsere Hausaufgaben oder machten vielleicht beides gleichzeitig. »Wann seid ihr nach Hause gekommen?«, fragte sie dann. In der Regel war es schon fast dunkel draußen, und manchmal war es sogar schon seit Stunden dunkel.

»Wir sind schon eine Weile zu Hause«, sagte ich immer.

»Okay«, sagte sie. »Wollt ihr was zu essen?«

Ich redete mir ein, dass es diesmal genauso war wie all die anderen Male, und ich steckte die Decke um sie fest, obwohl es warm in ihrem Zimmer war, und ich schloss die Tür, so leise ich konnte, und ging ins Wohnzimmer, wo Ruby auf dem Fußboden vor dem Fernseher saß.

An dem Abend machte ich eine Dose Ravioli in einem Topf auf dem Herd warm. Ruby und ich aßen vor dem Fernseher und guckten *Entertainment Tonight*. Ich fand Mary Harts breites Strahle-Lächeln bescheuert, aber ihre Haare gefielen mir: Sie waren unheimlich voll und bewegten sich kein bisschen, wenn sie den Kopf drehte. Solche Haare wollte ich haben. Auch ihr Name gefiel mir. Er erinnerte mich an Boston Terrier – so ein Name, den du nicht für echt hältst, bis du jemanden kennenlernst, der so heißt.

Während Ruby sich die Zähne putzte und bettfertig machte, ging ich wieder in Moms Zimmer, um nach ihr zu sehen. Es war stockdunkel und heiß wie nur was, aber in dem Licht, das vom Flur hereinfiel, konnte ich einigermaßen sehen. Ich ging auf die Seite des Bettes, wo Mom am Nachmittag gelegen hatte. Sie lag noch immer an derselben Stelle, und ich setzte mich neben sie. Ich hatte Angst, ihr könnte zu heiß geworden sein, weil ich die Tür zugemacht und die Decke so fest um sie gesteckt hatte, aber sie schwitzte nicht und fühlte sich auch nicht heiß an, als ich sie berührte. Sie atmete sanft, deshalb wusste ich, dass es ihr gutging, und ich wusste, dass sie uns am Morgen zur Schule wecken würde, als wäre nichts gewesen. Ich beugte mich über sie und flüsterte ihr ins Ohr.

»Gute Nacht, Mom. Ruby und ich haben was gegessen und unsere Hausaufgaben gemacht, und ich bring sie jetzt ins Bett.« Sie sagte nichts und gab mir kein Zeichen, dass sie mich gehört hatte, aber das erwartete ich auch nicht. Ich stand auf und war schon auf dem Weg zur Tür, als ich hörte, wie sie meinen Namen flüsterte. Sie hatte den linken Arm vom Bett gehoben und streckte ihn mir hin, als wollte sie, dass ich ihre Hand hielt. Ich ging zurück zum Bett und nahm ihre Hand, und ich stand einfach da und hielt sie und wartete ab, ob Mom noch was sagen würde, aber sie tat es nicht. »Alles in Ordnung, Mom«, sagte ich und legte ihre Hand neben sie aufs Bett. »Schlaf schön weiter.«

Ich ging auch ins Bett, aber die ganze Nacht wurde ich immer wieder wach und fragte mich, ob ich sie durchs Haus hatte gehen hören: das Geräusch ihrer Schritte, die über die Dielen schlurften, das Öffnen und Schließen von Türen, Wasser, das in die Spüle lief.

Ich wachte am Morgen auf, als es draußen gerade hell wurde. Das Haus war still, genau wie es so frühmorgens sein sollte, aber irgendwas an dieser Stille verriet mir, dass etwas nicht stimmte. Deshalb war ich nicht besonders überrascht darüber, wie ich Mom fand, als ich die Tür zu ihrem Zimmer öffnete.

Sie lag quer auf dem Bett, als ob sie irgendwann in der Nacht aufgestanden und wieder aufs Bett gefallen und so liegen geblieben wäre. Als ich die Tür aufmachte, wusste ich gleich, dass sie tot war. Sie lag auf der Seite, die Knie angezogen und die Hände unterm Kinn. Ihre dunklen Haare verdeckten das Gesicht, deshalb konnte ich nicht erkennen, ob ihre Augen offen waren oder nicht, aber ich strich sie nicht zurück, um nachzusehen, weil ich wusste, dass ich es nicht sehen wollte. Ich berührte sie nicht mal, was mir jetzt seltsam vorkommt, wenn ich daran denke, weil ich alles dafür geben würde, aufs Bett zu klettern und mich an sie zu kuscheln, ihr Haar am Kopfkissenbezug zu riechen, zu spüren, wie sie mir durchs Nachthemd den Rücken krault. Stattdessen stand ich bloß da und schaute auf sie runter und beschloss, dass ich nicht weinen würde, jedenfalls da noch nicht. Ich wusste, dass es wichtiger war, zu beschließen, was Ruby und ich jetzt machen sollten.

Ruby hatte wohl auch irgendwas im Haus gespürt, denn als ich zurück in unser Zimmer kam, saß sie aufrecht im Bett, als hätte sie auf mich gewartet.

»Wie geht's Mom?«, fragte sie. Ich stand da und sah sie an, überlegte, wie ich erklären sollte, was passiert war. »Geht's ihr besser?«

»Nein, Ruby. Geht es nicht.« Ich setzte mich auf ihr Bett

und sagte es ihr. Ich sagte, dass Mom die ganze Zeit müde gewesen war und dass sie deshalb immer geschlafen hatte. Und ich sagte, dass Moms Körper die Müdigkeit nicht mehr ausgehalten hatte und dass Mom schließlich einfach genug hatte. Ruby saß bloß da und sah mich an, während ich nach Worten suchte. Ich kann nicht behaupten, dass ich mich an alles erinnere, was ich ihr sagte, aber ich erinnere mich genau daran, dass ich ihr erklärte, jetzt wäre nicht die Zeit, traurig zu sein. Ich erinnere mich daran, dass ich ihr sagte, dazu wäre später noch reichlich Zeit, dass wir jetzt stark sein müssten und uns überlegen, was wir tun sollten, damit wir zusammenbleiben konnten, wo wir doch jetzt keine Mommy und keinen Daddy mehr hatten, anders als die meisten Kinder in unserem Alter.

Ich fragte sie, ob sie in Moms Zimmer gehen wollte, um sie noch einmal zu sehen, und ich merkte ihr an, dass sie ganz angestrengt darüber nachdachte, aber schließlich beschloss sie, dass sie es nicht wollte, und ich konnte es ihr nicht verdenken. Ich ging auch nicht noch einmal in das Zimmer.

»Hast du Hunger?«, fragte ich. Sie schüttelte den Kopf. »Wir sollten aber trotzdem was essen.« Ich wandte mich ab und wollte in die Küche.

»Wo gehst du hin?«, fragte Ruby.

»In die Küche«, antwortete ich. »Wir müssen was essen.«

»Ich hab keinen Hunger.«

»Okay. Du musst nichts essen, wenn du nicht willst.« Ich ging in die Diele.

»Warte«, sagte Ruby. Ich blieb stehen und wartete, bis sie direkt hinter mir war, und dann gingen wir in die Küche und machten die Schränke auf und suchten nach irgendwas Essbarem, aber es war nichts da zum Frühstück. Es war praktisch gar nichts zu essen da. Ich sah mich um und begriff, dass wir nichts hatten, und ich sah, wie unser Haus wirklich aussah, und ich wusste, was die Leute von uns halten würden, wenn sie in ein paar Stunden hereinkämen, um Mom zu holen und uns wer weiß wohin zu bringen. Sie würden sehen, dass wir keine Möbel hatten außer einem Plastikverandastuhl und zwei Klappstühlen, die man mit zum Strand nehmen konnte. Und sie würden sehen, dass Ruby und ich keine Betten hatten und bloß auf Matratzen auf dem Boden schliefen, mit Bettwäsche, die nicht zusammenpasste. Sie würden wissen, dass ich sie vom Laden an der Ecke angerufen hatte, weil wir kein Telefon hatten, und sie würden sehen, dass wir, selbst wenn wir was zu essen hätten, keine sauberen Teller hatten, um davon zu essen. Ich stand da und sah mich mit einem Kloß im Hals und mit leerem Magen in der Küche um, und ich schwöre, ich konnte Fliegen an praktisch jeder Fensterscheibe im Haus summen hören. Ich wollte nur noch weg.

»Glaubst du, wir brauchen Viertel-Dollar-Münzen, um beim Notruf anzurufen?«, fragte ich.

»Ich weiß nicht«, sagte Ruby. »Ich hab noch nie da angerufen.«

Wir suchten eine halbe Ewigkeit und hatten schließlich zwei Viertel-Dollar-Münzen. Ich fand eine unten in meiner Schultasche, und Ruby fand eine hinter der Kommode in unserem Zimmer. Die Sonne war schon ganz aufgegangen, als wir uns schließlich angezogen hatten und die Straße runter zum Garrison Boulevard gingen. Es würde später heiß werden, aber der Morgen war angenehm, und unten an dem Hügel rechts von uns stieg Nebel aus dem Bach auf, der mitten durch den Lineberger Park floss. Ein paar Leute schliefen auf den Picknicktischen unter den Schutzdächern. Sie waren die ganze Nacht da draußen gewesen, weil sie sonst nirgendwo hinkonnten.

Auf dem Parkplatz vor Fayles' standen keine Autos, und ich nahm Ruby an die Hand und führte sie über den Platz zu der Ecke, wo eine Telefonzelle am Bürgersteig stand. Die Viertel-Dollar-Münzen hatte ich schon in der Hand, aber als wir näher kamen, sah ich, dass irgendwer den Hörer von der Schnur gerissen und mitgenommen hatte. Auch das Telefonbuch war verschwunden. Ich stand da und starrte die Schnur ohne Hörer an, und ich hielt Rubys Hand und fragte mich, was Boston Terrier jetzt machen würde.

Dann fiel mir ein, dass ich immer, wenn wir mit Mom auf dem Weg zur Bücherei an Fayles' vorbeigekommen waren, ein Münztelefon im Billardraum gesehen hatte. Ich ging mit Ruby über den Parkplatz zurück zum Geschäft, aber als ich ihre Hand losließ und die Tür öffnen wollte, merkte ich, dass sie abgeschlossen war. Auf dem Schild stand, sie würden erst um 7.30 Uhr öffnen. Durch die Scheibe konnte ich einen Mann sehen, der an einer Kaffeemaschine rumhantierte, und als er hörte, dass ich an der Tür zog, drehte er sich um und sah uns über die Schulter an. Er zeigte auf seine Armbanduhr. »Wir haben noch zu«, sagte er. Ich musste das von seinen Lippen ablesen, weil ich ihn durch die Scheibe nicht hören konnte. Ruby und ich setzten uns auf den Bordstein vor dem Laden und warteten.

»Was willst du denen vom Notruf denn sagen?«, fragte sie.

»Ich weiß nicht«, sagte ich. »Ich schätze, ich warte ab, was die mich fragen.«

Ein paar Minuten später hörten wir, wie hinter uns aufgeschlossen wurde, und wir standen auf und gingen rein. Stinkender Kaffee tröpfelte in eine Kanne, und der Mann hatte schon die Hotdog-Drehmaschine eingeschaltet. Hotdogs sind eigentlich nichts fürs Frühstück, aber als ich sah, wie sie da so auf den Rollen lagen und heiß gemacht wurden, fiel mir wieder ein, dass wir noch nichts gegessen hatten.

Ich nahm Ruby an die Hand und ging durch den Laden, an der Theke vorbei und in den Billardraum. Der Mann, der die Tür aufgeschlossen hatte, stand hinter der Kasse, und er verschränkte die Arme und starrte uns an, als wir an ihm vorbeigingen. Ich dachte mir, dass er sich bestimmt fragte, was zwei kleine Mädchen allein so früh am Morgen in dem Laden zu suchen hatten.

Als ich auf den Teppichboden im Billardraum trat, stieg Zigarettengeruch davon auf. Ein großes Fenster ging auf den Parkplatz, und ich konnte die Telefonzelle ohne Hörer am Garrison Boulevard sehen. Der Verkehr auf der Straße wurde langsam stärker. In der Ecke hing das Münztelefon an der Wand. Darunter stand ein Schemel, daneben eine Jukebox. Ich schob den Schemel gegen die Wand und nahm den Hörer ab. Ruby lehnte sich an die Jukebox und sah mir zu. Auf dem Telefonapparat stand eine Cola-Flasche aus Plastik, und darin schwamm eine alte braune Zigarette.

Ich wählte die Notrufnummer und wartete. Es klingelte einmal, und dann meldete sich eine Frauenstimme. »Notrufzentrale, was kann ich für Sie tun?«

Ich wartete eine Sekunde, bevor ich etwas sagte, weil ich unbedingt die richtigen Worte benutzen wollte. »Ich glaube, meine Mom ist vielleicht tot«, brachte ich schließlich hervor.

»Okay«, sagte die Frau. »Warum glaubst du das?«

»Weil sie nicht wach wird. Und gestern war sie krank im Bett und hat den ganzen Tag geschlafen. Da liegt sie immer noch, und sie bewegt sich gar nicht. Ich glaube, sie atmet nicht mehr.«

»Okay«, sagte die Frau wieder. »Und wo genau ist deine Mom jetzt?«

Ich gab ihr unsere Adresse, und dann fragte sie mich nach Moms Namen.

»Sie heißt Corinne Quillby, und sie ist neunundzwanzig Jahre alt.«

»Gut«, sagte die Frau, »und wie heißt du?«

»Wie ich heiße?« Ich sah Ruby an, die noch immer mit dem Rücken an der Jukebox lehnte und mich anstarrte. Ich lächelte ihr zu. »Ich heiße Boston Terrier«, sagte ich.

Ruby lächelte zurück. »Und ich bin Lila Journey«, flüsterte sie.

3

Ich war wohl im Sitzen auf dem Bett eingeschlafen, denn plötzlich hörte ich, wie er leise draußen ans Fenster klopfte. Ruby rührte sich nicht, und ich dachte mir, dass sie entweder schlief oder so tat als ob. Ich rutschte zum Fußende des Bettes und entriegelte das Fenster und machte es auf. Es war ein neues Fenster, und der Rahmen war aus Kunststoff, deshalb glitt es hoch, ohne ein Geräusch zu machen. Die Fensterrahmen in dem Haus, wo wir mit Mom gewohnt hatten, waren alt und aus Holz. Manchmal kriegten wir sie gar nicht auf, selbst wenn wir uns noch so anstrengten. Ich rutschte zurück zu meinem Kopfkissen und wartete, dass er hereingeklettert kam.

Die Fensterbank war weiß gestrichen, und obwohl es dunkel in unserem Zimmer war, konnte ich sehen, wie Marcus' Finger sie packten, damit er sich hochziehen konnte, und ich hörte das Schaben seiner Schuhe an der Hauswand, als er zu unserem Zimmer raufkletterte, erst ein Bein und dann das andere.

»Sei leise«, flüsterte ich.

»Versuch ich ja«, flüsterte er zurück.

Sobald er ganz reingeklettert war, ging er schnurstracks

zu unserem Wandschrank und verschwand darin und schloss die Tür hinter sich. Ich legte mich hin und deckte mich zu und stellte mich schlafend. Das machten wir immer so für den Fall, dass Miss Crawford oder eine von den anderen Betreuerinnen gehört hatte, wie er durchs Fenster hereingeklettert war, und unsere Zimmertür öffnete, um nach Ruby und mir zu sehen. Ich stellte mir immer vor, ich würde hören, wie ihre Schritte näherkamen, die Tür aufging und ein Lichtspalt vom Flur ins Zimmer und auf mein Bett fiel. »Easter?«, würde eine von den Betreuerinnen flüstern.

Ich würde mich in meinem vorgetäuschten Schlaf regen, als hätte sie mich gerade geweckt, und ich würde einen Moment warten, bevor ich »Was?« sagen würde.

»Alles in Ordnung?«

»Ja, Ma'am«, würde ich sagen.

Die Betreuerin würde einen Blick ins Zimmer werfen, Ruby und mich in unseren Betten sehen und finden, dass alles prima wäre. Jedenfalls hoffte ich, dass es so laufen würde. Ich wusste nicht, was sie machen würden, wenn sie Marcus Walker in unserem Wandschrank entdeckten.

Ich lag mit geschlossenen Augen da und wartete ein paar Minuten, und dann flüsterte ich seinen Namen. »Ich glaube, du kannst rauskommen«, fügte ich hinzu.

Ich hörte die Wandschranktür langsam aufgehen, und ich konnte ihn nur ganz schwach sehen, als er heraustrat und zu meinem Bett kam. »Hey«, sagte er.

»Hey«, sagte ich auch.

Er hatte sich schon drei- oder viermal so hereingeschlichen, und wir machten nie groß was anderes als uns flüsternd irgendwas aus unserem Leben und von unseren Familien zu erzählen. Einmal hatten wir uns nebeneinander aufs Bett gelegt, und beim letzten Mal hatten wir uns einen kurzen Kuss auf die Lippen gegeben, bevor er ging. Ich wusste nicht, ob er jetzt mein fester Freund war oder nicht, aber ich hielt es für möglich.

Heute Nacht saßen wir auf meinem Bett mit dem Rücken an der Wand. Unsere Füße hingen über die Bettkante. In dem bisschen Licht, das durchs Fenster fiel, sahen meine hellen Füße neben seinen schwarzen Turnschuhen komisch aus. Er roch gut, und ich wusste, er hatte das Eau de Cologne von seinem Vater benutzt, aber ich wusste nicht, wie es hieß. Uns war schon der Gesprächsstoff ausgegangen, aber bloß, weil er unbedingt eine Sache wissen wollte: Wer der Mann am Baseballfeld war, mit dem ich gesprochen hatte.

»Er heißt Wade«, sagte ich schließlich.

»Wer ist das?«, fragte Marcus. Ich holte tief Luft, um ihm zu verstehen zu geben, dass ich die Frage nicht beantworten wollte. Ich wollte überhaupt nicht über Wade sprechen. »Du musst es mir nicht erzählen«, meinte er. »Ich fand's bloß irgendwie seltsam.«

Wir schwiegen einen Moment, und dann glitt Marcus' Hand zu mir rüber. Als ich meine Hand umdrehte, schob er seine Finger zwischen meine. Wir saßen einfach da und hielten Händchen, und keiner von uns sagte ein Wort.

»Er ist mein Dad«, verriet ich ihm schließlich. Ich wartete ab, wusste schon, was er sagen würde.

»Du hast mir erzählt, du hättest keinen Dad«, sagte er.

Ich sah ihn an. »Vielleicht hab ich das nur gesagt, weil ich den, den ich habe, nicht will.«

»Was ist er von Beruf?«

»Wer weiß. Früher war er mal Pitcher.«

»Echt?«, fragte Marcus. Seine Stimme klang aufgeregt. »Bei welchem Team?«

»Gastonia Rangers«, sagte ich, »und bei ein paar anderen, von denen du wahrscheinlich noch nie was gehört hast.«

»Hat er auch in den oberen Ligen gespielt?«

»Im Leben nicht.«

»Hast du ihn mal pitchen sehen?«

»Ein paarmal, als ich ganz klein war, aber ich kann mich nicht richtig daran erinnern.« Das war die Wahrheit. Am besten erinnere ich mich an das letzte Mal, kurz nach Rubys Geburt, als Mom mit uns zu einem Spiel der Rangers gegangen war. Rowdy Ranger, das Maskottchen, ging durch die Sitzreihen und machte mit allen Kindern High Five. Er hatte einen weißen Cowboyhut auf und eine schwarze Maske vor den Augen. Als er mich und Mom sah, kam er die Treppe runter auf uns zugetrabt, aber genau in dem Moment, als er die Hand hob, um sie gegen meine zu schlagen, stolperte er an der letzten Stufe und stieß gegen mich und meine Cola schwappte über Ruby. Sie war noch ganz klein, und sie hörte einfach nicht mehr auf zu weinen, weil sie so nass geworden war. Die Leute um uns herum wurden ganz hektisch und boten Mom Servietten an, um Ruby abzutrocknen, aber Mom warf bloß einen Blick auf Rowdy Ranger und einen weiteren auf ihr klatschnasses Baby, und dann packte sie unseren Kram zusammen und fuhr mit uns nach Hause. Seitdem war ich nicht mehr bei einem Baseballspiel gewesen.

»Sammy Sosa hat für die Gastonia Rangers gespielt, bevor er nach Texas ging«, sagte Marcus.

»Ich weiß. Mein Dad hat mit ihm zusammengespielt.«

»Wow«, machte Marcus.

»Ja, und ich hab mal Michael Jordan im Food Lion gesehen.«

»Ehrlich?«, fragte er lachend.

»Natürlich nicht. Ich glaub kein Wort von dem, was mein Vater mir je erzählt hat.«

»Sosa hat heute Abend gegen die Colorado Rockies wieder einen Home Run geschlagen«, sagte er. »Das macht neunundvierzig.«

»Immer noch zwei hinter McGwire.«

»Ich weiß«, sagte er, »aber er holt ihn ein.«

Meine Handfläche hatte angefangen zu schwitzen, und ich überlegte, ob ich Marcus' Hand loslassen sollte, aber da spürte ich, wie sein Daumen ganz sanft über meinen rieb, und ich fand, dass es sich richtig schön anfühlte, egal, wie verschwitzt meine Hand wurde.

»Meinst du, dein Dad wird versuchen, euch zurückzubekommen?«, fragte er.

»Könnte sein«, antwortete ich. »Aber ich glaube, das kann er nicht, und wenn doch, dann will ich nicht zu ihm.«

»Wieso nicht?«

»Das ist eine lange Geschichte«, sagte ich. Und dann: »Er hat mir heute erzählt, er hat Angst, dass wir bald adoptiert werden, bloß weil wir weiß sind.«

Marcus saß da und sagte nichts, aber ich spürte, dass er darüber nachdachte, was ich gesagt hatte. »Wahrscheinlich hat er recht, weißt du«, meinte er schließlich. »Ich schätze, damit habt ihr wirklich bessere Chancen, adoptiert zu werden.« Wir schwiegen einen Augenblick. Dann flüsterte Marcus: »Hast du ihm was von deinen Großeltern erzählt?«

»Nein. Darüber will ich nicht nachdenken. Jedenfalls noch nicht.«

»Ich weiß«, sagte Marcus. »Ich will auch nicht darüber nachdenken.« Er drückte meine Hand, und ich drückte seine. »Aber was, wenn ihr zu denen müsst?«

»Keine Ahnung«, sagte ich. »Wir kennen sie ja nicht mal. Wir haben sie noch nie gesehen. Es ist irgendwie so, als gäb's sie gar nicht wirklich.« Ich sah zu Ruby hinüber und dachte daran, dass sie vorhin gesagt hatte, wir könnten doch nach Alaska gehen. »Es wäre bestimmt keine gute Idee, wenn wir einfach in Alaska auftauchen würden.«

»Und was hast du vor?«, fragte er.

Ich lehnte den Kopf gegen die Wand und lächelte. »Willst du das wirklich wissen?«

»Ja«, war seine Antwort.

Ich schloss die Augen und erzählte ihm, dass ich mit allen Mitteln dafür sorgen würde, dass Ruby und ich in dem Heim blieben, bis ich achtzehn war, weil ich sie dann adoptieren und überallhin mitnehmen konnte, wohin wir wollten.

»Wohin wollt ihr denn?«, fragte er.

»College«, sagte ich. Ich erzählte ihm, dass ich Ruby mitnehmen und sie in einer Schule in der Nähe vom College unterbringen wollte. Dann würden wir beide tagsüber was lernen, und abends könnte ich irgendwo jobben, weil Ruby alt genug wäre, um allein zu Hause zu bleiben.

»Glaubst du, du kannst sie mit zum College nehmen?«, fragte er. »Dass sie mit dir im Studentenwohnheim leben könnte?«

»Keine Ahnung«, sagte ich. »Aber wir könnten uns eine eigene kleine Wohnung nehmen, damit wir nicht ins Studentenwohnheim müssen. Außerdem bin ich's sowieso satt, mit anderen Leuten unter einem Dach zu wohnen.«

»Meine Cousine Janae geht aufs Gaston College«, sagte er. »Sie hat eine kleine Tochter, die ist drei. Sie haben ein Apartment.«

»Ja, aber das ist bloß ein Community College. Das ist gleich um die Ecke.«

»Was stört dich daran?«, fragte er.

»Nichts. Aber ich möchte auf ein *richtiges* College. So eins, das weit weg von zu Hause ist.«

Er fragte mich, was ich denn auf dem College lernen

wollte, und ich sagte, ich wollte Polizistin werden, weil das die einfachste Erklärung war. Ich erzählte ihm nicht, dass ich eigentlich zum FBI wollte.

»Ich glaube, du wärst ein guter Cop«, sagte er. »Ich würde mich jedenfalls nicht mit dir anlegen.«

»Solltest du auch nicht. Ich würd' dir sofort Handschellen anlegen.«

Er lachte, und dann löste er seine Finger aus meinen und legte seine Hand in den Schoß. »Kann ich dich was fragen?«

»Ja.«

»Wieso redest du nur mit mir, wenn ich nachts herkomme?«

»Wie meinst du das?«, fragte ich.

»Woanders redest du nie mit mir«, sagte er. »Du guckst mich nicht mal richtig an: nicht in der Schule, nicht nach der Schule. Am Montag wird es wahrscheinlich wieder so sein.«

Ich wusste nicht, was ich sagen sollte, weil ich noch nie darüber nachgedacht hatte und selbst nicht wusste, wie ich es erklären sollte.

»Du wolltest nicht mal, dass ich heute deinen Dad kennenlerne«, sagte er.

»Das hat nichts zu bedeuten«, erwiderte ich. »Den hat noch nie einer kennengelernt. Ich kenne ihn ja selbst kaum.«

»Aber du hast *meine* Eltern kennengelernt«, sagte er.

»Ich hab sie *einmal* getroffen. Einmal nach der Schule,

und da hast du ihnen nicht mal gesagt, dass ich deine feste Freundin bin.«

»Bist du das denn?«

»Ich weiß nicht«, sagte ich. »Nicht genau.«

»Benehmen tust du dich jedenfalls nicht so.«

»Ich will einfach nicht, dass andere irgendwas über mich wissen.«

»Das heißt, du willst einfach nicht, dass die anderen von mir wissen.«

»Das hab ich nicht gemeint.«

»Egal«, sagte er. Er kletterte vom Bett.

»Wo willst du hin?«, fragte ich.

»Ich muss gehen. Ich bin sowieso schon zu lange hier.« Er schob das Fenster auf und stützte die Hände auf die Fensterbank. Er blieb vorgebeugt stehen und schaute nach draußen, als wartete er darauf, dass ich irgendwas sagte, aber ich wusste nicht, was ich sagen sollte. Ich hatte mich gefragt, ob wir uns wieder küssen würden, wenn er ging, und als es nicht so aussah, merkte ich, wie sehr ich es mir gewünscht hatte. »Vielleicht sehen wir uns in der Schule«, sagte er. Er schob einen Fuß nach draußen und setzte sich rittlings auf die Fensterbank, und dann schwang er den anderen hinterher und rutschte nach unten. Ich hörte, wie er auf der Erde landete.

4

In der nächsten Nacht und auch Sonntagnacht kam Marcus nicht wieder an mein Fenster, und am Montag in der Schule sah ich ihn nicht, weil wir nicht in derselben Klasse waren. Nach der Schule war er wohl direkt nach Hause gegangen, weil er nicht wie sonst noch länger blieb, um mit uns Kickball zu spielen. Anders als Ruby und ich musste er nach der Schule nicht noch dableiben. Seine Mutter war meist von der Arbeit zurück, bevor er nach Hause kam, und selbst wenn nicht, durfte er allein zu Hause sein. Die meisten Kinder in meinem Alter durften das, aber ich nicht. Ohne Miss Crawford oder eine von den anderen Betreuerinnen durfte keines von den Kindern im Heim sein, daher mussten wir nach der Schule bleiben, bis jemand uns mit dem Kleinbus abholte.

Am Freitag war ich dann schon fast sicher, dass ich Marcus nie wiedersehen würde. Ich sagte mir, falls ich ihn doch je wiedersehen würde, dann würde ich allen, die ich kannte, erzählen, dass er mein Freund war: Ruby, Miss Crawford, sogar Wade, falls dem einfiel, noch mal hier aufzutauchen.

Am Samstagmorgen nach dem Frühstück saß Ruby mit

ein paar von den Kleinen im Fernsehraum und guckte Zeichentrickfilme. Ich blieb in unserem Zimmer und starrte an die Wand, das Nancy-Drew-Buch *Das Geheimnis der verschwundenen Lampe* aufgeschlagen auf dem Schoß, und überlegte, was Marcus alles durch den Kopf gehen mochte.

Ich wusste, ich würde mich nicht genug konzentrieren können, um das Geheimnis zusammen mit Nancy zu lösen, wenn ich einfach dasaß und über etwas anderes nachdachte, während ich die Kleinen ein paar Zimmer weiter über die Zeichentrickfilme lachen hörte, deshalb rutschte ich vom Bett und ging zum Büro, um Miss Crawford zu fragen, ob ich an einen der Computer durfte.

Im Lernzimmer standen zwei Computer, um Spiele zu spielen oder ins Internet zu gehen. Ich hatte eigentlich nie einen Grund, ins Internet zu gehen, aber ich hörte gern das laute, fiepsende Geräusch, wenn das Telefon sich einwählte, und wie die Computerstimme sagte: »Sie haben Post.« Ich fand diese Stimme irgendwie toll, obwohl ich selbst noch nie eine E-Mail bekommen hatte. Ich hatte auch noch nie Grund gehabt, eine zu verschicken. Der einzige Grund für mich, an den Computer zu gehen, war ein Spiel: Oregon Trail. Ich benannte immer zwei von den Pionieren nach Ruby und mir und spielte stundenlang, und wenn alle anderen gestorben waren, tat ich so, als ob nur sie und ich in dem Planwagen wären und wir Truthähne und Hirsche schießen und durch Flüsse gen Westen ziehen würden.

Ich ging am Lernzimmer vorbei und spähte hinein, um mich zu vergewissern, dass einer von den Computern frei war. Ein Junge namens Travis, der ein paar Jahre jünger war als ich, saß an einem. Ich konnte nicht erkennen, was er da machte, aber er hatte Ohrhörer auf, und von da, wo ich stand, konnte ich Rap-Musik hören. Er nickte mit dem Kopf im Takt.

In der Hoffnung, dass sich keiner den anderen Computer sichern würde, ehe ich zurückkam, ging ich den Flur hinunter zum Büro. Es lag hinter einer Tür, die von der Küche abging.

Als ich näher kam, hörte ich eine Männerstimme, und ich blieb in der Küche stehen und lauschte an der Tür. Jetzt sagte Miss Crawford etwas, und sie sprach sehr ernst mit jemandem. Ihre Stimme klang genauso, wie sie aussah: dünn und streng. Sie war alt und hatte graues Haar, aber wir wussten alle, dass mit ihr nicht zu spaßen war, und keiner legte sich mit ihr an.

»Hören Sie«, sagte sie, »bei mir sind Sie an der falschen Adresse.« Eine Aktenschublade glitt auf, und ich hörte, wie sie etwas herausnahm und die Schublade wieder zuschob.

»Aber es sind meine Kinder«, sagte die Männerstimme. Ich erkannte sie sofort. Es war Wade. Er klang nervös und unsicher, ganz anders, als er in der Woche zuvor am Baseballfeld gewirkt hatte.

»Nicht in den Augen des Gerichts«, erwiderte Miss Crawford. »Nicht von Rechts wegen. Aus den Akten geht hervor, dass Sie 1996 das Sorgerecht für die Kinder abgegeben haben, und Sie bekommen sie nicht bloß deshalb wieder, weil ihre Mutter gestorben ist. Sie können nicht einfach nach der Schule hier auftauchen wie neulich oder an einem Samstagmorgen herkommen und sie sehen wollen.«

»Aber als ich den Wisch unterschrieben hab, hieß es, es gäbe da so eine Klausel, die mir ein Besuchsrecht einräumt. Daran erinnere ich mich. Das haben die mir gesagt, als ich unterschrieben hab.«

»Mag sein«, sagte Miss Crawford. »Da müssen Sie den Richter fragen. Oder Sie wenden sich an den Vormund der beiden, Brady Weller. Hier ist seine Karte.«

Als ich Brady Wellers Namen hörte, hatte ich ihn sofort vor Augen. Ruby und ich hatten ihn ein paarmal getroffen. Das erste Mal an dem Morgen nach unserer ersten Nacht im Heim. Er wartete mit Miss Crawford im Wohnzimmer auf uns. Sie erklärte uns, wer er war, und dann führte sie uns zum Esstisch und ließ uns drei allein. Brady war groß und hatte kurzes blondes Haar und strahlend blaue Augen. Er war älter als Mom, aber sobald ich ihn sah, wünschte ich, sie hätte sich mit Männern wie Brady Weller angefreundet statt mit solchen wie Calico. Er legte zwei Aktenordner vor sich auf den Tisch, aber er schlug sie nicht auf. Ich glaube, er hätte uns angelächelt, wenn wir jemand anderes gewesen wären, aber er schien zu wissen, dass uns wahrscheinlich nicht nach lächeln zumute war. »Wie gefällt euch euer neues Zimmer?«, fragte er, beugte sich vor und legte die Hände auf den Tisch.

Ruby und ich saßen bloß da und starrten den Tisch an. Aber dann sah Ruby zu mir hoch, und schließlich sah sie Brady an und sagte: »Unsere Mom ist tot.« Ihre Augen füllten sich mit Tränen.

Brady griff über den Tisch und legte ihr eine Hand auf die Schulter. »Ich weiß. Und das tut mir schrecklich leid. Aber ihr seid hier gut aufgehoben. Miss Crawford ist wirklich nett, und sie freut sich sehr, dass ihr hier seid. Und ich werde immer für euch da sein.«

Auf der anderen Seite der Tür war Wade verstummt, und er schaute sich wahrscheinlich Bradys Karte an.

»Wieso muss ich überhaupt jemanden anrufen?«, fragte er. »Es sind meine Kinder.«

»Das weiß ich, Mr Chesterfield«, sagte Miss Crawford. »Aber mehr kann ich wirklich nicht für Sie tun.«

Ich stellte mir vor, wie Wade Miss Crawford mit einem Gesichtsausdruck ansah, der sie anflehte, alles zu tun, um ihm zu helfen. Anscheinend hatte sie genau den Ausdruck gesehen, den ich im Kopf hatte, denn sie sagte: »Tut mir leid, Mr Chesterfield, aber es geht wirklich nicht anders.«

»Also gut«, sagte er schließlich. »Aber ich bin zeitlich sehr eingespannt.«

»Ich verstehe«, sagte sie.

»Deshalb wäre es schön, wenn ich sie heute sehen könnte«, bat er. »Nicht lange. Bloß ein paar Minuten. Mehr nicht.«

Miss Crawford unterbrach ihn. »Es tut mir leid, aber das kann ich nicht zulassen. Was ich Ihnen jetzt sage, sollte ich Ihnen vermutlich gar nicht sagen, aber ich möchte, dass Sie sich über die Situation im Klaren sind. Wir haben Kontakt zu den Großeltern der Mädchen in Alaska aufgenommen, und die bemühen sich gerade nach Kräften, die beiden zu adoptieren, und bisher haben sie alles richtig gemacht, alles, was das Gericht von ihnen verlangt hat.«

»Na toll«, sagte Wade. »Sie sollten wissen, dass diese Leute die Mädchen noch nie zu Gesicht bekommen haben, kein einziges Mal in ihrem ganzen Leben. Aber ich, ich bin *hier*. Ich will sie. Es sind *meine* Töchter.«

»Ich verstehe«, wiederholte Miss Crawford. »Aber so arbeitet unser Rechtssystem nun mal nicht.«

»Ich weiß, wie das Rechtssystem arbeitet. Und ich weiß, dass es nie für Leute wie mich arbeitet.« Er schwieg einen Moment, und dann sagte er im Flüsterton: »Werden Sie meine Mädchen nach Alaska schicken?«

»Ich weiß es nicht. Vielleicht, aber ich kann es nicht mit Sicherheit sagen. Ich bin nicht befugt, irgendwelche Zusicherungen zu machen.«

Ich hörte den Fußboden knarren, als Wade auf die Tür zuging, die nach draußen auf die Veranda führte. Ich hörte, wie er den Knauf drehte, und dann hörte ich das Geräusch der Tür, als er sie aufmachte. Aber dann blieb er einfach stehen, das wusste ich, weil ich die Tür nicht zugehen hörte.

»Ich will, dass sie wissen, dass ich reingelegt worden bin«, sagte er. »Ich hätte den Wisch nie im Leben unterschrieben, wenn ich gewusst hätte, dass ich die Mädchen dadurch verliere.«

»Ich verstehe«, sagte Miss Crawford. »Und ich –« Aber dann schloss Wade die Tür, und Miss Crawford sagte nichts mehr.

Ich klopfte nicht an die Bürotür, um Miss Crawford zu fragen, ob ich an den Computer durfte, weil ich keine Lust mehr hatte, Oregon Trail zu spielen. Ich hatte eigentlich zu nichts mehr Lust, außer allein zu sein. Ich schlich aus der Küche und den Flur hinunter, vorbei am Lernzimmer mit dem freien Computer, zurück in unser Zimmer. Ich schloss die Tür und setzte mich auf die Bettkante und ließ den Blick über die paar Sachen wandern, die uns gehörten: die hellrosa Decken auf den Matratzen, die ein Stück vom Boden erhöht waren wie richtige Betten; die Anziehsachen im Schrank; die Brettspiele und Bücher, die unter dem Tisch zwischen unseren Betten gestapelt waren. Ich versuchte, mir diese Dinge weit weg von hier in irgendeinem Zimmer in Alaska vorzustellen. Mom hatte uns erzählt, dass es da so viel schneite, dass der Schnee sich vor den Fenstern türmte, dass fast das halbe Jahr lang keine Sonne schien und es immer dunkel war wie in der Nacht. Ich schaffte es einfach nicht, mir Ruby und mich und irgendwelche Sachen von uns an so einem Ort vorzustellen.

Ich wusste genau, was für ein Blatt Papier Wade mit »Wisch« gemeint hatte. Ich hatte es in Moms Zimmer gefunden, nachdem wir alle vom Gericht nach Hause gekommen waren. Da hatte ich Wade das letzte Mal gesehen. Mom hatte Ruby und mich mit zum Gericht genommen, obwohl ich erst neun und Ruby gerade mal vier war. Ich weiß noch, wie sie sagte: »Ihr sollt beide sehen, worauf euer Daddy sich einlässt, wenn man ihn lieb genug darum bittet.«

Wade wartete auf uns, als wir zum Gericht kamen. Seine Augen waren verschwollen und rot. Er wippte auf den Füßen vor und zurück, und schließlich setzte er sich auf einen Stuhl und wartete, dass es losging. Ruby und ich saßen bei Mom. Sie ließ uns nicht zu Wade rübergehen und mit ihm reden, obwohl er ständig zu uns rübersah und richtig laut schniefte, als wollte er uns dazu bringen, dass wir ihn anschauten. Wir hatten ihn länger nicht gesehen, und Mom tat so, als würde sie ihn selbst jetzt nicht sehen. Er hatte extra ein Button-Down-Hemd angezogen, um sich schick zu machen und nett auszusehen, aber das Hemd hatte noch die Knitterfalten aus dem Laden. Es sah aus, als hätte er es einfach ausgepackt und angezogen.

Ich weiß nicht mehr genau, was dann passierte, und ich weiß nicht mehr genau, was der Richter sagte, aber ich weiß noch, dass Mom und Dad irgendwann aufstanden und zu dem Tisch gingen, wo der Richter saß. Mom ging flott auf ihn zu, als wäre sie furchtbar gespannt darauf, was er zu sagen hatte, aber Wade schlurfte so langsam hin, dass ich dachte, er würde nie ankommen. Die drei tuschelten miteinander, und zwischendurch drehte Wade immer mal wieder den Kopf und sah rüber zu Ruby und mir, um unsere Aufmerksamkeit auf ihn zu lenken. Ich sah, dass er ständig auf den Fersen nach hinten wippte, und ein paarmal wippte er zu weit und musste sich an irgendwas festhalten, um nicht umzukippen.

Und noch eines weiß ich ganz genau, nämlich dass ich gesehen habe, wie sie beide das Blatt Papier unterschrieben. Und ich weiß noch, dass ich gesehen habe, wie Mom eine Ausfertigung davon bekam. Sobald sie das Blatt Papier in der Hand hielt, war es vorbei. Augenblicke später waren wir zur Tür hinaus und gingen wieder die Straße runter, weg vom Gerichtsgebäude und raus aus der Innenstadt. Sie hatte nicht »bye« zu Wade gesagt oder »danke« zu dem Richter oder sonst was – sie ging einfach. Ruby und ich konnten kaum mit ihr Schritt halten. Sie steckte das Blatt Papier in die Handtasche und nahm Ruby und mich an die Hand. »Jetzt sind wir nur noch zu dritt«, sagte sie. »Jetzt müssen wir uns nur noch um uns selbst kümmern – um uns selbst und niemanden sonst.«

Sobald wir nach Hause kamen, ging Mom mit dem Blatt Papier in ihr Zimmer und schloss die Tür. Ein paar Minuten später hörte ich sie weinen.

Als sie am Abend in der Küche war und für Ruby etwas zu essen machte, schlich ich mich in ihr Zimmer und fand das Blatt Papier zusammengefaltet auf dem Nachttisch. Ich nahm es und las es, so gut ich konnte. Oben drüber stand *Beendigung des elterlichen Sorgerechts*. Weiter unten stand: *Hiermit erkläre ich, Wade Chesterfield, den Ver-*

zicht auf mein elterliches Sorgerecht für Easter Renee Quillby und Ruby Justice Quillby, beide minderjährig … Verzicht: Ich wusste nicht genau, was das Wort bedeutete, aber ich sah, wo Mom unterschrieben hatte, und ich erkannte Wades Unterschrift direkt neben ihrer. Ich faltete das Blatt wieder zusammen und legte es genau dahin zurück, wo ich es gefunden hatte, und dann schlich ich mich aus Moms Zimmer und ging in unser Zimmer. Mein Rechtschreibbuch war in meinem Rucksack, und ich holte es raus und blätterte nach hinten, wo ein kleines Wörterbuch war. Da stand es. *Verzicht: Abgabe, Aufgabe; auf etw. verzichten: etw. abgeben, nicht mehr haben wollen*. Ich fand, das kam ziemlich genau hin.

Am selben Abend, nachdem Mom ins Bett gegangen war und Ruby schlief, schlich ich mich in die Diele, um mir das eine zu holen, was Wade in unserem Haus zurückgelassen hatte. Ich öffnete den Schrank neben der Haustür, so leise ich konnte, und ich nahm die Tasche heraus und hängte sie mir über die Schulter und trug sie ins Bad. Ich schloss die Tür ab und knipste das Licht an, und dann holte ich unter dem Waschbecken eine Flasche Nagellackentferner und einen Beutel Wattebäusche hervor. Ich setzte mich auf den Boden, lehnte den Rücken gegen die Wanne, öffnete die Tasche und holte alle alten Baseballs heraus, die Wade mal signiert hatte, als er noch dachte, er würde irgendwann berühmt, und ich nahm Moms Nagellackentferner und gab mir alle Mühe, seinen Namen von jedem einzelnen Ball zu entfernen.

5 *Pruitt*

Mein alter Herr brachte mir bei, einen Fastball mit dem Schläger zu treffen, indem er eine leere Bierflasche auf ein T-Ball-Tee stellte, das er auf einem Trödelmarkt gekauft hatte. Er warf mir die Schutzbrille zu, die er in seiner Werkstatt trug, und dann trat er zurück und nahm einen Schluck von einem frischen Bier, deutete mit einem Kopfnicken auf die leere Flasche und sagte: »Na los, schlag zu.«

Das Geräusch eines Aluminiumschlägers, der eine Glasflasche zertrümmert, ist für die Ohren eines Sechsjährigen so ungefähr das Schönste, was es gibt. Mein alter Herr stand weit genug weg, um keine Splitter abzukriegen, und er lachte jedes Mal, wenn eine von den Flaschen zerplatzte, und dann machte er eine neue Flasche Bier auf und trank sie in einem Zug leer, nur damit er sie auf das Tee stellen konnte. Bier glänzte am Schläger, und meine Arme und mein T-Shirt waren feucht.

Als wir ein Sixpack durch hatten, ging er zum Carport und holte ein neues aus dem schmutzigen weißen Kühlschrank neben der Treppe. Er machte eine weitere Flasche Bier auf und stellte das Sixpack auf die Motorhaube des Wagens. »Hast du das Glas auf dir gespürt?«, fragte er.

Als ich auf meine nassen Arme blickte, sah ich, dass meine Haut nicht bloß mit Bier besprenkelt war. Sie war auch übersät mit kleinen Glassplittern. »Ja.«

»Gut«, sagte er und kippte dann den Rest von seinem Bier in sich hinein. Er kam auf mich zu, eine offene Hand vor sich ausgestreckt. »Los, nimm die Brille ab.« Er zog mir die Brille vom Gesicht, und dann klappte er sie zusammen und steckte sie in die Brusttasche von seinem Overall. Er stellte die leere Flasche auf das Tee und trat zurück. »Schlag zu«, sagte er. Er verschränkte die Arme und wartete. »Schlag zu«, wiederholte er.

»Krieg ich die Brille wie-«, aber da hatten mich schon seine Hände gepackt. Meine Hände wollten den Schläger fallen lassen, aber er schloss seine Finger um meine und drückte sie fester an den Schläger. »Schlag zu, du Memme«, sagte er. Er hob meine Hände so, dass der Schläger über meiner rechten Schulter war. Ich unterdrückte ein Schniefen und kniff die Augen zusammen, damit mir keine Tränen über die Wangen liefen. Er gab mir einen Klaps auf den Hinterkopf.

»Wenn du heulst, kriegst du die Scheißbrille erst recht nicht wieder«, höhnte er. »So, jetzt schlag endlich zu!« Er drehte sich um und ging zurück zum Carport und machte noch ein Bier auf und steckte sich eine Zigarette an. Meine Haltung war ihm zugewandt, als würde er First Base spielen, und seine Augen beobachteten mich, als wartete er, wohin der Ball gehen würde.

Der Schläger schwang von meiner Schulter auf die Flasche zu, doch im letzten Moment drehte mein Gesicht sich weg, und die Schlägerspitze streifte das Tee, und die Flasche kippte ins Gras. Mein alter Herr knallte sein Bier auf die Motorhaube und kam auf mich zugestürmt.

Als er bei mir war, beugte er sich vor, so dass er auf Augenhöhe war. »Wieso hast du den Kopf weggedreht?«, fragte er. »Du musst die Augen« – er ließ die brennende Zigarette im Mundwinkel baumeln, packte mit seiner riesigen Hand meinen Kopf und drehte ihn in Richtung Tee – »auf einer Linie mit den Schultern halten.« Er riss meine Schultern herum, so dass sie auf die Stelle zeigten, wo die Home Plate gewesen wäre.

»Okay.«

»Okay was?«

»Ich dreh den Kopf nicht mehr weg.«

»Das woll'n wir mal sehen«, sagte er. Er nahm die Zigarette aus dem Mund und pustete mir Rauch ins Gesicht.

»Und wenn ich Glas in die Augen kriege?«

Er legte mir einen Finger unters Kinn und drehte mein Gesicht so, dass er mich direkt ansah. »Dann mach sie zu«, sagte er. »Die Flasche ist da, ob du sie sehen kannst oder nicht.«

Ich hatte ein weiteres Sixpack vom Tee gedroschen, ehe ich die Fliegentür zum Haus hinter mir zuknallte. Meine Mutter saß auf dem Sofa im Wohnzimmer, faltete Wäsche und guckte sich Soaps an, bei abgedrehtem Ton. »Was war das denn für ein Krach da draußen?«, fragte sie. Sie schaute auf und sah mich und ließ das, was sie da gerade zusammenfaltete, fallen. »Was in aller Welt hast du gemacht?« Sie sprang vom Sofa auf und nahm meine Hand und zog mich den Flur hinunter ins Bad.

Sie setzte mich auf den Waschtisch und fing an, mir mit Peroxid und Wattebäuschen das Blut abzuwischen, während meine Augen sie im Spiegel anstarrten, ehe sie sich schlossen und das Bild der zerplatzenden Flaschen heraufbeschworen. Selbst mit geschlossenen Augen konnte mein Körper jede Bewegung ihrer Hände spüren, jedes Mal, wenn sie aufhörten und nach dem Peroxid griffen, jede Stelle in meinem Gesicht oder an den Armen, wo die nassen Wattebäusche mich berührten. Als meine Augen sich wieder öffneten, war das Blut verschwunden, und der Waschtisch war mit rosa Watte übersät.

Meine Mutter musterte mein Gesicht im Spiegel, als wollte sie sich vergewissern, dass sie auch wirklich alles Blut weggewischt hatte. Sie seufzte. »Ganz ehrlich«, sagte sie. »Manchmal glaub ich, dein Daddy lässt sich solche Gemeinheiten einfallen, nur weil er Spaß dran hat.«

Aber das stimmte nicht – jedenfalls nicht ganz. Mein Vater wollte mir etwas Nützliches über Baseball beibringen, vielleicht sogar etwas Nützliches über das Leben selbst, und zwar Folgendes: Wenn du irgendwas gut machen willst, dann solltest du es möglichst mit geschlossenen Augen tun können.

Die Lektion meines alten Herrn ist mir im Gedächtnis geblieben, und sie war noch immer da, als sich meine Augen langsam in der Dunkelheit eines weiteren Samstagabends im Tomcat's öffneten. Vom letzten Hocker am hinteren Ende der Bar ließ ich den Blick durch den fast leeren Raum schweifen: Zwei Männer im mittleren Alter mit Eheringen saßen an einem Tisch und beobachteten eine solariumbraune Blondine – zu alt für die Bewegungen, die sie auf der Tanzfläche machte –, die Blickkontakt zu ihnen herstellte und versuchte, ihnen noch einen Drink abzuschwatzen. Drei Jungs aus der Gegend, entweder aus Belmont oder Stanley, kippten Budweisers und brüllten den Fernseher über der Bar an, wo die Höhepunkte des letzten Vorsaisonspiels der Carolina Panthers gezeigt wurden. »Sweet Child of Mine« von Guns N' Roses dröhnte aus den Lautsprechern in der Decke. Es war ein ziemlich normaler Samstagabend.

Im Büro des Bosses sah die Sache anders aus.

Er war ein paar Minuten vor elf mit seinen zwei Cousins Rick und Eddie hereingekommen, schnurstracks nach hinten ins Büro gegangen und hatte die Tür zugeknallt, aber vorher war Eddie noch an der Bar stehen geblieben und hatte sich zwei Bud Lights und einen Dewar's on the rocks geben lassen.

In den folgenden zwei Stunden war der Boss in den Pausen zwischen den Songs aus seinem Büro zu hören gewesen, obwohl die Tür geschlossen war, obwohl in der Bar Stimmen lärmten und der Fernseher plärrte. Irgendwer hatte irgendwas von innen gegen die Bürotür geworfen. Vorher hatte es sich angehört, als wäre ein Aktenschrank umgefallen. Dann und wann ertönte ein »Scheiße« oder ein »Dreckskerl« aus Richtung Büro. In den zwei Monaten, die ich Türsteher war, hatte sich der Boss noch nie so aufgeführt.

Ein Lichtstrahl aus dem Büro fiel in den Flur, um gleich darauf wieder zu verschwinden. Rick ging zur Bar. Selbst in dem fast dunklen Club sah seine Stirn verschwitzt und sein Gesicht blass aus. Er nahm eine Cocktailserviette von der Theke, setzte seine Brille ab und wischte sich über das Gesicht. Ein Dufthauch stieg mir in die Nase: Was wie Schweiß ausgesehen hatte, war in Wirklichkeit Whiskey.

Er merkte, dass ich ihn anstarrte. »Wie zum Teufel kannst du überhaupt was sehen mit der Sonnenbrille auf?«, fragte er. Er knüllte die Serviette zusammen und warf sie auf die Theke.

»Was ist denn da hinten für ein Krach?«

»So hört es sich an, wenn die Kacke am Dampfen ist«, sagte er.

»Ist was passiert?«

»Ja, kann man so sagen. Kann man eindeutig so sagen.« Er nahm eine neue Serviette und wischte sich wieder übers Gesicht. »Wieso fragst du?«

»Hier draußen ist es langweilig.«

»Du Glückspilz«, sagte er. Er seufzte und rieb sich die Augen, ehe er die Brille wieder aufsetzte und nach oben zum Fernseher blickte. »Irgendwer hat dem Boss was geklaut«, verriet er schließlich. »Etwas, das auf gar keinen Fall hätte geklaut werden dürfen.«

»Was denn?«

Der Fernseher spiegelte sich in Ricks Brille: eine Vorschau auf McGwires Spiel am Sonntag gegen die Braves. Rick stand wie erstarrt da und stierte auf den Bildschirm an der Wand. »Du hast doch mal Baseball gespielt, nicht, Pruitt?«

»Ja.«

»Sagt dir der Name Wade Chesterfield was?«

»Kann sein.« Die Haut um meine Nasenlöcher kitzelte. Ich wischte mir die Nase und eine schwache blutige Schmierspur blieb an meinem Handrücken haften.

»Wenn du weißt, wo der Kerl steckt, solltest du's dem Boss sagen.« Rick nickte in Richtung Büro. »Der Boss möchte vielleicht, dass du mit Chesterfield ›redest‹.« Er malte mit den Fingern Anführungszeichen in die Luft. »Du verstehst, was ich meine?« Er trat zurück und sah mich an. »Im Ernst«, sagte er und nickte wieder in Richtung Büro. »Geh und red mit ihm.«

Rick öffnete die Tür und ging nach draußen auf den Parkplatz. In der Außenbeleuchtung war Regen zu sehen, der die Windschutzscheiben der geparkten Autos besprenkelte. Das Büro des Bosses lag auf der anderen Seite der Bar, am Ende des Flurs, von dem es auch zu den Toiletten ging. Der Lichtstreifen unter der Tür zuckte, als wäre gerade irgendwas dagegen geworfen worden.

Nach dem ersten Klopfen kam keine Reaktion. Nach dem zweiten Klopfen dröhnte die Stimme des Bosses von innen. »Was?!«, schrie er.

»Pruitt hier.«

»Ich hab' jetzt keine Zeit«, antwortete er. »Ducky an der Bar soll sich drum kümmern. Der dreht sowieso nur Däumchen.«

»Es geht nicht um den Club. Es geht um Wade Chesterfield.« Einen Augenblick später ging die Tür auf und Neonlicht fiel in den Flur.

»Na los, komm rein«, sagte die Stimme des Bosses.

Nach der Dunkelheit im Club war das Bürolicht gleißend hell. Rechts von der Tür lehnte ein Aktenschrank schief an der Wand, die Schubladen hingen heraus, Akten lagen davor auf dem Fußboden verteilt. Der Schreibtisch vor der hinteren Wand war leergefegt worden, und rechts und links davon war der Boden mit Papieren und zerbrochenen Bilderrahmen übersät. Der Boss saß an seinem Schreibtisch, als wäre nichts gewesen, und hatte die Füße – in schick bestickten, kirschrot gebeizten Cowboystiefeln – lässig auf die Schreibtischplatte gelegt. Sein Haar und der Spitzbart waren so schwarz, dass sie nur gefärbt sein konnten. Sein Cousin Eddie saß auf einem Klappstuhl, der an der Wand lehnte, die Arme vor der Brust verschränkt, ein frisches Loch so groß wie die Faust des Bosses in der Holzverkleidung hinter seinem Kopf. Eddie hob eine Hand und strich seine Schmachtlocke glatt an die Stirn. Dann fuhr er mit den Fingern über seinen dünnen Schnurrbart.

»Was gibt's, Pruitt?«, fragte der Boss.

»Hab gehört, Sie suchen nach Wade Chesterfield.«

»Weißt du, wo er ist?« Er zeigte auf Eddie. »Weil mein

Arschloch von Cousin nämlich seit gestern nach ihm sucht, und weißt du was?« Er drehte die Handflächen nach oben und zuckte mit den Schultern. »Nichts«, sagte er. »Also, was kannst du machen?«

»Ihn finden.«

»Kennst du ihn?«, fragte Eddie. Es wurde still im Raum.

»Kennst du ihn?«, wiederholte der Boss. Aus dem Augenwinkel sah ich Eddies Grinsen.

»Aus den Minor Leagues, ist lange her.«

»War das, bevor …?« Der Boss zeigte auf sein Auge und ließ die Frage unvollendet.

»Ja, davor.«

»Trägst du deshalb dauernd die Sonnenbrille?«, fragte Eddie.

Mein Blick blieb weiter auf den Boss gerichtet. »Sie werden niemanden finden, der Wade Chesterfield so gern umlegen will wie ich.«

»Tatsächlich?«, fragte der Boss. Er lächelte und sah zu Eddie hinüber und nickte, als würde er zustimmen. »Wieso hast du ihn dann noch nicht umgelegt? Hätte mir 'ne Menge Ärger erspart.«

»Sie sind der Erste, der bereit ist, dafür zu bezahlen.«

Der Boss starrte mich einen Moment lang an, und dann fing er an zu lachen. Er ließ die Füße vom Schreibtisch auf den Boden plumpsen, wippte in seinem Sessel nach vorn und stützte die Hände auf die Knie. »Ist das dein Ernst?«, fragte er. Er wartete mit tränenden Augen auf eine Antwort von mir, dann lachte er wieder los, noch heftiger als zuvor. »Der meint das wirklich ernst«, japste er. Eddie kicherte auf seinem Stuhl an der Wand.

Der Boss lachte, bis er heiser war, und dann wischte er sich die Augen und setzte sich gerade hin. Er zupfte ein Taschentuch aus einer Schachtel auf dem Schreibtisch und putzte sich die Nase. »Meine Fresse«, sagte er. »Ich hatte einen Scheißtag. Das hat jetzt echt gutgetan.«

»Da gibt es nichts zu lachen.«

»Da gibt es nichts zu lachen«, wiederholte der Boss im Flüsterton. »Tja, da bin ich anderer Ansicht, Pruitt. Dein alter Kumpel hat mir sehr viel Geld gestohlen, und das will ich bitte schön wiederhaben. Du hast eben was sehr Lustiges gesagt, weil der Gedanke, dass ich dich für etwas bezahlen würde, das ich selbst erledigen kann, einfach saukomisch ist.« Er fing an, Sachen zurück auf den Schreibtisch zu stellen, als ob das Gespräch zu Ende wäre.

»Wenn Sie es selbst erledigen könnten, hätten Sie das längst getan.«

»Gute Nacht, Pruitt«, sagte er. »Mach die Tür hinter dir zu.«

»Fünfundzwanzigtausend, um ihn zu finden. Noch mal fünfundzwanzig, und er verschwindet für immer. Gefunden und umgelegt wird er so oder so. Der einzige Unterschied ist der, dass Sie jetzt noch entscheiden können, ob Sie Ihr Geld zurückbekommen oder nicht.«

Der Boss lehnte sich in seinem Sessel zurück und lächelte. »Sieh an, sieh an«, sagte er. »Du willst Auftragskiller spielen.«

»Das ist kein Spiel.«

»Stimmt genau. Das ist Erpressung. Aber ich sag dir was, Pruitt. Hier ist mein Angebot: fünftausend im Voraus, fünftausend, *falls* du ihn findest, und fünftausend, falls ich mein Geld wiederkriege. Noch mal fünftausend, wenn er für immer verschwindet. Abgemacht?«

»Fünfundzwanzigtausend im Voraus. Für fünfzig verschwindet er für immer. Unverändert.«

»Ausgeschlossen«, erwiderte der Boss. »Ausgeschlossen. So viel Geld hab ich schließlich nicht in der Portokasse.« Meine Hand griff nach dem Türknauf. »Moment«, sagte er, und seine Augen schlossen sich, als wäre er tief in Gedanken. »Fünftausend im Voraus, zehntausend, falls du ihn findest, und noch mal zehntausend, falls ich mein ganzes Geld wiederkriege. Fünfundzwanzigtausend, wenn er danach für immer verschwindet.« Er öffnete die Augen. »Mehr ist nicht drin, Pruitt. Ja oder nein?«

Ich sagte ja.

»Du hast zehn Tage«, sagte er. »Zehn Tage, und dann tanzt du gefälligst wieder hier an.«

»Seine Beute.«

»Was ist damit?«

»Wie viel hat er mitgehen lassen?«

»Zu viel«, stellte der Boss fest. Er zeigte auf mich. »Und ich rate dir, mir jeden Cent davon zurückzubringen.«

»Sie haben keine Ahnung, wie viel es ist, oder? Sonst würden Sie es mir sagen.«

Der Boss lehnte sich zurück und blickte Eddie an, und

dann sah er wieder mich an. »Treib es nicht zu weit, Pruitt«, sagte er. »Treib es ja nicht zu weit.«

Er nahm einen Stift, kritzelte etwas auf einen Block und riss das Blatt ab. Er reichte mir den Zettel über den Schreibtisch. Darauf standen der Name Lane Kelly und eine Adresse mit Telefonnummer. »Der Typ da weiß irgendwas«, knurrte der Boss. Er nickte Eddie zu. »Aber mein Arschloch von Cousin konnte nicht mal den finden.«

Der Boss schloss eine Schublade auf, nahm bündelweise Zwanziger heraus und warf einige in eine Einkaufstüte von Food Lion, die er dann Eddie hinhielt. Eddie sprang von seinem Stuhl auf, ging zum Schreibtisch und nahm die Tüte, und dann brachte er sie mir. Er mied jeden Blickkontakt, bis er sich wieder hingesetzt hatte.

Ich öffnete die Tür, und das Licht hinter mir fiel in den dunklen Flur. Musik aus dem Club drang in das Büro. Die Stimme des Bosses hielt mich zurück. »Was hast du eigentlich gegen Wade Chesterfield?«

Mein Gesicht wandte sich ihm zu. »Warum?«

»Ich hab einfach das Gefühl, dass du ihn noch dringender finden willst als ich.«

»Mir hat er auch was gestohlen.«

»Tatsächlich«, sagte der Boss. »Und was, wenn ich fragen darf?«

Ich nahm die Hand vom Türknauf und schob meine Sonnenbrille hoch. Das Lächeln des Bosses erstarb, als er sah, was darunter zum Vorschein kam. »Alles.«

Um zwei Uhr morgens ging das Rausschmeißlicht im Club an, und um halb drei war der Laden leer. Mein Pick-up stand neben dem Müllcontainer in der hintersten Ecke des Parkplatzes, wo kein Licht hinkam. Hinter dem Container bewegte sich was. Ein kurzer Tritt gegen das Metall scheuchte sie hervor: Die solariumbraune Blondine und einer von den Typen, die sie beim Tanzen beobachtet hatten, flitzten wie Ratten über den Parkplatz. Die Frau lachte und rief »Sorry, Pruitt« über die Schulter, während der Mann versuchte, sie hinter sich zu lassen, als wären sie nie zusammen gewesen. Sie verschwanden um die Ecke zur Vorderseite des Gebäudes, wo noch immer ein paar Wagen parkten.

Ein Klicken der Fernbedienung, und mein Pick-up entriegelte sich, ein weiteres Klicken, und die Beleuchtung samt Dachscheinwerfern ging an. Die Einkaufstüte flog auf den Beifahrersitz, hüpfte hoch und fiel in den Fußraum. Der V8-Motor des Pick-ups erwachte grollend zum Leben.

Ich musste einmal halb um den Parkplatz kurven, um Eddies neuen silbernen Camaro zu finden, denselben Wagen, mit dem er den Boss meistens zur Arbeit kutschierte. Er hatte ihn in zweiter Reihe unter einer Straßenlampe auf dem Wilkinson Boulevard abgestellt, auf der nach Charlotte weisenden Seite. Ich hielt mit dem Pick-up gut drei Meter vor der Stoßstange des Camaro, so dass meine Scheinwerfer jeden Regentropfen auf der gewachsten Karosserie des Wagens beleuchteten. Zwei lange schwarze

Baseballschläger – Pro Stock Louisville Sluggers – steckten in der Gewehrhalterung am Heckfenster.

Zuerst sah ich nur Eddies Gesicht vor mir: den dünnen Schnurrbart, die Prollfrisur, den kleinen goldenen Piercing-Ring, der oben am Rand des linken Ohrs den Knorpel durchbohrte. Aber dann verschwamm sein Gesicht und wurde zu dem von Wade Chesterfield, wie es vor zehn Jahren ausgesehen hatte. Die Scheinwerfer des Camaro wurden zu Augenhöhlen, die Rücklichter ebenso, und als sie zerbarsten und Scherben und Plastik auf den Asphalt regneten, war es, als würde ein helles Licht erlöschen, die Welt schwarz werden, als ginge etwas für alle Zeit verloren.

Das Haus lag einsam in einer dunklen, von Bäumen gesäumten Sackgasse. Drinnen brannte kein Licht, und die Sonne ging durch die Bäume dahinter auf. Die .45-mm-Glock, die unter meinem Vordersitz versteckt gewesen war, lag auf dem Armaturenbrett neben meinen Schlaghandschuhen, und den Zettel, auf dem der Boss mir ein paar Stunden zuvor Lane Kellys Namen und Adresse notiert hatte, hielt ich noch immer in der Hand.

Nachdem ich aus dem Pick-up gestiegen war, war bloß das Ticken des abkühlenden Motors zu hören und die Vögel, die in den Bäumen rings um das Haus erwachten. Meine Augen huschten von Fenster zu Fenster, suchten nach der kleinsten Bewegung der Jalousien, nach Schatten hinter den Scheiben. Das Haus schien leer zu sein.

Die Tür der freistehenden Garage am Ende der Einfahrt

hatte Fensterscheiben, die von innen mit einem Vorhang verdeckt waren.

Dichter Wald grenzte an den Garten hinter dem Haus, und da ich den Pick-up ein Stück entfernt außer Sichtweite geparkt hatte, überlegte ich, mich dort zu verstecken, den Vögeln zu lauschen und zu warten, bis jemand nach Hause kam. Doch stattdessen schlüpften meine Hände in die Schlaghandschuhe und fassten nach dem Knauf der Hintertür. Der ließ sich zwar drehen, aber der Riegel war vorgeschoben.

Der erste Tritt erschütterte das Haus und ließ die Fenster klappern. Der zweite sprengte den Riegel aus dem Rahmen, und die Tür schwang auf und knallte innen gegen die Wand.

Langsam, mit erhobener Pistole, kontrollierte ich nacheinander die Räume – schaltete Lichter ein und aus, öffnete und schloss Schrank- und Zimmertüren. Es war niemand zu Hause. Gerahmte Fotos hingen an den Wänden der Diele, und in dem trüben Licht, das durch die Wohnzimmerfenster am anderen Ende fiel, wanderten meine Augen von Bild zu Bild auf der Suche nach Wade Chesterfields Gesicht. Ein Mann und eine Frau waren auf beinahe jedem Foto abgelichtet. Ich wählte dasjenige aus, auf dem ihre Gesichter am deutlichsten zu sehen waren, nahm es von der Wand und ging damit in die Küche.

Nachdem ich das Foto aus dem Rahmen genommen und zusammengefaltet in die Tasche meiner Cargo-Shorts gesteckt hatte, durchsuchte ich sämtliche Küchenschubladen nach Schlüsseln, bis ich fündig wurde – ein paar einzelne, ein paar zu zweit oder zu dritt an Ringen.

Der vierte oder fünfte Schlüssel öffnete die Garagentür. Im Innern war es dunkel, und meine Hand tastete an der Wand herum, bis sie einen Lichtschalter fand. In der Garage waren jede Menge Elektrowerkzeuge – eine Tischkreissäge, Nagelpistolen, Luftkompressoren – und ein Auto: ein silberner, zweitüriger Honda Civic. Das Auto gehörte offenbar einer Frau, denn in einem der Getränkehalter stand ein Kaffeebecher mit Lippenstift dran, und auf dem Beifahrersitz lagen etliche CD-Hüllen, darunter die neuste von Céline Dion.

Lane Kellys Auto war nicht da.

6

Euphrates Evans lebte noch immer in derselben Wohnwagensiedlung an der Staatsgrenze zu South Carolina. Er saß draußen vor demselben Wohnwagen, in dem er seit mindestens zehn Jahren hauste. Er drehte sich nicht um, als mein Pick-up knapp fünf Meter hinter ihm auf dem Schotter zum Stehen kam, und gab in keiner Weise zu erkennen, ob er die Schritte näher kommen hörte. Ende vierzig und noch immer kräftige Arme und Schultern und bis auf ein bisschen Grau im Haar praktisch unverändert. Ein Fernseher stand auf einem kleinen Tisch vor ihm, ein gestöpselt in eine leuchtend orangerote Verlängerungsschnur, die sich durchs Gras schlängelte und dann nach oben durch ein halb geöffnetes Fenster im Wohnwagen verschwand. Ein schwarzes Antennenkabel verlief neben der orangeroten Schnur. Auf dem Bildschirm war das Cubs/Rockies-Spiel im ersten Inning. Als mein Schatten auf ihn fiel, blickte Phrate auf, als hätte er den ganzen Morgen auf mich gewartet. Er trug eine dünne rote Krawatte und ein kurzärmeliges Hemd, das ihm zu eng war und das er sich in eine graue Stoffhose gestopft hatte: Kirchgangklamotten.

»Das gibt's nicht, Pruitt«, sagte er. Er stand langsam auf, und sein Gesicht verzerrte sich vor Schmerz, als er sich aufrichtete. Während er mir die Hand schüttelte, deutete er mit dem Kinn auf meinen Pick-up. »Hab ich mich doch nicht verhört, dass da so 'ne Prollkarre in meiner Einfahrt gehalten hat.«

Er schlurfte ein paar Schritte zu einem Klappstuhl, der am Wohnwagen lehnte, klappte ihn auseinander und stellte ihn neben seinen. »Setz dich«, forderte er mich auf. Er stützte die Hände auf die Armlehnen seines Sessels und ließ sich langsam auf die Sitzfläche sinken. »Menschenskind«, sagte er. »Ist ewig her.«

»Über vier Jahre.«

»Wann bist du rausgekommen?«, fragte er.

»Februar.«

»Genau rechtzeitig zum Frühjahrstraining«, grinste er.

»Ja. Genau rechtzeitig.«

»Hast du Arbeit?«, fragte er.

»In einer Bar am Wilkinson. Heißt Tomcat's. Ich hatte keine große Auswahl.«

»Ist jedenfalls schön, dich draußen zu sehen, Mann. Du siehst gut aus, stark wie ein Bulle.« Er spannte seinen Bizeps an. »Noch immer drauf?«

»Noch immer drauf.«

»Was nimmst du?«

»Deca. Testosteron. Sonst kaum was.«

Er wandte sich ab und blickte auf den Fernseher. »Ich nicht, Mann. Nicht mehr.«

Meine Augen registrierten sein Hemd und die Krawatte. »Warst du arbeiten?«

Er lehnte sich auf seinem Stuhl zurück und schlug die Beine übereinander, und dann zog er seine Krawatte gerade.

»Gott, nein«, sagte er. »Ich bin in der Kirche.« Er lächelte und deutete auf den Fernseher, wo die Cubs in der ersten Inning-Hälfte in Colorado am Schlag waren. »Glaubt meine Mutter jedenfalls.« Er warf einen Blick in Richtung Wohnwagen, wo die Kabel sich durch das leicht geöffnete Fenster wanden. »Sie liegt drinnen in einem Pflegebett und schläft, Lungenkrebs, hat ein Sauerstoffgerät.« Mein Kopf stellte sich eine hutzelige alte Schwarze mit Phrates Gesicht vor, die Augen geschlossen, Schläuche in der Nase und in beiden Armen. »Sie kann nicht vor die Tür«, sagte er, »aber sie will ständig wissen, wo ich mich so rumtreibe. ›Tu, was ich sage, oder du kannst gehen‹, sagt sie.« Er lachte. »Sonntagmorgens bin ich ... in ... der *Kirche.*«

»Es ist gleich drei.«

Phrate lächelte. »Du warst noch nie in einer Schwarzenkirche, was? Ich wette, dass sämtliche Schwarze der Stadt bis auf den letzten Mann noch immer in der Kirche sind.« Er sah auf seine Armbanduhr. »Sind wahrscheinlich noch nicht mal bei der Predigt angekommen.«

In Denver schlug Sosa einen Home Run gegen Kile. Die Kommentatoren drehten durch – die Fans auch. Phrate klatschte. »Na bitte!«, sagte er. »Der gute alte Sammy –

das macht vierundfünfzig. Der kleine Weiße soll sich bloß in Acht nehmen. Sammy kommt allmählich in Fahrt.« Er holte eine Packung Zigaretten aus der Brusttasche. Er schüttelte eine heraus und nahm ein Feuerzeug vom Tisch. »Du weißt doch, dass ich mal mit ihm gespielt hab, nicht?«

»Ja. '87, '88.«

»Genau«, sagte er. Er zündete seine Zigarette an. »Und du warst bei den –«

»Grasshoppers.«

»Stimmt, jetzt fällt's mir wieder ein.« Er lächelte und schaute wieder auf den Fernseher. »Du warst schon was Besonderes, Pruitt: schnelle Hände, dieser super Schlag.« Er verstummte und blickte mich an, als würde er meine Arme und den Rest meines Körpers zum ersten Mal sehen. »Aber jetzt«, sagte er, »könntest du es mit Sammy und McGwire aufnehmen.«

»Wade Chesterfield war mit dir und Sosa in einem Team.«

»Ja. War er. Ich hab ein paar Jahre mit Wade bei den Rangers gespielt, bevor er – du weißt schon.« Er verstummte und machte eine Geste, als würde er einen Schluck aus einer Flasche nehmen. Er sah mich wieder an. »Wieso?«

Meine Augen waren auf den Fernseher gerichtet, aber Phrates Augen auf mich. »Hast du ihn mal gesehen?«

»Pruitt, komm schon, Mann«, sagte er, »lass gut sein. Das ist ewig her, zehn Jahre oder noch mehr? Du bist doch hoffentlich nicht auf so 'nem komischen Trip wie die Typen im Kino, oder? Typen, die aus dem Knast kommen und erst zufrieden sind, wenn sie mit jedem abgerechnet haben, der sie früher mal gelinkt hat.«

»Wieso? Machst du dir Sorgen, weshalb ich dich besuche?«

»Scheiße«, fluchte er. Er strich sich mit den Händen über die Oberschenkel und rutschte etwas tiefer in seinen Sessel. Er zog an der Zigarette und blies den Rauch durch die Nase aus. »Mann, was hätte ich denn machen sollen? Dem Management beichten, mich selbst bei den Bullen anzeigen, weil ich zugelassen hab, dass du meine Spieler ab und an gedopt hast? Komm schon, Mann. Du weißt genau, so läuft das nicht.«

»Wie läuft es denn, Phrate?«

»Es ist ein kalkuliertes Risiko, Mann, und dich hat's erwischt. Die Knights haben dich als Krafttrainer engagiert, und nicht damit du den Jungs allen möglichen Scheiß spritzt. Aber sie wussten, was los war, und klar ist das Scheiße, aber das heißt nicht, dass irgendwer dran schuld ist. Das ist, wie wenn du in die Batter's Box trittst. Denkst du etwa, Wade hat das mit Absicht gemacht? Nie im Leben. Alles bloß kalkuliertes Risiko. Man weiß nie, was passiert. Wade konnte ein Schnorrer und ein Penner sein, das weiß jeder, aber er hat nie auf den Kopf gezielt.«

»Ich bin nicht wegen der Vergangenheit hier.« Die Cubs beendeten das Inning mit einem Fly Ball nach rechts, und der Werbeblock fing an.

»Warum bist du dann hier?«, fragte er.

»Muss bloß wissen, ob du ihn gesehen hast.«

»Ich hab dich seit zig Jahren nicht mehr zu Gesicht gekriegt, und plötzlich kreuzt du auf und fragst nach Wade Chesterfield, weil du wissen willst, ob ich ihn gesehen hab?«

»Genau.«

»Ich bin nicht blöd, Pruitt«, sagte er.

»Tja, dann ist dieses Gespräch ja wohl zwecklos, oder?«

Phrate saß da und starrte auf den Fernseher, bis der Werbeblock zu Ende war und das Spiel weiterging. Die Kamera folgte Sosa, der zur Rechtsaußenposition trabte, um das Inning zu beginnen. Phrate blickte mich an. »Hast du immer noch deine Trickkiste?«

»Möglich. Wieso?«

»Wenn ja, wäre es vielleicht um einiges interessanter, über den guten alten Wade zu sprechen.«

»Was schwebt dir vor?«

»Keine Ahnung«, sagte er. »Vicodin, Oxy, Flexeril – irgendwas, das mich ein bisschen entspannt.«

»Könnte sein, dass im Wagen noch etwas Dilaudid ist.«

»Eine Dosis davon, und ich erzähl dir alles, was ich weiß.«

Phrate sagte, er hätte Wade Chesterfield seit zwei, drei Jahren nicht mehr gesehen, aber nach dem, was er zuletzt gehört hatte, war er mittlerweile clean, hatte einen guten Job. »Ich glaube, die Frau, mit der er zusammen war, hat zwei Kinder gekriegt«, erinnerte er sich. »Aber Wade war für die beiden kein guter Daddy.«

»Jungs oder Mädchen?«

»Mädchen«, sagte er. »Das eine heißt wie ein Wochentag, Sunday oder Wednesday, oder wie ein Feiertag oder so. Easter, glaub ich.«

»Easter?«

»Ja – sie heißt Easter. Eindeutig Easter.«

»Und das andere?«

»Keine Ahnung«, sagte er. »Aber ich hab gehört, ihre Mom ist vor ein paar Monaten an einer Überdosis gestorben.«

»Wer hat dir das erzählt?«

»Wir reden hier bloß über Wade, Mann.«

»Sonst noch was?«

»Sein richtiger Name ist nicht Chesterfield«, lächelte er. »Sondern Chessman.«

»Wieso hat er den geändert?«

»Ach, komm schon, Mann«, sagte Phrate und lachte. »Was glaubst du wohl? Hast du schon mal von einem jüdischen Baseballspieler gehört?«

»Hank Greenberg, Sandy Koufax, Erskine Mayer.«

»Na ja, vielleicht war Wade kein Fan von denen.«

»Hat er sonst noch Verwandte in der Gegend?«

»Nicht, dass ich wüsste.« Er schwieg einen Moment, als hätte er alles gesagt, was er über Wade Chesterfield wusste. Dann hob er die Augenbrauen. »Also, was ist jetzt mit unserem Deal?«

Mein Arztkoffer war hinter dem Beifahrersitz des Pickups auf dem Boden unter einer Sporttasche versteckt. Phrates Augen leuchteten auf, als er sah, wie ich damit zurück zum Tisch kam.

»Wo willst du's machen?«

»Scheiß drauf, Mann«, sagte er. »Gleich hier. Ist egal.« An dem Wohnwagen rechts von mir waren die Jalousien fest verschlossen, und es parkte kein Auto davor.

Spritzen und Mehrfachdosenampullen steckten in den Seitenwänden des Arztkoffers. Ich streifte meine Schlaghandschuhe über, bevor ich die Kappe einer Spritze abnahm, die Nadel in eine Ampulle stach und 10 ccm aufzog.

»Sind deine Handschuhe steril?«, fragte Phrate. Sein Lachen klang nervös.

»Die sind steril genug.«

Phrate klemmte sich seine Zigarette zwischen die Lippen, stand auf und zog sein Hemd aus der Hose. Dann öffnete er den Gürtel, zog die Unterhose ein Stück runter und drehte sich um. Die Nadel drang in den fleischigen oberen Muskel seiner rechten Gesäßbacke, genau wie schon tausendmal zuvor. Er zuckte ein wenig, als sie in die Haut stach. »Das weckt Erinnerungen«, sagte er, und seine Augen wurden schon glasig. Kaum war die Nadel wieder heraus, sank er in seinen Sessel, die brennende Zigarette noch immer zwischen den Lippen. »Scheiße«, stöhnte er. »Hätte nicht gedacht, dass es sich so –« Die Muskeln in seinem Gesicht entspannten sich, und die Zigarette fiel ihm aus dem Mund und landete auf seinem Schoß. »Scheiße«, flüsterte er. Meine behandschuhte Hand hob die Zigarette auf und drückte sie im Aschenbecher aus. Phrates Augen schlossen sich, der Kopf sank nach hinten, sein Körper bereits schlaff auf dem Stuhl.

7 *Easter Quillby*

Ich saß den ganzen Sonntagnachmittag auf dem Fußboden im Fernsehraum und guckte das Spiel der Cubs gegen die Rockies und machte eine Karte für Marcus. Nach Sammys vierundfünfzigstem Home Run im ersten Inning hatte ich vorn auf Marcus' Karte ein Bild von ihm gezeichnet, wie er auf einen Pitch wartet, mit einer kleinen 54 in der Ecke und einem kleinen Herzen drum herum, und dann hatte ich alles mit Filzstiften bunt ausgemalt. Ich fand eigentlich nicht, dass ich gut malen konnte, aber ich war überrascht, wie gut mir das Bild gelungen war. Am liebsten hätte ich es selbst behalten, aber ich hoffte, dass es Marcus gefallen würde. Auf die Innenseite der Karte hatte ich *Es tut mir leid. Können wir heute Abend reden?* geschrieben und dann mit *Liebe Grüße, Easter, Deine Freundin (hoffentlich!)* unterschrieben. McGwire schlug am Abend gegen die Braves Nummer fünfundfünfzig, aber erst spät im siebten Inning, und da war ich schon ins Bett gegangen.

Am Montagmorgen, kurz bevor ich zur Schule ging, hatte ich die Karte in einen Umschlag gesteckt und ihn zugeklebt einem Jungen namens Damon gegeben, weil er in Marcus' Klasse war.

»Was ist da drin?«, hatte er gefragt.

»Was für Marcus«, hatte ich gesagt. »Nicht aufmachen.«

»Mögt ihr euch?«

»Nein«, hatte ich gesagt, aber dann hörte ich mich selber reden und musste daran denken, weshalb Marcus böse auf mich war. »Ich meine, ich weiß nicht. Gib ihm einfach den Umschlag – bitte.«

Ich war den ganzen Tag total kribbelig, und ausgerechnet in dieser Woche musste ich auch noch nach dem Mittagessen in der Cafeteria die Tische von meiner Klasse abwischen. Es hieß dann, man wäre »Tischhelfer«, aber eigentlich musstest du bloß einen stinkenden alten Lappen aus einem Eimer mit seifigem braunem Wasser angeln und damit die Tische abwischen, wenn die Klasse mit dem Essen fertig war. Die anderen aus deiner Klasse stellten sich in einer Reihe an der Wand auf und warteten, bis du fertig warst, und manche von ihnen standen einfach nur da und glotzten dich an. Ich hasste es, dabei angestarrt zu werden, wie ich die Tische abwischte, aber noch mehr hasste ich, wie eklig meine Hände hinterher von der braunen Wasserbrühe rochen. Wenn du an der Reihe warst, hing immer eine Kopie von deinem Schulfoto am Schwarzen Brett in der Cafeteria, aber irgendwer hatte meins abgenommen. Ich fragte Mrs Davis, wo es abgeblieben sein könnte, und sie zuckte bloß mit den Schultern und sagte, sie würde ein anderes besorgen und aufhängen.

Aber ich hatte den Gestank von dem Wischlappen und mein verschwundenes Foto längst vergessen, als die Schule aus war, und als Mrs Davis mit uns zum Baseballfeld ging, hatte ich nur den einen Gedanken, Damon zu finden. Ich musste warten, bis das Kickballspiel anfing, ehe ich ihn irgendwas fragen konnte. Er kickte als Zweiter nach Selena, und ich ging zu ihm, während er am Zaun lehnte und wartete, bis er an der Reihe war.

»Hast du Marcus den Umschlag gegeben?«, fragte ich.

»Klar«, sagte er. »Hab doch gesagt, dass ich das mache, oder?«

»Was hat er gesagt?«, fragte ich.

»Nichts.«

»Hat er ihn aufgemacht?«

»Keine Ahnung«, sagte er. »Wird er wohl.« Selena kickte den Ball, und er landete kurz hinter dem Second Base. Sie schaffte es zum First. Damon ging los in Richtung Home Plate. Ich hielt ihn am Arm fest.

»Aber er hat nichts gesagt?«, fragte ich.

»Ich hab doch schon gesagt, ›nein‹«, entgegnete er. »Hör auf, mich zu nerven, verdammt.«

Es hatte schon zwei Outs gegeben, als ich am First Base rausgeworfen wurde, nachdem ich einen Groundball zurück zum Pitcher getreten hatte. Und dann, mitten in der zweiten Hälfte des Innings, schmiss Selena mich von meiner Position als Shortstop, nachdem ich zwei Fly Balls hintereinander verfehlt hatte. Sie schickten mich nach rechtsaußen, weil sie meinten, ich wäre nicht bei der Sache. Ich sagte, doch, ich wäre wohl bei der Sache, aber ich wusste, dass sie recht hatten. Trotzdem, es ist blamabel, nach rechtsaußen zu müssen, wenn du dich gerade dran gewöhnt hast, Shortstop zu spielen.

Ich stand da draußen, und die Sonne brannte mir auf den Rücken, und ich wusste, dass keiner den Ball ins rechte Feld kicken würde, weil keiner von den anderen mit links trat, und selbst wenn, würde es sowieso niemand schaffen, den Ball so weit zu kicken. Aber so hatte ich wenigstens reichlich Zeit zum Nachdenken, was ich unbedingt machen musste. Ich dachte daran, was Miss Crawford letzten Samstagmorgen zu Wade gesagt hatte: dass sie mit unseren Großeltern gesprochen hatte und dass sie nicht mit Bestimmtheit sagen konnte, ob wir nach Alaska ziehen würden oder nicht. Und dann dachte ich an all die Fragen, die Marcus mir gestellt hatte, nach unseren Großeltern, nach Wade.

Damon spielte First Base. Er stand leicht vorgebeugt mit den Händen auf den Knien in der »Bereit«-Position. Ich betete, dass er Marcus den Umschlag wirklich gegeben hatte. Was hatte Marcus gedacht, als er ihn aufgemacht hatte? Hatte ihm das Bild gefallen, das ich von Sosa gemalt hatte? Würde ich ihn später am Abend an mein Fenster klopfen hören? Ich musste dringend mit ihm reden, nicht bloß über uns, sondern auch über Ruby und mich und über das, was Miss Crawford gesagt hatte. Ich würde sogar mit ihm über Wade reden, falls er noch irgendwas wissen wollte.

Ich hatte fast damit gerechnet, dass Wade irgendwann wieder nach der Schule am Spielfeld auftauchen würde, aber er hatte sich nicht blicken lassen. Ich schaute zu dem

Zaun hinüber, an den er sich gelehnt hatte, und da fiel mir etwas auf: Ein Mann stand ein Stück entfernt am Waldrand und starrte mich einfach an. Er trug eine schwarze Sonnenbrille und eine schwarze Baseballkappe, die nagelneu aussah. Eine dicke Goldkette hing um seinen Hals, und auch das Muskelshirt, das er anhatte, war schwarz. Aber was mir vor allem auffiel, waren seine Arme. Die waren riesig. Er ging auf den Zaun zu, als er merkte, dass ich ihn gesehen hatte, blieb aber ein Stück davor stehen, und ich konnte mir denken, warum: Er wollte von niemandem sonst gesehen werden.

»Komm mal kurz her«, forderte er mich auf. Seine Stimme war gruselig und so hoch wie bei einer Frau, und es klang, als wäre seine Zunge zu groß für seinen Mund. »Ich muss dich was fragen.«

Ich rührte mich nicht. »Was denn?«

Er sagte nichts, und ich wusste, dass er hoffte, ich würde an den Zaun kommen. »Heißt du Easter Quillby?«, fragte er schließlich.

»Nein, so heiß ich nicht.«

Er blickte auf ein Stück Papier, das er in der Hand hielt, und dann drehte er es um, damit ich es auch sehen konnte. Es war das Foto von mir, das in der Cafeteria gehangen hatte. Er lächelte und nahm die Sonnenbrille ab. Sein linkes Auge war geschlossen, und die Haut drum herum hing ihm seitlich am Gesicht runter. »Doch, so heißt du«, sagte er. »Und dein Daddy heißt Wade Chesterfield.«

»Ich hab keinen Daddy«, sagte ich und starrte sein Auge

an, und ich wusste, das hatte er mir nur gezeigt, um mir Angst einzujagen.

»Doch, hast du«, sagte er wieder mit einem Lächeln. »Und er steckt in Schwierigkeiten.«

»Hauen Sie lieber ab«, drohte ich. »Sonst schrei ich nach meiner Lehrerin.«

»Nein, tust du nicht.« Er setzte die Sonnenbrille wieder auf und stand dann einfach da und starrte mich eine Sekunde lang an, und dann drehte er sich ganz langsam um und ging zurück zwischen die Bäume. Die Äste schlossen sich hinter ihm, und er war verschwunden, und nach einem Moment fragte ich mich, ob ich ihn überhaupt gesehen hatte.

Als das Inning zu Ende war, sagte ich den anderen, ich würde mich nicht gut fühlen, und ich nahm Ruby und ging mit ihr den Hügel hoch zum Schulhof. Ich setzte mich auf die Schaukel, um in der Nähe von Mrs Davis und Mrs Hannah zu sein. Ich sagte ihnen nichts von dem Mann, den ich gesehen hatte, weil sie uns dann vielleicht irgendwo anders hinschicken würden, bevor ich Gelegenheit hätte, mit Marcus zu reden und mir zu überlegen, wie Ruby und ich drum herum kämen, nach Alaska zu müssen. Ruby schaukelte vor und zurück, während ich bloß neben ihr saß und mit dem Gedanken spielte, sie zu fragen, ob sie irgendwas Seltsames gesehen hatte: irgendwelche fremden Leute im Wald, irgendwas Auffälliges. Aber ich wollte ihr keine Angst machen, deshalb hielt ich den Mund. Dabei hatte ich selbst richtig Schiss, und ich saß auf der Schaukel und schaute zum Wald rüber und fragte mich, wohin der Mann gegangen war, und hoffte, dass er nicht wiederkommen würde.

Es war nichts Neues, dass irgendwelche Leute aufkreuzten, die nach Wade suchten. Es war ziemlich oft vorgekommen, wenn Ruby und ich im Garten spielten, dass jemand mit dem Auto anhielt und die Scheibe runterkurbelte und sagte: »Habt ihr euren Daddy gesehen?«, oder so was in der Art. Es war ziemlich oft vorgekommen, dass ich mitten in der Nacht aufwachte, weil Autoscheinwerfer die Wand von unserem Zimmer hell erleuchteten und jemand laut an die Tür klopfte und nach Wade schrie. Mom stand dann auf und ging fluchend zur Haustür und erklärte wütend, Wade wäre nicht da und würde auch gar nicht mehr bei uns wohnen.

Aber diesmal war es irgendwie anders. Noch nie war jemand bei uns an der Schule aufgetaucht, und noch nie hatte jemand, der sich nach Wade erkundigte, so leise geredet oder sich so ruhig verhalten. Und nicht einer von denen hatte je meinen Namen gewusst.

Am Abend nach dem Essen guckten sich die meisten anderen Kinder im Fernsehraum das Spiel der Cubs gegen die Reds an. Unsere Zimmertür war geschlossen, aber ich konnte das Gejubel hören, das jedes Mal laut wurde, wenn Sosa zum Schlagmal ging. Ruby saß im Lernzimmer am Computer und spielte Oregon Trail. Sie mochte das Spiel genauso gern wie ich. Ich ging nach dem Essen nur einmal aus unserem Zimmer, um mich bettfertig zu machen. Ich hatte keine Lust auf Gesellschaft, weil ich viel zu abgelenkt war. Auf meinem Bett verteilt lagen Hausaufgaben, die ich noch nicht fertig hatte, aber ich grübelte die ganze Zeit nur darüber nach, ob Marcus kommen würde oder nicht, und ich musste immerzu an den Mann denken, der am Wald gestanden und mich angesprochen hatte. Seine Stimme ging mir nicht aus dem Kopf.

Die Tür flog auf, und Ruby kam ins Zimmer, als ich gerade mein Mathebuch zuklappte, nachdem ich ein paar Divisionsaufgaben fertig gemacht hatte, die ich für den nächsten Tag aufhatte. Sie streifte sich die Schuhe von den Füßen und schlug ihre Bettdecke auf.

»Wie warst du?«, fragte ich.

»Ganz okay. Hab's aber nicht ganz geschafft. Und du bist an Cholera gestorben.«

»Na toll«, sagte ich. Ich steckte die Hausaufgaben in meine Schultasche, kletterte vom Bett und stellte die Tasche neben die Tür. »Hast du wirklich keine Hausaufgaben auf?«

»Ehrenwort«, versprach sie.

»Dann sollten wir uns wohl bettfertig machen.«

Wir putzten uns die Zähne im Badezimmer auf der anderen Seite vom Flur, und dann gingen wir ins Bett. Ich schaltete die Tischleuchte aus. Ein paar Minuten später schaute Miss Crawford herein und sagte uns gute Nacht. Ich hoffte noch immer, Marcus würde kommen, und ich hatte nicht vor einzuschlafen, doch das Nächste, woran ich mich erinnere, ist, dass Ruby meinen Namen flüsterte.

»Was?«, fragte ich.

»Wäre das nicht schön?«

»Was?«, fragte ich wieder.

»Eine Reise machen«, sagte sie. »Nur du und ich, genau wie bei Oregon Trail.«

»Ja«, stimmte ich zu, »das wär's. Schlaf jetzt.«

Aber ich hatte wohl noch nicht allzu fest geschlafen, denn meine Augen flogen auf, als ich ihn am Fenster hörte. Ich schaute zur Uhr auf dem Tisch. Es war kurz nach ein Uhr morgens. Ich strampelte, so rasch ich konnte, die Bettdecke von mir weg, damit er nicht noch einmal klopfte und Ruby weckte. Ich kroch ans Ende von meinem Bett und entriegelte das Fenster und schob es auf. Ich lehnte mich zurück und wartete.

Ich hörte, wie Marcus die Schuhspitze an die Hauswand setzte, um hochzuklettern, aber als zwei Hände auftauchten und den Fensterrahmen packten, wusste ich, dass es nicht seine waren. Die Hände waren weiß, und sie hatten Haare auf dem Handrücken und kleine Büschel davon auf den Fingern. Es waren Männerhände, das sah ich sofort, und ich war so verblüfft und erschrocken, dass ich nur wie erstarrt zuschauen konnte, als sie wem auch immer halfen, durchs Fenster und in unser Zimmer zu klettern. Ich blickte zu Ruby hinüber und sah, dass sie wach war und aufrecht im Bett saß. Sie hatte die Decke um sich gezogen, und auch sie saß da und starrte auf die Hände.

Aber dann war in dem schwachen Licht, das durchs

Fenster fiel, weiße Farbe auf den Männerhänden zu erkennen, und als er die Schultern durchschob, sah ich die alte blaue Braves-Kappe, und als er die Beine ins Zimmer zog, sah ich die alte mit Farbe bekleckerte Bluejeans und dasselbe T-Shirt, das er vor zwei Wochen am Baseballfeld angehabt hatte. Ich machte die Lampe auf unserem Nachttisch an, als er sich gerade aufrichtete.

»Wade!«, sagte ich. »Du darfst hier nicht rein.«

»Schsch!«, machte er.

Ruby trat ihre Decke weg und sprang aus dem Bett wie am Weihnachtsmorgen vor der Bescherung. »Daddy«, sagte sie.

»Nein!«, sagte ich. Ich sprang auch aus dem Bett und versuchte, sie von ihm fernzuhalten, aber sie war zu schnell. Wade hob sie hoch und nahm sie in die Arme.

»Hey, Kleines«, flüsterte er. Er drückte sie ganz fest.

»Lass sie wieder runter«, verlangte ich. »Du kriegst einen Riesenärger.« Ich machte ein paar Schritte auf die Tür zu, als wollte ich Alarm schlagen. Er stellte Ruby trotzdem nicht auf den Boden, deshalb fasste ich nach dem Knauf, als hätte ich tatsächlich vor, die Tür zu öffnen. »Du musst wieder verschwinden«, sagte ich, »sonst schreie ich nach Miss Crawford, und die ruft dann die –« Aber er fiel mir ins Wort.

»Ihr müsst mit mir kommen«, sagte er. Er stand mit Ruby auf dem Arm da und blickte zu mir herab. »Ich meine es ernst. Ihr habt nicht mal Zeit, ein paar Sachen zu packen. Wir müssen los.«

»Ja klar«, sagte ich. Ich drehte den Knauf halb.

»Ich meine es ernst«, sagte er wieder. »Das ist kein Witz. Bleib von mir aus allein hier, wenn du so ein Sturkopf bist, aber deine Schwester nehm ich mit.«

Ruby hatte noch immer die Arme um Wades Hals geschlungen, und ich kannte sie gut genug, um zu wissen, dass ich sie so schnell nicht dazu bringen würde, ihn loszulassen.

»Wir lassen uns nicht nach Alaska schicken, Wade.«

»Es geht nicht um Alaska«, erwiderte er.

»Worum geht's denn dann?«, fragte ich. Ich ließ den Türknauf los und stemmte die Hände in die Hüften, um ihm zu zeigen, dass ich nicht mit mir spaßen ließ.

»Das erzähl ich dir im Auto«, sagte er. »Aber wir müssen los. Ehrlich. Ihr seid hier nicht sicher.«

Als er das sagte, sah ich wieder den Mann vor mir, der am Nachmittag am Waldrand gestanden hatte: sein Lächeln, sein geschlossenes Auge mit der schlaffen Haut drum herum. Dann ließ ich den Blick durch unser Zimmer wandern, sah all die hübschen, neuen Sachen, die wir bekommen hatten, nachdem wir in das Heim gezogen waren. Aber dann verharrten meine Augen an dem offenen Fenster, durch das Wade gerade hereingeklettert war, und ich stellte mir etwas anderes vor: Schnee, so hoch aufgetürmt, dass er durchs Fenster und auf den Teppich fiel; Stimmen, die ich nicht kannte, die zu Leuten gehörten, denen ich noch nie begegnet war, die aus anderen Zimmern in einem Haus drangen, das ich noch nie gesehen hatte; der Tag vor unserem Fenster so finster wie die Nacht.

Ich sah zu Wade hoch, der Ruby auf dem Arm hatte, und ich weiß nicht, warum, aber in dem Moment schien es mir die beste Lösung, mit ihm zu gehen. In dem Moment schien es mir, als wären wir nur so in Sicherheit.

Ich sprang nach unten, und dann drehte ich mich um und wartete, dass Wade mir Ruby vom Fenster aus anreichte. Als er sie mir hinhielt, konnte ich sehen, dass sein T-Shirt unter den Achseln schweißnass war. Ruby und ich waren noch im Nachthemd. Wade hatte uns nur Socken und Schuhe anziehen lassen. Wir traten ein paar Schritte vom Haus zurück und sahen zu, wie Wade aus dem Fenster kletterte und nach unten sprang. Drei Häuser weiter parkte ein Auto auf der Straße, und Wade nahm unsere Hände und zog uns hin.

»Los, los, los«, flüsterte er. Er ging schnell, und mir war klar, dass er so schnell wie möglich von dem Fenster weg wollte. Er öffnete die hintere Tür auf der Beifahrerseite, und Ruby und ich stiegen ein. Als ich an Wade vorbeischlüpfte, stieg mir sein Geruch in die Nase, und ich merkte, dass er schon länger nicht geduscht hatte. Er ging ums Auto herum auf die Fahrerseite und schob sich rasch hinters Lenkrad und startete den Motor. Das Radio ging an, und ich hörte Männerstimmen. Sie sprachen über Baseball. Wade ließ die Scheinwerfer aus und fuhr los. Ich kniete mich auf die Rückbank und blickte durchs Heckfenster zum Heim und dachte mir, dass ich es wahrscheinlich zum letzten Mal sah. Wade hatte unser Zimmerfenster auf gelassen, und einer der Vorhänge hing heraus. Und ich sah ein kleines bisschen Licht aus dem Fenster leuchten, weil ich die Nachttischlampe nicht ausgemacht hatte.

Und dann, genau in dem Moment, als ich mich wieder umdrehen wollte, sah ich eine Bewegung in den Büschen knapp rechts vom Fenster, und noch während wir um die Kurve bogen, sah ich Marcus aus dem Schatten und in den Garten treten. Er war ziemlich weit weg, und ich konnte es nicht genau erkennen, aber es sah so aus, als hätte er die Karte in der Hand, die ich für ihn gemalt hatte. Ich wusste, dass er die ganze Zeit da gewesen war, und ich wusste, dass er uns mit Wade hatte abhauen sehen. Ich wollte die Hand heben und winken, aber da waren wir schon um die Kurve herum, und er hätte es aus der Entfernung wahrscheinlich sowieso nicht gesehen. Ich setzte mich hin und schnallte mich an, und dann sah ich zu Ruby hinüber, ob sie auch angeschnallt war.

Vorne auf dem Fahrersitz klatschte Wade in die Hände, und dann hielt er am Stoppschild am Ende der Straße und stellte das Radio leiser. »Okay«, sagte er. Er drehte sich um und sah uns an. Sein Gesicht war verschwitzt, und seine Kappe war an den Stellen, die vom Schweiß durchtränkt waren, dunkelblau. Er war blass, und zum ersten Mal merkte ich, dass er verängstigt aussah, aber er versuchte trotzdem, uns anzulächeln. »Habt ihr das gehört?«, fragte er. Sogar seine Stimme klang verängstigt. Er zeigte aufs Radio. »Sammy hat heute Abend noch einen geschafft. Das macht jetzt fünfundfünfzig.« Er starrte uns noch einen Moment an, und dann drehte er sich wieder nach vorn und fuhr los. Ich sah, wie seine Augen in den Rückspiegel schauten, als fürchtete er, wir würden verfolgt. »Fünfundfünfzig«, sagte er. »Verdammt enge Kiste.«

8 *Brady Weller*

Das erste Kind, mit dem ich betraut wurde, war ein neugeborener Junge namens Stephen. Seine Mom war gerade erst mit ihm aus dem Krankenhaus zurück nach Hause gekommen, dann tauchte ihr Freund auf und streckte sie mit zwei Schüssen nieder, als sie durch die Hintertür fliehen wollte. Er ging wieder rein und zündete das Haus an. Und dann erschoss er sich im Vorgarten. Vielleicht wusste er nicht, dass sein Sohn hinten im Schlafzimmer im Kinderbett lag. Falls doch, hat ihn das jedenfalls nicht abgehalten.

Bis die Feuerwehr eintraf, war mit Ausnahme dieses Schlafzimmers fast das ganze Haus abgebrannt. Doch der Kleine überlebte ohne einen Kratzer.

Die Brandermittler sprachen von einer Art Wunder, erst recht, als sie herausfanden, wie das Feuer entstanden und was an dem Tag sonst noch passiert war.

Sie denken wahrscheinlich, ein Kind, das so etwas überlebt, wird nichts Großartiges in seinem Leben erreichen. Oder in meinem. Aber der Kleine lebt jetzt in einer Adoptivfamilie drüben in Belmont, gut zehn Meilen entfernt von dem Haus, in dem er hätte sterben sollen. Nächstes

Jahr kommt er in die Schule. Die Welt da draußen hat ein kleines bisschen Freude zu bieten, und manchmal haben diese Kinder das Glück, sie zu finden.

Manche Leute werden Vormund, weil sie den Drang haben, Kindern und Familien zu helfen, die sich selbst nicht helfen können, aber bei mir war das nicht so. Ich bin Vormund geworden, weil ich etwas ungeschehen machen wollte, was sich niemals ungeschehen machen lässt, und der Wille, es ungeschehen zu machen, ist wahrscheinlich der Grund, warum ich noch immer dabei bin. Sechs Jahre sind eine lange Zeit, wenn man immerzu miterleben muss, wie Familien auseinandergerissen werden, Eltern ihre Kinder im Stich lassen, namenlose Babys in diese Welt hineingeboren werden und bereits die gleichen Süchte haben, die ihre Mommys und Daddys schon in Schwierigkeiten gebracht haben.

Aber ich fand nicht schon immer, dass die Menschen Hilfe verdienen, und ich fand weiß Gott nicht, dass ich es verdient hatte, ihnen helfen zu dürfen. Ich wäre nie im Leben von allein auf die Idee gekommen, wenn Richter Shelburne mich nicht eine Woche nach meinem Prozess in sein Büro gebeten hätte. Ich war fast zwanzig Jahre lang Polizist gewesen, erst in Uniform, dann als Detective, und es war das erste Mal, dass ein Richter je um ein Gespräch mit mir gebeten hatte. Ich hatte gerade einen Zigarettenstummel auf den Bürgersteig geworfen und ausgetreten, als ich den Richter ein langes schwarzes Town Car schwungvoll auf einen reservierten Parkplatz gegenüber vom Gericht setzen sah. Ich stand da und wartete auf ihn, aber er sah mich nicht an, während er langsam mit einem Gehstock in der Hand die Straße überquerte und, ohne mir auch nur zuzunicken, auf dem Weg ins Gebäude an mir vorbeiging. »Acht Minuten, Weller«, sagte er über die Schulter. »Reichlich Zeit, um noch eine zu rauchen, wenn's unbedingt sein muss.«

Ich passierte die Sicherheitskontrolle, wo nur einer der Wachmänner mich grüßte, während der andere bloß mit gesenkten Augen dastand, steckte anschließend Schlüssel und Kleingeld wieder in die Hosentaschen und nahm den Fahrstuhl in den dritten Stock. Richter Shelburnes Sekretärin empfing mich im Vorzimmer und führte mich in sein Büro. Es sah alles genauso aus, wie ich erwartet hatte: hohe Regale voller Bücher, ein wuchtiger Eichenschreibtisch, hinter dem der Richter in Hosenträgern saß, ein Garderobenständer, an dem sein Sakko und seine Robe hingen. Er deutete mit einem Nicken auf einen der Stühle vor dem Schreibtisch, und ich nahm Platz.

Es war still, während der Richter eine Zigarre aus einer Kiste auf dem Schreibtisch angelte und das Ende abschnitt. Er blickte mich durch die Flamme hindurch an, deren Licht sich in seinen dunklen Augen spiegelte. »Sie sehen beschissen aus, Detective«, sagte er schließlich. Er zog an seiner Zigarre, lehnte sich im Sessel zurück und schlug die Beine übereinander.

»Ich bin kein Detective mehr.«

»Und ob Sie noch einer sind«, entgegnete er. »Sie hören

nicht auf, einer zu sein, bloß weil ein paar Affenärsche rumnerven, bis Sie das Handtuch werfen. Glauben Sie, ich höre auf, Richter zu sein, bloß weil ein paar Idioten mich lieber im Ruhestand sähen? Falls ja, liegen Sie völlig falsch.« Er beugte sich lächelnd vor, und das Sonnenlicht, das durch das Fenster hinter ihm hereinfiel, glänzte auf seinem Glatzkopf. »Die liegen auch völlig falsch. Ich bleibe so lange, wie die Menschen von Gaston County wollen, dass ich bleibe. Das sollten Sie sich hinter die Ohren schreiben. Sie sind nämlich ein verdammt guter Detective, und Sie haben eine ganze Menge Freunde in dieser Gemeinde, vor allem auf meiner Seite der Richterbank.« Er öffnete die Zigarrenkiste und schob sie zu mir rüber. Ich streckte die Hand aus, zögerte aber, ehe ich mir eine nahm. »Von denen kriegen Sie nicht so schnell Krebs wie von Ihren Zigaretten, aber wenn Sie eine nehmen, haben Sie wenigstens nicht das Gefühl, Sie verschwenden Ihre Zeit, während Sie hier sitzen und mir zuhören.«

Er reichte mir den Zigarrenschneider über den Schreibtisch, und ich holte mein Feuerzeug aus der Tasche. »Wieso sitze ich hier?«

»Weil es höchste Zeit ist, dass jemand Sie zur Vernunft bringt«, sagte er. »Und anscheinend ist sonst keiner bereit dazu. Deshalb sind Sie hier. Bei mir.«

Ich sah ihn an, paffte an meiner Zigarre und klaubte mir einen Krümel Tabak von der Zunge.

»Sie sind seit sechs Monaten nicht mehr im Job«, stellte er fest. »Was machen Sie die ganze Zeit?«

»Den Anwälten Geld in den Rachen schmeißen«, antwortete ich. »Sie wissen, was passiert ist.«

»Herrje, jeder in dieser Stadt weiß, was passiert ist. Aber deshalb müssen Sie Ihr weiteres Leben ja nicht so leben, als wäre jeder Tag der Tag danach. Das nützt niemandem was, schon gar nicht Ihnen. Sie sind halb so alt wie ich, mein Junge. Was wollen Sie mit dem Rest Ihres Lebens anfangen?«

Ich nahm wieder einen Zug von meiner Zigarre, und dann hielt ich sie hoch und blickte auf die glühende Spitze. »Der Mann meiner Schwester hat Hilfe gebraucht.«

»Bei was?«

»Beim Einbau von Alarmanlagen«, sagte ich. »Die Firma heißt Safe-at-Home.«

Der Richter warf seine Zigarre in den Aschenbecher auf seinem Schreibtisch und wischte sich mit beiden Händen übers Gesicht. »Du lieber Himmel«, stöhnte er. »Das darf doch nicht wahr sein. Früher wurden Sie angerufen, um Verbrecher zu jagen, und heute gehen Sie ans Telefon, wenn Babysitter und Putzfrauen aus Versehen die Polizei alarmiert haben.«

»Was soll ich sonst machen?«

»Als Erstes sollten Sie aufhören, sich selbst so verdammt leidzutun, und anfangen, darüber nachzudenken, wie Sie aus dieser beschissenen Situation möglichst viel Gutes rausschlagen können.« Er drückte die Zigarre im Aschenbecher aus, und ich dachte, damit wäre unser Gespräch zu Ende, doch ich täuschte mich. »Ich hätte da einen Vorschlag«, sagte er und beugte sich vor, die Ellbogen auf dem Schreibtisch, die Finger verschränkt, als wollte er beten. »Wie Sie wahrscheinlich wissen, basiert unser Vormundschaftsprogramm auf der Mitarbeit von Anwälten und Ehrenamtlichen, und auf der Seite der Ehrenamtlichen hätten wir gute Verwendung für jemanden, der eine zweite Chance braucht, das Richtige zu tun, vor allem für jemanden, der sich mit dem Gesetz auskennt und die Dinge erlebt hat, die Sie erlebt haben. Die meisten unserer Ehrenamtlichen sind gutbürgerliche Hausfrauen, und diese Kinder haben was Besseres verdient.«

»Nichts gegen gutbürgerliche Hausfrauen«, entgegnete ich.

»Stimmt, solange sie es nicht mit einem richtig schwierigen Fall zu tun kriegen. Dann zerbrechen sie wie Porzellanpüppchen. Sie lieben die Kinder, aber sie verkraften es nicht, wenn den Kleinen wehgetan wird.«

Ich räusperte mich und setzte mich aufrechter hin. »Wer wird mich denn noch auf seine Kinder loslassen, nach dem, was passiert ist?«

»Leute, denen keine andere Wahl bleibt«, sagte er. »Leute, die das Recht verloren haben, Anspruch auf ihre Kinder zu erheben, Leute, die diesen Anspruch vielleicht gar nicht erst verdient hatten.« Er stand auf, kam um den Schreibtisch herum und lehnte sich dagegen, fixierte mich dabei die ganze Zeit. »Hören Sie, Detective, der Junge ist tot, es war ein Unfall, und egal, was Sie tun, egal, wie viele Gebete seine Mommy und sein Daddy auch sprechen, nichts wird ihn zurückbringen. Sie können nicht für ihn leben, und Sie können nicht für ihn sprechen. Aber da draußen sind jede Menge Kinder, die jemanden brauchen, der für sie spricht, und ich glaube, Sie sind genau der Richtige dafür.«

Ich nahm Richter Shelburnes Vorschlag vor allem deshalb an, weil das damals der einfachste Weg war, und es dauerte eine Weile, bis ich mich als jemanden sah, der tatsächlich imstande war, die Interessen eines Kindes zu vertreten, das nicht meine eigene Tochter war. Aber ich gewöhnte mich daran, und mit den Jahren wurde es leichter und leichter und kam mir immer normaler vor. Und dann wurde ich gebeten, die Interessen von Easter und Ruby Quillby zu vertreten, zwei Mädchen, Schwestern, die auf dieser Welt niemanden sonst hatten, der ihnen zuhörte und ihnen eine Stimme gab. Und jetzt waren sie verschwunden, und ihre Stimmen waren noch schwerer zu hören.

Helen Crawford, die Leiterin des Heims, in dem die Mädchen untergebracht waren, hatte bereits die Polizei verständigt, ehe sie mich erreichte. Als ich an jenem Morgen dort ankam, sah ich in der Einfahrt einen Streifenwagen, in dem ein junger Officer saß und Papierkram ausfüllte, und zwei Zivilfahrzeuge standen am Straßenrand halb auf dem Rasen. Ich parkte hinter Sandys altem, ramponiertem Taurus, den wir gemeinsam benutzt hatten, als wir noch Partner waren.

Er kam gerade durch den Garten, einen Beweismittelkarton in beiden Händen. Als er mich sah, hob er ihn ein

Stück hoch, als ob er mir ein Geschenk bringen wollte und ich zu früh gekommen wäre und ihm die Überraschung verdorben hätte. Er war dreiundvierzig, drei Jahre jünger als ich, und genauso groß und dünn wie eh und je, und er trug wie immer ein dunkles Anzugshemd und eine dunkle Krawatte, den Knoten gelockert. Ich stieg aus dem Wagen und sah zu, wie er den Karton in seinen Kofferraum stellte und die Klappe zuknallte. Er drehte sich um und blickte kurz auf das Safe-at-Home-Logo auf der Brusttasche meines roten Golfshirts. »Ich sag dir das wirklich nur ungern«, meinte er schließlich, »aber wenn du hier bist, um eine Alarmanlage zu installieren, kommst du zu spät. Die nützt jetzt auch nichts mehr.« Er lächelte und steckte die Hände in die Taschen.

»Denk bloß nicht, ich hätte es nicht schon versucht.« Ich deutete mit einem Kopfnicken in Richtung Miss Crawford, die in der Eingangstür stand und auf die Straße starrte, als wollte sie einen von uns fragen, wie es jetzt weiterging. »Sie meinte, die Kinder sollten sich nicht wie Gefangene fühlen.«

»Immer noch besser, als sich gekidnappt zu fühlen.«

»Sie meinte auch, es wäre nicht genug Geld da.«

»Das Heim wird vom Bundesstaat geführt«, sagte er. »Da ist nie genug Geld da. Das weißt du besser als jeder andere.« Er seufzte. »Sie hat gesagt, es sind deine Kinder.«

»Stimmt«, sagte ich. »Seit Mai.«

»Na, dann komm mal mit.« Er drehte sich um, und ich

folgte ihm durch den Garten zur linken Seite des Hauses. Wir waren einige Jahre Partner gewesen, bevor ich aus dem Dienst ausschied. Manche Detectives sagen, so eine Partnerschaft wäre, als hätte man einen zweiten Ehepartner, und ich denke, dem muss ich zustimmen. Genau wie ein Ehepaar erhielten Sandy und ich beide mitten in der Nacht den gleichen Anruf und trafen uns dann dort, wo vermutlich gerade irgendwas Schreckliches passiert war, verschlafen und frustriert, und wir hofften beide, das, was uns erwartete, wäre nicht halb so schlimm, wie es der Kollege, der als Erster vor Ort gewesen war, hatte klingen lassen. Und genau wie eine richtige Ehe kann sich so eine Partnerschaft, wenn sie in die Brüche geht, wie eine schwierige Scheidung anfühlen, und manchmal sah ich mich als den Verlassenen, der den Ex im Auge behielt, um zu sehen, ob er jemand Neues kennengelernt hatte, und der auf eine Chance hoffte, dass sich alles wieder einrenkte und so wurde, wie es mal war.

Sandy war schneller zum Detective aufgestiegen als ich, und ich wusste, dass er davon träumte, irgendwann zum FBI zu gehen oder wenigstens zum State Bureau of Investigation. Ich schätzte, dass er nicht mehr allzu lange Detective sein würde.

Wir überquerten die Einfahrt des zweigeschossigen Backsteinhauses, blieben stehen und blickten hinauf zu einem offenen Fenster, das mit schwarzem Fingerabdruckpulver eingestäubt war: das Zimmer von Easter und Ruby. Drinnen ging ein Detective vorbei. »Alle Türen waren heute Morgen noch verschlossen«, sagte Sandy. »Und keins der Kinder hatte einen Schlüssel, daher können sie nur durch das Fenster rausgekommen sein. Wir haben ein paar Abdrücke gefunden: überwiegend kleine, aber ein paar könnten der Größe nach zu einem Erwachsenen gehören.«

»Easter hätte das Fenster nur für jemanden aufgemacht, den sie kennt«, warf ich ein.

»Ist das die Ältere?«

»Ja. Sie ist zwölf.«

»Haben die beiden irgendwelche Angehörigen hier in der Gegend?«

»Ihre Mom ist im Mai gestorben«, sagte ich. »Und ihr Daddy ist vor Jahren aus ihrem Leben verschwunden, aber das heißt nichts.«

»Ist er ein guter oder ein schlechter Kerl?«

»Puh, keine Ahnung. Wahrscheinlich irgendwas dazwischen. Wie die meisten. Vor zwei Wochen ist er an ihrer Schule aufgetaucht, und Samstagmorgen war er hier und wollte sie sehen.«

»Hab ich gehört«, sagte Sandy. Ich ging los zur Vorderseite des Hauses. »Wo willst du hin?«, fragte er.

»Rein.«

»Das geht nicht«, hielt er mich auf. »Das ist ein Tatort.«

»Aber es sind meine Kinder.«

»Und du kriegst alle Berichte, die du sehen möchtest, sobald wir sie geschrieben haben.«

Ich schaute in Richtung Gebäudevorderseite, wo

Miss Crawford vermutlich noch immer in der offenen Tür stand. »Sie ist doch auch drin.«

»Sie hört auf mich, wenn ich sage, sie soll nichts anfassen. Sie hat sowieso zu viel Angst, irgendwas anzufassen«, sagte er. »Du hörst nicht auf mich, und du hast kein bisschen Schiss.«

Ich blickte ihn kurz an und wartete, dass er die Miene verzog, was er aber nicht tat. Ich kramte eine von meinen Karten aus der Brieftasche und reichte sie ihm. »Fax mir alles, was du hast, sobald du kannst. Heute.«

Er nahm die Karte und sah sie an. »Du weißt, das verstößt gegen die Vorschriften«, lächelte er.

»Seit wann hältst du dich an die Vorschriften?« Ich drehte mich um und ging zurück zu meinem Wagen, und Sandy folgte mir. Ich hatte richtiggelegen. Miss Crawford stand noch immer in der Tür. Ich konnte die Angst in ihrem Gesicht sehen. Sie sah zu mir rüber und lächelte verkrampft. »Es wird alles gut, Miss Crawford. So was passiert andauernd.«

»Mir ist das noch nie passiert«, entgegnete sie.

»Ja, ich weiß, aber es ist schon vielen anderen passiert, und die …« Meine Stimme erstarb, weil ich nicht wusste, was ich noch sagen sollte. Ich deutete auf den Streifenwagen in der Einfahrt, wo der Officer noch immer mit Papierkram beschäftigt war. »Keine Sorge«, sagte ich. »Sie sind in guten Händen.«

»Das lief ja prima«, feixte Sandy. Er verschränkte die Arme und lehnte sich gegen das Heck seines Wagens.

»Sie ist ganz schön durch den Wind.«

»Allerdings. Und du?«

»Ich hab schon Schlimmeres erlebt«, sagte ich. »Und das weißt du auch.«

»Na ja, du verpasst jedenfalls nichts.«

»Ist es so schlimm?«

»Schlimmer, als du dir vorstellen kannst«, sagte er. »Es sei denn natürlich, du hast einen Typen mit einem Sack voll Geld durch die Stadt laufen sehen, etwa vierzehneinhalb Millionen. Falls ja, gib mir doch bitte seine Beschreibung.« Er griff in seine Brusttasche, holte einen Kugelschreiber hervor und klickte die Mine heraus, als wolle er Notizen machen.

»Habt ihr noch immer nichts?«

»Nichts«, sagte er.

»Wie lange ist das her, zehn Monate?«

»Fast elf.«

»Das muss dich fertigmachen.«

»Und wie. Aber nur weil alle denken, sowohl das FBI als auch die Jungs in Charlotte, der Fall sollte längst gelöst sein.« Er steckte den Stift wieder in die Tasche. »Ich kapier das nicht«, überlegte er laut. »Da fahren zwei Typen den ganzen Tag in einem gepanzerten Transporter durch Charlotte, holen Geld ab, liefern Geld aus. Bei der letzten Lieferung an dem Tag steigt ein Typ aus, der andere nicht, und dann fährt der los und verschwindet – den Transporter lässt er gleich hinter der Brücke auf der Seite von Gastonia stehen.« Er hielt sich einen Finger an den Kopf, als wäre der ein Pistolenlauf. »Danke, Arschloch.«

»Aber das kann nicht der einzige Grund sein, warum die vom FBI dir die Hölle heißmachen«, sagte ich.

»Stimmt«, gab er zu. »Von dem Geld ist hier in der Stadt was ausgegeben worden. Hier und oben im Kasino in Cherokee, aber auf den Überwachungskameras ist nichts zu sehen. Das FBI hat sogar die NASA eingeschaltet, und selbst die konnten nichts entdecken. Aber wir wissen ja nicht mal, nach wem wir eigentlich suchen. Der Fahrer hatte auf jeden Fall Hilfe, aber wahrscheinlich ist er längst über alle Berge, falls er überhaupt noch am Leben ist.«

»Hat niemand große Scheine ausgegeben?«

»Nein«, sagte er. »Die sind nicht von gestern, und sie sind uns weit voraus. Die machen uns ganz schön zu schaffen.«

Ich deutete mit einem Nicken zum Haus. »Deshalb solltest du dir bei diesem Fall von mir helfen lassen. Ich kann ihn dir abnehmen – einer weniger am Hals. Gib mir einfach alles, was du mir geben kannst.«

»Wohl kaum, Brady.«

»Komm schon, Sandy«, drängte ich. »Ich helfe dir; du hilfst mir. So deichseln wir das.«

»Wann, Brady?«, fragte er. »Wann hilfst du mir schon mal? Wann ›deichseln‹ wir was so? Du hast für mich noch nie was gedeichselt.« Er klimperte mit seinen Schlüsseln in der Tasche, drehte sich um und blickte zum Haus, und dann sah er nach unten auf seine Füße. »Tut mir leid. Das liegt bloß an denen vom FBI«, sagte er. »Die machen alle kirre. Kommen mit einem Riesentamtam an, treten Türen ein, stellen alle möglichen Fragen, brüllen dich an, du sollst ja nichts anfassen. Ein paar Tage später heißt es dann: ›Wieso hat keiner was gemacht? Wer hat hier das Sagen?‹ Ich sag dir, Mann, sei froh, dass du draußen bist.« Er stockte, sobald er das gesagt hatte. »Tut mir leid. Ich wollte nicht –«

»Schon gut«, sagte ich. »Macht nichts.«

Er seufzte. »Okay. Also, wahrscheinlich kann ich dir heute schon ein paar Sachen schicken. Ich sollte das eigentlich nicht tun, aber heute ist wahrscheinlich nicht der beste Tag, um sich auf einmal an die Vorschriften zu halten, was?«

9

Ich verbrachte den Rest des Vormittags im Büro, wo ich Rechnungen für neue Alarmanlagen schrieb und am Telefon Installationstermine vereinbarte, doch die ganze Zeit hatte ich das schwarze Fingerabdruckpulver auf der Fensterbank vor Augen und überlegte, mit was für Versprechungen oder Drohungen es jemandem gelungen sein mochte, Easter Quillby dazu zu bringen, das Fenster zu öffnen und hinaus in die Nacht zu klettern.

Meine zwanzig Jahre als Cop haben mich eines gelehrt: Wenn Leute verschwinden, bedeutet das in der Regel entweder, sie sind tot, oder sie wollen nicht gefunden werden. Wenn Kinder verschwinden, ist meistens das Erste der Fall, vor allem wenn sie nach achtundvierzig Stunden noch nicht wieder aufgetaucht sind. Danach schwinden die Chancen, sie je zu finden, geschweige denn, sie lebend zu finden, mit jedem weiteren Tag.

Doch der Fall von Easter und Ruby erschien mir wie einer von den leichteren: Zwei Mädchen mit einer toten Mutter und einem Vater, der sie im Stich gelassen hat und aus heiterem Himmel wieder auftaucht, verschwinden aus einem Kinderheim. Ich war mir zu 99 Prozent sicher, dass sie bei ihrem Vater waren, und ich war mir zu 99 Prozent sicher, dass er nach zwei Tagen allmählich begreifen würde, in was er sich da reingeritten hatte, und dass er dann versuchen würde, die Mädchen zurückzubringen, als wäre nichts gewesen.

Während der Arbeit glitt mein Blick immer wieder zu dem gerahmten Foto von meiner Tochter Jessica und mir, das auf der Ecke meines Schreibtischs stand. Auf dem Bild war sie elf, etwa so alt wie Easter Quillby. Irgendwer hatte es an einem herbstlichen Samstagmorgen aufgenommen, als wir im Rahmen einer YMCA-Veranstaltung für Väter und Töchter das Wochenende in Camp Thunderbird am Lake Wylie verbracht hatten, was sich so gestaltete, dass eine Handvoll Mädchen, die zusammen in einer Hütte untergebracht waren, aus riesigen Filzrollen Indianerkostüme ausschnitten und auf Pferden ritten, während ihre Daddys herumstanden und krampfhaft Gesprächsthemen außer ihren Kindern und Ehefrauen suchten.

Das Foto zeigte Jessica auf einem der Pferde im Camp, und ich stand neben ihr, eine Hand am Sattelhorn, als würde ich sie führen, obwohl ein Camp-Helfer die Zügel außerhalb der Kamera hielt, weil er genau wusste, dass ich keine Ahnung von Pferden hatte. Ich stehe einfach da, blinzele in die Sonne, lächele für die Kamera. Am Abend zuvor war ich mit einem der Dads, sobald die Mädchen im Bett waren, zu einem Supermarkt in der Nähe gefahren, um eine Kiste Bier zu kaufen. Die anderen waren im Camp geblieben, wo sie herumsaßen und Karten spielten. Wir fuhren zurück und setzten uns in das Amphitheater am See, tranken Bier und warfen die leeren Flaschen in die Dunkelheit am Ufer. Auf dem Bild war Jessica noch ein kleines Mädchen, jetzt war sie sechzehn, in der elften Klasse der Highschool, und dachte bereits ans College.

Sie lebte bei meiner Exfrau Tina und ihrem Mann Dean in einer alten, baumbestandenen Wohngegend, wo die meisten Häuser von Alarmanlagen geschützt wurden, die ich entweder installiert hatte oder wartete, doch in Deans Haus hatte ich noch nie einen Fuß gesetzt, was aber nicht heißen soll, dass er ein schlechter Kerl war. Er war ein einfacher, hart arbeitender Familienmensch, der mit seinem Bruder eine Baufirma hatte und damit zu Geld gekommen war. Herrje, er hätte sogar ich sein können, war er aber nicht. Er und meine Exfrau waren seit fünf Jahren verheiratet, und Jessica lebte inzwischen fast halb so lange in seinem Haus, wie sie in meinem gelebt hatte.

Damals, vor dem Unfall, gingen wir immer sonntags nach der Kirche im Cracker Barrel essen, fuhren anschließend durch die reichen Wohnviertel und redeten darüber, welches Haus wir kaufen würden, sobald wir das Geld dafür hätten, obwohl wir wussten, dass das nie der Fall sein würde. Ich weiß nicht, ob er zu der Zeit schon da wohnte oder nicht, aber wir sind wahrscheinlich tausendmal an Deans Haus vorbeigefahren.

Ich war seit Jahren nicht mehr in der Kirche, und heute fahre ich nur noch an Häusern wie dem von Dean vorbei, wenn es unbedingt sein muss.

Als ich vom Lunch zurückkam, hatte das Faxgerät Papier für mich ausgespuckt. Ich setzte mich an meinen Schreibtisch und blätterte die Seiten durch: ein Polizeibericht mit einer schludrigen Handschrift, die ich kaum entziffern konnte.

In dem Bericht erklärte Miss Crawford, dass sie am Morgen in das Zimmer von Easter und Ruby gegangen war, weil die beiden nicht pünktlich zum Frühstück erschienen waren. Sie hatte zwei leere Betten vorgefunden und keine Mädchen. Dann sah sie das offene Fenster und verständigte die Polizei. Sie sagte, beide Mädchen hatten Nachthemden angehabt, als sie ins Bett gingen, konnte sich aber nicht an die Farben erinnern. Zwei Paar Sneaker fehlten, aber sonst war nichts mitgenommen worden. Sie erwähnte, dass der Vater der beiden, Wade Chesterfield, an der Schule und später im Heim aufgetaucht war, und beschrieb ihn als groß und dünn, etwa einsachtzig und um die 80 Kilo, mit rotblondem Haar genau wie das von Easter.

Doch was ich auf der letzten Seite des Berichts fand, überraschte mich. Ich legte den Rest der Seiten neben das Faxgerät und stand auf und ging hinaus in den Empfangsbereich, wo das Sonnenlicht durch die Glastür und Frontfenster hereinfiel. Ich hielt das Blatt ins Licht, um es mir genau ansehen zu können. Es zeigte die fotokopierte Vorder- und Rückseite von Wade Chesterfields Baseballkarte aus seiner Zeit bei den Gastonia Rangers.

Die Karte sah aus, als hätten die Rangers sie für einen

Werbeabend zu Saisonbeginn drucken lassen, als noch Anlass zu großen Hoffnungen bestand. Vielleicht hatte Chesterfield die Karte auch selbst gestaltet und auf eigene Kosten drucken lassen. Das Foto zeigte ihn als Pitcher kurz vor dem Wurf: ein Linkshänder. Die Gastonia Rangers, die am Ende der '92er Saison nach Hickory umgezogen waren, hatten fast identische Trikots wie die Texas Rangers, deren Ausbildungsteam sie waren. Chesterfield trug das weiße Heimtrikot, und obwohl die Schwarz-Weiß-Kopie das nicht erkennen ließ, war seine Kappe vermutlich blau und der kursive Schriftzug *Rangers* auf seiner Brust blau mit roter Umrandung. Auf der Kartenrückseite waren seine Spielerstatistik und seine äußere Beschreibung abgedruckt. Er war eins fünfundachtzig groß und brachte zu der Zeit nur 73 Kilo auf die Waage. Es war alles da; das Einzige, was mir Wade Chesterfields Karte nicht verriet, war, wie er aussah: Irgendwer hatte mit einem Kugelschreiber sein Gesicht unkenntlich gemacht.

Ich ging zurück zu meinem Schreibtisch und blätterte die Seiten durch, bis ich ein Polizeifoto von Wades Konterfei fand. Es war 1995 aufgenommen worden, und er hatte darauf strähniges, fettiges Haar und einen zotteligen Backenbart. Ich versuchte, mir dieses Gesicht, glatt rasiert und Jahre jünger, auf dem Körper eines Pitchers vorzustellen.

Das schnurlose Telefon lag auf meinem Schreibtisch. Ich nahm es und wählte Sandys Nummer im Präsidium.

»Was gibt's?«, fragte er.

»Wer hat sein Gesicht übermalt?«

»Wessen Gesicht?«

»Das von Chesterfield auf der Baseballkarte: Wer hat es übermalt?«

»Keine Ahnung«, antwortete er. »Wir haben die Karte unter der Matratze der Älteren gefunden. Vermutlich hat sie das gemacht. Anscheinend hatte er keine Aussichten auf den Preis als Vater des Jahres, jedenfalls nicht dieses Jahr.« Als er das sagte, blickte ich auf das Bild von Jessica und mir auf meinem Schreibtisch. Ich stellte mir vor, ich würde dieses Foto finden und sehen, dass mein Gesicht mit Kugelschreiber überkritzelt worden war. Irgendetwas überschlug sich in meiner Brust, und ich verbannte das Bild aus dem Kopf. Ich stand auf, ging in den Empfangsbereich und blickte hinaus auf die Autos, die auf der Franklin Avenue vorbeifuhren.

»Weswegen wurde er festgenommen?«

»Alkohol am Steuer«, sagte Sandy. »Und es war nicht das erste Mal. Hoffentlich war es das letzte Mal, vor allem wenn er die Mädchen bei sich hat.« Es wurde still in der Leitung, und ich wusste, dass Sandy auf seinen Schreibtisch starrte und überlegte, was er als Nächstes sagen sollte, weil er nicht zurücknehmen konnte, was er bereits gesagt hatte. Ich räusperte mich.

»Okay«, sagte ich. »Danke.«

»Hey«, hielt er mich auf, »lass uns morgen zusammen zu Mittag essen, dann können wir das alles besprechen. Ich ruf dich an, wenn ich vorher irgendwas höre.«

»Alles klar«, stimmte ich zu. Ich legte auf.

Als ich zurück zum Schreibtisch ging, sah ich, dass im Korb des Faxgeräts noch ein Blatt lag. Es war eine Kopie von Easters und Rubys Schulfotos. Sie hatten sie auf der Kommode in ihrem Zimmer im Heim aufgestellt. Im Unterschied zu den meisten Kindern, die von ihren Eltern für Schulfotos herausgeputzt werden, trugen Easter und Ruby bloß Shorts und T-Shirt, und ihre Haare waren lang und ungekämmt. Sie sahen zwar kaum wie Schwestern aus, aber irgendetwas in ihren Augen verriet, dass sie dieselben Dinge gesehen hatten, und ich dachte, dass sonst niemand ein Foto von diesen beiden Mädchen bei sich zu Hause stehen hatte und dass das einzige Bild von ihnen auf einer Kommode in einem Zimmer stand, aus dem sie verschwunden waren.

Ich hätte eigentlich Termine vereinbaren und Material nachbestellen müssen, doch stattdessen saß ich auf einem der drei Stühle im ansonsten leeren Empfangsbereich und sah zu, wie sich das Sonnenlicht, das durch die Glastür hereinkam, über den Teppichboden bewegte. Hin und wieder nahm ich die gefaxten Seiten, die auf dem Stuhl rechts von mir lagen, und blätterte sie durch, um sie dann wieder wegzulegen, aber eigentlich saß ich bloß da und wartete, bis es Zeit war zu gehen. Ich hätte längst nach Hause gehen und es dem Anrufbeantworter überlassen können, eventuelle wichtige Nachrichten entgegenzunehmen, aber ich war nur sehr ungern in meiner Wohnung, wenn es draußen noch hell war, und ich verließ das Büro niemals vor der Dämmerung, was bedeutete, dass ich im Sommer manchmal erst ziemlich spät Feierabend machte. Es war der erste Septembertag, und ich wusste, es würde noch eine ganze Weile nicht dunkel genug sein, um nach Hause zu fahren.

Hinten im Büro stand ein Fernseher, und ich überlegte, den Sportkanal einzuschalten, um mir die Vorberichterstattung von McGwires Spiel gegen die Marlins anzusehen. Ich hatte 250 Dollar darauf gesetzt, dass er heute Abend keinen Home Run schaffte, aber irgendwas sagte mir, dass ich falschliegen würde.

Es hatte ein paar Jahre gedauert, aber ich hatte gelernt, dass gegen diese Art von Ruhelosigkeit nichts zu machen war. Der Spätnachmittag kam mir noch immer wie der Anfang des Tages vor, und aus reiner Gewohnheit hatte ich fast Angst davor, nach Hause zu kommen, solange es nicht ganz dunkel war, Angst davor, mir etwas zu essen zu machen, mich hinzusetzen und mir ein Spiel anzusehen, weil ich stets fürchtete, jeden Moment rausgerufen zu werden, um an irgendwelchen Eisenbahnschienen entlangzustapfen auf dem Weg zu einer Leiche oder um auf der Schotterzufahrt irgendeiner dunklen Wohnwagensiedlung Patronenhülsen aufzusammeln. Jahrelang hatte ich neben Tina im Bett gelegen, hellwach, und damit gerechnet, dass das Telefon klingelte. Es klingelte jetzt bei mir zu Hause gar nicht mehr, aber ich rechnete noch immer damit.

Ich musste daran denken, was Sandy heute über Wade

Chesterfield gesagt hatte, dass er kein »Vater des Jahres« wäre und mehrfach wegen Alkohol am Steuer festgenommen worden war, und ich fragte mich, ob Easter davon wusste, wo immer sie und Ruby sein mochten, ob sie daran gedacht hatte, als sie sein Gesicht auf der Baseballkarte weggekritzelt hatte, ob sie jetzt im Augenblick daran dachte, während ihr Dad mit ihnen Gott weiß wo herumkutschierte. Ich fragte mich, ob auch Wade jetzt im Augenblick daran dachte, ob er jedes Mal, wenn ihm in den Sinn kam, dass er betrunken Auto gefahren war, im Rückspiegel seine im Fond sitzenden Töchter betrachtete oder ob er bewusst nicht hinsah, weil er die Augen nicht von der Straße nehmen wollte, weil die Erfahrung ihn gelehrt hatte, was im Bruchteil einer Sekunde passieren konnte.

Genau das hatte ich getan: Ich hatte im Rückspiegel Jessica angesehen, die im Fond saß und mir von dem Basketballtraining erzählte, bei dem ich einfach eingenickt war, statt zuzuschauen wie die anderen Eltern. Wir waren schon in der Einfahrt, und ich hatte schon die Fernbedienung für das Garagentor genommen und den Knopf zum Öffnen gedrückt. Ich merkte nicht mal, dass er da stand, bis Jessica aufschrie, doch da war es zu spät.

Tinas Vater lag mit Leberversagen im Sterben, im Krankenhaus in Chapel Hill, und ich hatte das Wochenende freinehmen und in die Tagschicht wechseln müssen, um zu Hause sein zu können, wenn Jessica von der Schule kam. Vor ihrer Abfahrt hatte Tina einen Zettel an den Kühlschrank geklebt, um mich an zwei Sachen zu erinnern:

unserem fünfzehnjährigen Nachbarsjungen Michael, der jeden Samstagmorgen unseren Rasen mähte, zwanzig Dollar rüberzubringen und Jessica Mittwochabend um sieben zum Basketballtraining zu fahren. Ich hatte beides vergessen. Tina hatte unsere Ehe immer als eine jahrelange Ermittlung betrachtet, die sie nie richtig abschließen konnte. Ich war entweder der unkooperative Zeuge, der nie die richtigen Antworten gab, oder der Verdächtige, der unabsichtlich etwas angestellt hatte.

Am Mittwochabend hatte ich mir mit Jessica erst eine Pizza von Domino's geteilt, dann zwei Schlaftabletten eingeworfen und mit einem Bier runtergespült. Ich hoffte, mal eine Nacht richtig schön durchschlafen zu können, ehe Tina irgendwann an dem Wochenende nach Hause kam. Es war Mitte Oktober und um halb sieben schon fast dunkel, als Jessica in Tennisschuhen, Shorts und Sweatshirt ins Wohnzimmer kam und mich an ihr Basketballtraining erinnerte, obwohl ich kaum noch die Augen offenhalten konnte.

Es war stockdunkel, als wir vom Sport zurückkamen. Ich bin es wieder und wieder in Gedanken durchgegangen, und jedes Mal wird die Einfahrt dunkler und das Licht meiner Scheinwerfer irgendwie schwächer. Wir haben nie erfahren, ob Michael noch auf dem Weg zu uns war oder ob er schon festgestellt hatte, dass wir nicht zu Hause waren, aber als ich angefahren kam, stand er plötzlich da, mitten auf der Einfahrt, und das nur, weil ich vergessen hatte, ihn zu bezahlen, vergessen hatte, die beiden Dinge zu erledigen, um die Tina mich gebeten hatte, ehe sie losgefahren war, um bei ihrem Vater zu sein.

Die Rettungssanitäter waren schon da, als meine Kollegen von der Streife eintrafen. Ich sah sie beide durchs Küchenfenster, wo ich mich über die Spüle beugte und mir kaltes Wasser ins Gesicht klatschte. Sie standen draußen im Garten und sprachen mit Michaels Eltern, die ich seit Jahren gut kannte, während das kreiselnde Blaulicht des Krankenwagens über alle vier hinweghuschte. Jessica hatte mittlerweile aufgehört zu weinen und war oben in ihrem Zimmer, verhielt sich ganz still und wünschte wahrscheinlich genauso sehnsüchtig wie ich, Tina wäre da.

Ich wusste, dass die Streifenkollegen irgendeinen Verdacht hatten, als sie vorschlugen, ich sollte mich von einem von ihnen zur Befragung ins Präsidium fahren lassen, obwohl ich nicht festgenommen worden war. Der andere blieb beim Haus. Im Präsidium schilderte ich, was passiert war oder was ich glaubte, was passiert war. Die meisten Augen, in die ich schaute, blickten nach unten auf den Teppichboden. Sie zwangen mich nicht zu einem Drogentest, was damals auf mich wie ein Entgegenkommen wirkte, sich aber ins Gegenteil verkehrte.

Ich wurde weder verhaftet, noch wurde mir eine Straftat zur Last gelegt, aber Michaels Eltern verklagten mich einige Monate später, als sich schon längst in der ganzen Stadt erfundene Geschichten verbreitet hatten, wie weggetreten ich beim Basketballtraining an dem Abend gewesen wäre und wie merkwürdig ich mich nach dem Unfall verhalten hätte. In dem Zivilprozess traten reihenweise andere Eltern als Zeugen auf und sagten aus, ich wäre aus der Sporthalle getorkelt, ehe ich meine Tochter nach Hause gefahren hatte. Zwei Kollegen, die an dem Abend im Präsidium Dienst gehabt hatten, konnten sich nicht erinnern, ob sie eine Alkoholfahne bei mir gerochen hatten oder nicht, aber sie sagten, ihnen sei geraten worden, mich nicht zu testen, was sie aufgrund meines höheren Ranges dann auch nicht getan hätten.

Als die Geschworenen mich schuldig sprachen, war mir bereits die Möglichkeit angeboten worden – dringend nahegelegt trifft die Sache wohl besser –, den Polizeidienst zu quittieren, und wir hatten bereits eine ganze Stange Geld für Anwälte ausgegeben. Die Erkenntnis, dass wir für den Rest unseres Lebens an Michaels Eltern würden zahlen müssen, war ein harter Schlag. Dennoch hatte ich das überwältigende Gefühl, dass ich für etwas Unverzeihliches mit einem blauen Auge davongekommen war, und ich merkte, dass Tina das auch so sah: Ich verbrachte nicht einen Tag im Gefängnis, ich war noch am Leben, unsere Tochter war noch am Leben. In gewisser Weise war ich wirklich mit einem blauen Auge davongekommen. Aber ich trage diese Schuld noch immer wie einen schweren Wintermantel, denn wenn so etwas geschieht, wenn ein Kind durch dein Verschulden nicht mehr am Leben ist, dann kommst du nicht wirklich ungeschoren davon, weil dich das niemals wieder loslässt.

Wenn meine Arbeit oder meine Schlaflosigkeit oder unsere Streitereien in unserer Ehe Risse verursacht hatten, dann war der Abend des Unfalls wie ein Felsbrocken, der einen Berg herunterrollt und das ganze Wasser aus einem Teich verdrängt, der bis dahin nur von leichten Wellen gekräuselt wurde. Aber wir hielten durch, so lange wir konnten. Ich hielt wahrscheinlich länger durch als sie, wahrscheinlich länger, als es für uns beide gut war – wahrscheinlich länger, als es für Jessica gut war.

Wir drei waren nie wieder wie davor. Nichts war je wieder wie davor.

10 *Easter Quillby*

Meine Augen öffneten sich bei dem Geräusch, als der Motor des Autos ausgestellt wurde. Die Sonne ging auf, und ich sah, dass wir vor einem Waffle House parkten. Wade saß auf dem Fahrersitz und starrte mich an, als ob er darauf gewartet hätte, dass ich aufwache. Neben mir hatte Ruby noch immer die Augen geschlossen.

»Wo sind wir?«, fragte ich.

»Wir sind fast da.«

»Wo ist ›da‹?«

»Myrtle Beach«, sagte er.

Ich vergewisserte mich mit einem Blick auf Ruby, dass sie noch schlief und nicht bloß so tat, damit sie lauschen konnte, was wir sagten. »Ehrlich?«

»Ja.«

»Weil wir beide nämlich noch nie am Meer waren, und wenn du nicht die Wahrheit sagst –«

»Ich sage die Wahrheit«, flüsterte er, »und du musst anfangen, mir zu glauben.« Er deutete mit einem Nicken auf Ruby. »Ich bitte dich nicht bloß meinetwegen, mir zu vertrauen. Ich bitte dich, es für deine Schwester zu tun. Du weißt ja nicht, wie sehr sie zu dir aufblickt und so sein will wie du.«

»Wieso sagst du das?«

»Ich sage das, weil ich versuche, das Richtige zu tun, auch wenn ich die Vergangenheit nicht ändern kann, auch wenn ich die verlorene Zeit nicht wieder aufholen kann oder alles, was ich getan habe, ungeschehen machen kann«, sagte er. »Ich will bloß die Chance haben, euer Dad zu sein, aber wenn du schon entschieden hast, dass du nicht willst, dass ich dein Dad bin, dann versteh ich das. Aber bitte lass Ruby allein entscheiden, was sie will.«

»Ich glaube, du hast dich kein bisschen geändert«, sagte ich.

»Wieso glaubst du das?«

»Weil ein Mann nach dir sucht. Er war an der Schule und hat mich beobachtet. Ich hab ihn im Wald gesehen. Er hat gefragt, ob du mein Dad bist. Ich hab nein gesagt, aber er hat mir nicht geglaubt. Der wusste, wer ich bin.«

Er nahm seine Baseballkappe ab und fuhr sich mit den Fingern durchs Haar, und dann setzte er sie wieder auf. Er versuchte zu lächeln. »Wie sah er aus?«

Als ich das Auge des Mannes beschrieben hatte, seine Stimme, und wie kräftig er aussah, war Wade weiß im Gesicht geworden. »Weißt du, wer das ist?«, fragte ich.

»Ja.«

»Ist er böse?«

»Ja, aber er wird uns nicht finden.« Er blickte von mir zu Ruby, die noch immer neben mir schlief. »Wir müssen einander einfach vertrauen und gegenseitig auf uns aufpassen. Kannst du das? Mir vertrauen?«

Ich nickte.

»Danke«, sagte er. »Uns wird nichts passieren, und wir werden es uns gutgehen lassen. Wer weiß, vielleicht änderst du ja doch noch deine Meinung über mich.« Er lächelte, und dann öffnete er die Fahrertür und stieg aus.

»Träum weiter«, flüsterte ich.

Zwei Stunden später bog Wade von der Straße ab und hielt vor einer alten Autowerkstatt, die er unterwegs in einem Telefonhäuschen rausgesucht hatte, und dann drehte er sich um und sah Ruby und mich an. »Wenn ihr euch die Farbe für ein Auto aussuchen könntet, in welcher würdet ihr es lackieren?«

»Pink!«, kreischte Ruby. In Myrtle Beach hatten wir an einem Laden, der Wings hieß, haltgemacht, und Wade war reingegangen und hatte für uns ein paar neue Anziehsachen gekauft, während wir im Auto warteten. Ruby hatte ihre Socken und Schuhe ausgezogen und schob die Füße in ein Paar pinke Flipflops. So welche hatten wir noch nie.

»Sieht vielleicht ein bisschen komisch aus, wenn ein Mann ein pinkes Auto fährt«, meinte Wade.

»Wie wär's mit Rot?«, fragte ich.

»Rot ist wahrscheinlich besser«, sagte Wade. Er zwinkerte mir zu, als hätten wir beide irgendein Geheimnis. »Wartet hier.«

»Wo gehst du hin?«, fragte Ruby.

»Ich geh mich darum kümmern, dass dieses braune

Auto rot wird«, antwortete er. Er kurbelte die Fenster ein Stückchen runter und stieg aus. »Ihr bleibt im Auto.«

»Okay«, sagten wir beide gleichzeitig. Wir sahen ihm nach, wie er neben der Werkstatt in einen kleinen Raum ging, der wohl das Büro war. Ruby machte eine der Wings-Tüten auf, die Wade auf die Rückbank geworfen hatte, und ich machte die andere auf. Wir sahen all die Klamotten durch, die er für uns gekauft hatte: einen pinken Badeanzug für Ruby und einen roten für mich; zwei passende weiße T-Shirts, auf denen wie aufgesprüht *Myrtle Beach* stand und weiter unten in Schreibschrift »Nicht anfassen«. Es waren auch Shorts dabei: eine pinke für Ruby und eine blaue für mich.

Wade hatte gesagt, wir würden als Nächstes zum Strand fahren, deshalb zogen wir uns schon mal die Badeanzüge an und darüber Shorts und T-Shirts. Es war, glaube ich, das erste Mal, dass ich Sachen anzog, die vor mir niemand anderem gehört hatten.

Ruby war still geworden, und ich wusste, dass sie etwas sagen wollte, aber unsicher war, ob es mir gefallen würde oder nicht. »Was wird Miss Crawford machen, wenn sie merkt, dass wir weg sind?«, fragte sie schließlich.

»Sie hat es längst gemerkt, Ruby«, sagte ich. »Die Schule hat vor zwei Stunden angefangen.«

»Glaubst du, sie macht sich Sorgen?«

»Denk nicht drüber nach. Wir leben nicht mehr da.«

»Vielleicht sollten wir sie anrufen und sagen, dass es uns gutgeht«, schlug sie vor. Ihre Augen schauten an mir vorbei, und ich drehte mich um und sah, dass sie zu einer Telefonzelle blickte, die am Bürgersteig vor der Werkstatt stand.

»Nein, Ruby, wir können niemanden anrufen«, sagte ich. »Wir können niemandem sagen, wo wir sind.«

»Aber wenn sie doch vielleicht Angst haben?«

»Willst du nach Alaska?«, fragte ich. »Oder willst du, dass wir getrennt werden und in verschiedene Heime kommen? Willst du, dass Wade ins Gefängnis kommt?« Sie schüttelte den Kopf. »Genau das passiert aber, wenn wir im Heim anrufen.« Sie lehnte sich zurück und starrte auf die Kopfstütze vor ihr. Ich fragte mich, wo Wade so lange blieb.

»Ich dachte bloß –«, setzte Ruby an.

»Hör auf, Ruby«, unterbrach ich sie. »Hör auf. Du hast dich gestern Abend doch so gefreut, ihn zu sehen. Jetzt sind wir hier, und wir können nicht mehr zurück. Also, hör auf, Mitleid mit anderen Leuten zu haben.«

Einige Minuten später saßen wir drei auf einer Bank vor der Autowerkstatt und warteten auf ein Taxi. Wade hatte eine schwarze Sporttasche aus dem Kofferraum geholt, und Ruby und ich hatten unsere Nachthemden, Unterwäsche und Socken und Schuhe in die Wings-Tüte gesteckt. Die Sonne war hell und heiß, so ein Tag, an dem der Himmel weiß aussah.

Ruby und ich waren mit Mom oft Taxi gefahren, und als wir da so saßen und auf eins warteten, hatte ich das Gefühl, wir wären wieder in Gastonia, wieder in unserem alten Leben, bloß dass wir jetzt bei Wade statt bei Mom waren und dass wir am Meer waren, statt vor dem Supermarkt oder der Arztpraxis auf ein Taxi zu warten, das uns nach Hause bringen sollte.

»Ziehen wir hierher?«, fragte Ruby.

Einen Moment lang dachte ich, Wade hätte sie nicht gehört, aber als er seufzte, wurde mir klar, dass er einfach müde war und schwitzte und keine Lust hatte, so eine Frage zu beantworten. »Nein«, antwortete er, »wir ziehen nicht hierher. Wir bleiben bloß ein Weilchen hier.«

»Wo wollen wir denn wohnen?«, fragte Ruby. Wade seufzte wieder.

Ich beugte mich vor und blickte sie an Wade vorbei an. »Stell nicht so viele Fragen«, sagte ich. Ruby lehnte sich auf der Bank zurück, so dass ich sie nicht mehr sehen konnte. Ich wartete, aber sie sagte nichts mehr.

11

Das Taxi setzte uns an einem Hotel direkt am Strand ab. Nach dem Einchecken mussten wir auf dem Weg zur Treppe nach oben zu unserem Zimmer am Pool vorbei. Im Wasser waren ein Junge und ein Mädchen in meinem Alter. Das Mädchen lag auf einer Luftmatratze, die aussah wie ein Killerwal, und der Junge trug eine Taucherbrille. Sie sahen zu uns hoch. Ruby winkte ihnen, aber sie winkten nicht zurück. Ein Mann und eine Frau, die bestimmt ihre Eltern waren, lagen auf Badeliegen. Die Frau las ein Buch; der Mann sah aus, als würde er schlafen.

»Dein Wal gefällt mir«, sagte Ruby, aber das Mädchen antwortete nicht.

Unser Zimmer war hübsch, mit zwei Doppelbetten und einem kleinen Tisch mit zwei Stühlen. Ein großer Fernseher stand auf der Kommode gegenüber den Betten. Wade ging zur hinteren Seite des zweiten Betts und ließ die Sporttasche von der Schulter auf den Boden gleiten. Er kniete sich hin und schob die Tasche unters Bett.

»Was ist da drin?«, fragte ich.

Er sah zu mir hoch, und dann schob er sie noch weiter unters Bett. »Nichts Besonderes«, sagte er. »Bloß ein paar

Klamotten.« Er stand auf und klatschte in die Hände. »Also dann«, rief er. »Auf zum Strand.«

Der Wecker auf dem Nachttisch zeigte ein Uhr, als wir, mit Sonnenmilch eingecremt, das Zimmer verließen, um uns auf den Weg zum Strand zu machen. Wir gingen zu einem Imbiss am Pier gleich neben dem Hotel und bestellten Cheeseburger, Fritten und Cola, und dann stiegen wir die Stufen vom Pier hinunter in den Sand.

Während Ruby und ich unsere Handtücher ausrollten, holte Wade ein Päckchen aus einer Tüte und fing an, es aufzumachen.

»Was ist das?«, fragte Ruby.

»Wart's ab«, sagte er und legte den Mund an ein kleines, durchsichtiges Röhrchen.

Ich wusste schon, was es war, ehe er anfing, es aufzublasen. »Es ist eine Luftmatratze«, sagte ich. Wade blies kräftig in das Röhrchen und nickte mir zu. Nachdem Wade etwas mehr Luft hineingeblasen hatte, konnte ich das Bild auf der Luftmatratze erkennen, und ich wollte nichts damit zu tun haben.

»Damit spiel ich nicht. Da ist eine Südstaatenfahne drauf.«

»Was hast du denn gegen die Südstaatenfahne?«, fragte er.

»Die bedeutet, man hasst schwarze Menschen«, sagte ich.

Wade verzog das Gesicht. »Das stimmt nicht«, behauptete er. Er blies noch ein paarmal hinein und hielt das Röhrchen zu.

»Was bedeutet sie dann?«, fragte ich.

Wade drückte die Kappe auf das Röhrchen und hielt die Luftmatratze vor sich, als würde er sie sich genau ansehen. »Ich weiß nicht«, sagte er. »Aber das jedenfalls nicht.«

Ruby und ich setzten uns auf die Matratze, und Wade rollte sein Handtuch aus. Wir blickten auf den Ozean, aßen unsere Cheeseburger und Fritten. Zum ersten Mal an dem Tag fiel mir auf, wie müde Wade aussah, und ich dachte darüber nach, dass er von Gastonia aus die ganze Nacht hindurch gefahren war, während Ruby und ich auf der Rückbank geschlafen hatten. Er hatte gemerkt, dass ich ihn betrachtete, denn er drehte den Kopf und sah uns an.

»Freut ihr euch, dass wir am Strand sind?«

»Ja!«, rief Ruby. Sie biss in ihren Cheeseburger, und dann nahm sie ihre Dose Cola und trank einen Schluck. »Heute ist der schönste Tag in meinem Leben!«

»Prima«, sagte Wade. »Ich freu mich, dass ihr Spaß habt. Ich will, dass wir Spaß haben.« Er nahm den letzten Bissen von seinem Cheeseburger und faltete das Verpackungspapier zusammen, während er kaute. »Von jetzt an werden wir nur noch Spaß haben.« Er schnürte seine Schuhe auf und streifte sie von den Füßen. »Die einzige Regel von jetzt an lautet: Spaß haben!«

12

Den ganzen Tag über hatte Wade uns eine Überraschung versprochen, und nach dem Abendessen setzte uns ein Taxi mitten auf einer trubeligen Straße voller kleiner und großer Läden und Restaurants ab. Die Strandpromenade auf der anderen Straßenseite war voller Menschen: Familien mit kleinen Kindern, Frauen, die Bikinioberteile mit Shorts trugen, obwohl es schon dunkel wurde, und scharenweise Mädchen, die nicht viel älter waren als ich, aber schon geschminkt waren und händchenhaltend mit ihren Freunden herumschlenderten.

»Was ist die Überraschung?«, fragte Ruby.

»Wart's ab«, sagte Wade. Wir folgten der Strandpromenade, bis Wade stehen blieb und auf einige helle Lichter über den Gebäuden in einiger Entfernung zeigte. »Das da hinten ist die Überraschung – der Vergnügungspark.«

Ich blickte hoch und sah die Lichter eines Riesenrads so gerade eben über das Dach eines Gebäudes lugen, das sich Magic Attic nannte. Eine Schar Kinder, nicht viel älter als ich, stand davor Schlange. Keins von ihnen hatte seine Eltern dabei. Ruby zerrte an Wades Hand, damit er schneller ging. »Komm schon«, rief sie. Sie liefen durch eine

Arkade mit Spielautomaten zu der Straße auf der anderen Seite der Promenade.

An dem Abend fuhren wir auf fast jedem Karussell im Vergnügungspark, und Wade und Ruby fuhren so gut wie jedes Mal zusammen. Ich sagte mir, dass ich auf dem Polypen genauso viel Spaß allein hatte, wie wenn Wade neben mir gesessen hätte, und dass ich oben im Riesenrad die Promenade und alle Hotels genauso gut sehen konnte, wie wenn ich mit Ruby da oben gesessen hätte statt ganz allein mit nichts als dem Wind und der Musik von tief unten in den Ohren.

Die Geisterbahn war praktisch das einzige Fahrgeschäft nur für Kinder ab meinem Alter, und als wir daran vorbeigingen, fragte Wade, ob ich drauf wollte.

»Vielleicht«, sagte ich. Er riss ein paar Bons ab und reichte sie mir.

»Na los«, sagte er. Er deutete auf eine Bank. »Ruby und ich sitzen gleich da drüben, wenn du rauskommst.«

»Fährst du denn nicht mit?«, fragte ich.

»Ruby darf noch nicht da drauf«, meinte er. »Und ich lasse sie auf keinen Fall hier draußen allein. Aber fahr du ruhig«, sagte er. »Macht uns nichts aus. Vielleicht gehen wir dann noch auf irgendwas anderes.«

Ich drehte mich von ihm weg und ging zur Geisterbahn und stellte mich an. Für die Fahrt musstest du in einen kleinen Wagen steigen, der mit anderen Wagen verbunden war, wie die auf der Achterbahn.

In der Schlange hinter mir lachte jemand, und als ich

mich umdrehte, sah ich zwei Jungs und zwei Mädchen, alle fünfzehn oder sechzehn Jahre alt. Die Jungs trugen beide Poloshirts und Shorts und hatten ihre Baseballkappen nach hinten gedreht. Der größere Junge hatte einen Riesenbecher Limonadeneis-Shake, aus dem ein Strohhalm ragte. Eins von den Mädchen hielt einen großen Teddybär in den Händen, den einer der Jungs für sie gewonnen haben musste. Der Bär war braun und trug einen Bluejeans-Overall. Der Junge mit dem Limonadeneis-Shake fing an zu lachen, als ich ihn ansah. Ich drehte mich wieder um.

»Ich weiß nicht, was da steht«, flüsterte einer der Jungs.

»Frag sie«, forderte eins der Mädchen. Sie lachte so sehr, dass sie nicht mal flüstern konnte.

»Hey«, sagte einer der Jungs. Er tippte mir auf die Schulter. »Was steht da auf deinem Shirt?« Ich drehte mich um und zeigte ihm mein Shirt, damit er mich in Ruhe ließ.

»Nicht anfassen?«, prustete eins der Mädchen. Alle vier lachten. Ich drehte mich wieder um, damit sie mich nicht sehen konnten. »Du meine Güte«, sagte sie. »Wer will denn da schon hinfassen?«

Ich lief rot an, weil ich mir bescheuert vorkam in dem T-Shirt, und noch bescheuerter, weil ich es cool gefunden hatte. Aber es war das einzige Shirt, das ich hatte, und ich hasste Wade dafür, dass er es mir gekauft hatte.

Die kleine Bahn kam heraus, und die Leute stiegen aus, und ich stieg in den ersten Wagen und zog mir den Sicherheitsbügel vor den Bauch. Der große Junge mit dem Limonadeneis-Shake und eins der Mädchen stiegen in den Wagen hinter mir.

Die Bremsen zischten, und die Wagen rollten ins Dunkel, und sobald wir in Bewegung waren, schallte irgendeine kratzige Halloween-Musik aus kleinen Lautsprechern in den Wänden. Ein weißes Bettlaken, das ein Gespenst sein sollte, fiel von der Decke. Wir fuhren direkt unter dem Gespenst her, und es hing so tief, dass ich es leicht hätte berühren können. Als ich mich umdrehte, sah ich, wie der Junge hinter mir aufstand und dagegen schlug. Es baumelte hin und her wie eine Piñata. Der andere Junge in dem Wagen hinter ihm lachte. Die ganze Strecke war voll mit billigem Zeug, das kein bisschen gruselig war. Ich schreckte während der Fahrt nur ein einziges Mal zusammen, als ich spürte, wie etwas Kaltes mich im Nacken traf.

Zuerst dachte ich, es wäre Wasser, das von der Decke tropfte, aber als ich meine Haare berührte und an meinem Hinterkopf herumtastete, wusste ich genau, was es war, roch aber trotzdem an meinen Fingern: Limonade. Der Junge hinter mir lachte und flüsterte dem Mädchen, das mit ihm im Wagen saß, zu: »Nicht anfassen.« Sie lachte auch. Er saugte wieder Limonade in den Strohhalm und spritzte sie mir ins Haar. Ich drehte mich nicht zu ihm um. Ich strich mir einfach mit den Fingern durchs Haar und hoffte, es würde nicht nass aussehen, wenn ich nach der Fahrt wieder zu Wade und Ruby kam.

Als die Bahn hielt, zwängte ich mich aus dem Sicherheitsbügel, ehe er automatisch geöffnet wurde. Ich war die

Erste, die ausstieg, und ich lief die Treppe hinunter vorbei an all den Leuten in der Warteschlange. Wade und Ruby saßen auf der Bank. Wade sah mich und winkte. Er sagte irgendwas, aber ich war zu weit entfernt, um es hören zu können. Die vier Jugendlichen, die auf der Fahrt hinter mir gesessen hatten, mussten gesehen haben, wie Wade mir winkte, und sie mussten gesehen haben, dass Ruby und ich das gleiche Shirt anhatten. Sie brachen wieder in Gelächter aus.

Als ich Ruby und Wade sah, wie sie da auf der Bank saßen, beide in ihren Myrtle-Beach-T-Shirts, während diese Jugendlichen sich über uns drei kaputtlachten, überkam mich das schlimmste, einsamste Gefühl, das ich seit dem Morgen gehabt hatte, als Ruby und ich zu Fayles' gingen, um den Notruf anzurufen. Ich fing an zu rennen, und ich blieb erst stehen, als ich die Straße überquert hatte und an den Spielautomaten vorbei die Promenade erreicht hatte und nicht weiterkonnte.

Ich blieb auf der Promenade stehen und lehnte mich gegen das Geländer, während der Wind vom Ozean mir die Haare und die Tränen aus dem Gesicht blies.

Jemand zupfte mir am Shirt. Ich drehte mich um und sah Ruby hinter mir stehen. »Alles in Ordnung?«, wollte sie wissen.

»Nein«, sagte ich. »Nichts ist in Ordnung.« Ich drehte mich wieder um und schaute über den Strand. Ich hoffte einerseits, dass sie mich in Ruhe ließ, und andererseits, dass sie sagen würde, dass sie Wade auch hasste, dass sie wüsste, warum diese Jugendlichen über uns gelacht hatten, und dass sie nach Hause wollte. Sie trat neben mich ans Geländer.

»War es gruselig?«, fragte sie.

»War was gruselig?«

»Die Geisterbahn«, sagte sie. »Weinst du deshalb?«

»Nein.«

»Warum dann?«

»Das würdest du nicht verstehen.«

»Ich wette, doch«, sagte sie. »Ich wette, ich versteh viel, viel mehr, als du denkst.«

»Kann sein«, meinte ich.

»Daddy denkt, du hast Angst gekriegt, weil du allein mit der Geisterbahn gefahren bist. Er besorgt uns ein paar Viertel-Dollar-Münzen, damit wir Videospiele spielen können. Er denkt, du bist böse auf ihn.«

»Er ist nicht unser Daddy«, sagte ich. »Ich weiß nicht, wieso du ihn so nennen willst.«

»Er will aber doch, dass wir Daddy zu ihm sagen.«

»Ach ja?«, erwiderte ich. »Und was ich will, ist dir egal, Ruby?«

Ruby verschränkte die Arme auf dem Geländer und hob das Kinn und legte es auf ihre Hände. Wir blickten beide hinaus auf den Ozean. »Aber findest du das nicht schön?«, fragte sie schließlich. »Einen Dad zu haben wie alle anderen? Mir gefällt das, echt.«

»Gewöhn dich lieber nicht dran«, sagte ich. Ruby stieß sich vom Geländer ab und hob die Stimme, und vielleicht schrie sie sogar, aber der starke Wind wehte ihre Worte von mir weg.

»Warum bist du so?«, fragte sie. »Heute Morgen hast du gesagt, ich soll nicht an zu Hause denken, ich soll mich dran gewöhnen, bei ihm zu sein. Und jetzt sagst du, ich soll es nicht.« Sie weinte jetzt, und ich griff nach ihrer Hand, aber sie zog sie weg und wich ein paar Schritte zurück. Wir standen da und sahen uns an, und dann drehte sie sich um und lief zu den Spielautomaten. Ich folgte ihr.

Wade stand dort, und ich konnte an den Taschen seiner Shorts erkennen, dass sie voll mit Münzen waren. Er sah, dass Ruby weinte, und er seufzte und ging vor ihr in die Hocke. »Was ist denn los?«

»Nichts«, sagte ich, ehe Ruby antworten konnte. »Sie hat Angst gekriegt, weil ich Angst hatte.« Ich streckte eine Hand aus und legte sie ihr auf den Kopf. »Stimmt's?« Ruby hob den Kopf von Wades Schulter und drehte sich um und sah mich an. Sie schniefte und rieb sich ein Auge.

»Na gut«, sagte Wade und richtete sich auf. Er klopfte auf die Münzen in seinen Taschen. »Wer hat Lust auf Videospiele?«

Ruby sah zu ihm hoch. »Ich!«, rief sie.

Wade steckte beide Hände in die Taschen, und als er sie wieder herauszog, waren sie voll mit Viertel-Dollar-Münzen. Er beugte sich vor und teilte eine Handvoll Münzen auf die Taschen von Rubys Shorts auf, und dann streckte er mir die andere Hand hin. Ich hielt ihm die hohlen Hände hin, und er schüttete die Münzen hinein. Ich versuchte, sie in meine Taschen zu befördern, ohne welche fallen zu lassen, aber ein paar rutschten mir durch die Finger und rollten auf die Promenade. Ruby lief hinterher und brachte sie mir zurück.

»Was wollt ihr zuerst spielen?«, fragte Wade. Er ging erneut in die Knie und zog die Kordel von Rubys Shorts fester, damit sie vom Gewicht der Münzen in ihren Taschen nicht herunterrutschten.

»Pac-Man!«, kreischte Ruby und hüpfte auf der Stelle.

Ich ließ den Blick durch die Arkaden schweifen und sah, wonach ich gesucht hatte. »Kann ich zum Klo?«, fragte ich. Wade sah sich um, bis er das Toilettenschild an der hinteren Wand neben dem Souvenirladen sah.

»Okay«, sagte er. »Aber komm anschließend gleich wieder her.«

Sobald ich in den Korridor zu den Toiletten bog, sah ich, was ich erhofft hatte: Ein Münztelefon hing an der Wand zwischen der Herren- und Damentoilette. Mit der Schulter drückte ich mir den Hörer an die Wange und holte eine Handvoll Münzen heraus, die ich alle in den Schlitz steckte. Sobald ich den Wählton hörte, tippte ich seine Nummer und schloss die Augen und wartete, dass es am anderen Ende klingelte.

»Hallo?«, sagte Marcus.

»Marcus?«

»Ja?«

»Ich bin's«, sagte ich. »Easter.« Schweigen am anderen Ende.

»Hey«, kam schließlich. »Ich hab gehofft, dass du mich anrufst.«

»Ich hoffe, das ist okay«, sagte ich und hielt mir das andere Ohr zu, weil die Spielautomaten so laut waren, obwohl ich ganz am Ende des Ganges war.

»Wo bist du?«, fragte er.

»Ich bin in einer Art Spielhalle in Myrtle Beach, mit meinem Dad und Ruby. Wir sind gestern Abend angekommen.«

»Ich hab euch wegfahren sehen«, sagte er. »Als ich zu dir wollte.«

Irgendetwas machte ein Geräusch am anderen Ende, und dann hörte ich eine Stimme im Raum bei Marcus. »Wer ist das?«, fragte ich. »Sag nicht, dass ich es bin.« Aber es war zu spät. Seine Mom kam ans Telefon.

»Easter, Kleines, wo bist du?«

»Geben Sie mir bitte wieder Marcus«, sagte ich. Meine Hände hatten angefangen zu schwitzen, und ich hörte mein Herz in den Ohren pochen.

»Hab keine Angst, Kleines. Die Polizei wird euch finden. Sie suchen schon nach dir und deiner Schwester. Bist du irgendwo mit deinem Daddy?«

»Marcus hat gesagt, sie sind in Myrtle Beach«, sagte ein Mann im Hintergrund. Es war Marcus' Dad.

»Myrtle Beach?«, fragte seine Mom. »Okay, okay.«

»Bitte geben Sie mir wieder Marcus«, sagte ich. »Bitte.« Aber sie wollte nicht, und sie hörte nicht auf zu reden und sagte mir, dass alles gut werden würde.

»Was sagt sie?«, fragte Marcus' Dad im Hintergrund. Seine Mom antwortete nicht. Sie redete einfach weiter mit mir. Aber dann wurde es still in der Leitung.

»Hallo?«, sagte ich. Ich konnte Marcus' Eltern reden hören, verstand aber nicht, was sie sagten. »Hallo?«, sagte ich wieder. Ich stellte mir vor, wie Marcus' Mom in der Küche stand, mit einer Hand auf der Sprechmuschel, und mit seinem Dad tuschelte. Ich wusste nicht, was ich machen sollte, deshalb legte ich auf. Ein paar Münzen fielen klimpernd in die Geldrückgabeschale.

Erst als ich zurück zur Spielhalle ging, begriff ich, was ich da gerade getan hatte. Wahrscheinlich wusste ganz Gastonia, dass wir verschwunden waren. Jetzt wussten Marcus' Mom und Dad, wo wir waren und mit wem. In nur wenigen Minuten würde auch die Polizei das alles wissen.

Nachdem wir Wades Viertel-Dollar-Münzen alle verspielt hatten, standen Ruby und ich draußen auf dem Bürgersteig und schauten den Wagen auf der Achterbahn zu, während Wade uns ein Taxi bestellte.

Außer dem Geratter von der Achterbahn und der Musik und dem Lärm von den Videospielen war noch ein weiteres Geräusch zu hören. Ruby hörte es auch, und wir blickten uns um, bis wir es fanden: Links von uns auf der anderen Straßenseite war ein Pitching-Käfig. Das Geräusch, das wir hörten, kam von einem Baseball, der gegen einen Gummivorhang knallte. Auf dem Vorhang war ein Bild von einem Catcher in Hockstellung hinter der Home Plate. Ein Mann etwa in Wades Alter pitchte gerade, und ein anderer Mann saß auf einem Hocker neben dem Käfig, wo ein kleiner Bildschirm mit roten Zahlen anzeigte, wie schnell die Pitches waren. Der erste Pitch schaffte 71 Stundenkilometer, der zweite 76. Ein paar Leute schauten zu, klatschten und lachten.

Als Ruby hörte, dass Wade den Telefonhörer einhängte, sah sie ihn an und zeigte auf den Pitching-Käfig. »Ich will auch mal«, sagte sie. Wades Mund wurde zu einer geraden Linie, und er kniff die Augen zusammen, als würde er an etwas denken, woran er nicht denken wollte. »Bitte?«, flehte Ruby.

»Okay«, sagte Wade. »Wir gehen mal rüber und gucken zu.« Er nahm Rubys Hand, und sie nahm meine, und wir drei überquerten die Straße.

Wir blieben vor dem Käfig stehen und schauten zu, wie der Mann seine restlichen Pitches warf. Seine Freunde klatschten und jubelten noch immer. Der Mann, der den Käfig betrieb, blickte von seinem Hocker zu uns rüber. Er war dick, und sein Hintern und seine Oberschenkel hingen vom Hocker, als wäre seine Hose mit Wasserballons ausgestopft.

»Wollt ihr's mal probieren?«, fragte er.

Ruby blickte zu Wade hoch und lehnte sich gegen sein Bein. »Darf ich?«, fragte sie.

»Was kostet das?«, fragte Wade den dicken Mann auf dem Hocker.

»Zehn Pitches fünf Dollar«, sagte er. Wade fischte sein Portemonnaie aus der Gesäßtasche und zückte einen Fünf-Dollar-Schein. Er hielt ihn dem Mann hin, und der Mann nahm ihn, ohne auch nur von seinem Hocker aufzustehen.

Wade legte eine Hand auf Rubys Kopf. Sie sah zu ihm hoch. »Du kannst fünf Pitches werfen«, sagte Wade und hielt die andere Hand mit gespreizten Fingern hoch. Dann zeigte er auf mich. »Und Easter wirft auch fünf.«

»Ich will nicht. Ruby kann alle werfen.«

»Nein«, sagte er. »Ich will sehen, was ihr draufhabt. Euer alter Herr will sehen, was seine Töchter für einen Arm haben.«

Ruby stellte sich in den Käfigeingang und sah auf das Bild von dem Catcher, das auf den Vorhang am hinteren Ende gemalt war. Die Bälle, die der Mann geworfen hatte, lagen zwischen ihr und dem Catcher. Der dicke Mann auf dem Hocker zeigte darauf.

»Na los«, sagte er. Ruby ging in den Käfig und rollte die Bälle zu uns rüber, und Wade bückte sich und sammelte sie nacheinander auf. Er wartete, bis Ruby wieder zum Käfigeingang gegangen war, und dann gab er ihr einen Ball. Sie drehte sich rasch um und wollte werfen, aber Wade hielt sie auf, indem er ihr eine Hand auf die Schulter legte.

»Darf sie ein paar Schritte näher ran?«, fragte er den dicken Mann und deutete mit dem Kopf auf den Catcher. Der dicke Mann zuckte bloß mit den Schultern. Er hielt eine Rolle Geldscheine mit einem Gummiband drum herum in der Hand. Er streifte das Gummiband ab und wickelte Wades Fünf-Dollar-Schein um die Rolle.

»Von mir aus«, sagte er. Wade hatte beide Hände auf Rubys Schultern gelegt und bugsierte sie gut drei Meter in den Käfig.

»Von hier«, bestimmte er. Ruby holte weit mit dem Arm aus und warf. Der Ball flog im hohen Bogen und prallte knapp über dem Kopf des Catchers gegen den Vorhang. Ich schaute auf den kleinen Bildschirm neben dem dicken Mann: Die roten Zahlen zeigten 39. Ruby drehte sich um und lief auf mich zu, blieb dann aber beim Hocker des dicken Mannes stehen und las die 39 vom Bildschirm ab.

»Neununddreißig!«, rief sie Wade zu.

»Das ist super«, sagte Wade. »Und du darfst noch viermal.«

Ruby warf ihre Pitches, und dann ging sie aus dem Käfig und brachte mir die Bälle.

»Du bist dran«, sagte sie.

»Ich will wirklich nicht«, erwiderte ich. Wade folgte Ruby aus dem Käfig und stellte sich neben mich.

»Komm schon«, forderte er mich auf. »Das macht Spaß.« Er stupste mich mit dem Ellbogen an. »Zeig mir ein paar richtige Kracher.« Ich seufzte so laut, dass beide mich hören konnten, und ich legte alle bis auf einen Ball auf den Boden und stellte mich gerade hin und machte einen Schritt auf den Käfig zu. »Na los«, sagte Wade und klatschte in die Hände. »Lass es krachen.«

Ich hielt den Ball mit beiden Händen vor dem Körper

und fixierte den Catcher auf dem Gummivorhang am anderen Ende, und dann drehte ich ihm die linke Schulter zu und hob das rechte Bein genauso, wie ich es hundertmal bei John Schmoltz gesehen hatte. Ich warf den Ball, so fest ich konnte, und er knallte etwa einen Meter links vom Kopf des Catchers gegen das Gummi. Ich schaute auf den Bildschirm, um zu sehen, wie schnell ich ihn geworfen hatte: 58.

»Prima!«, rief Wade. Er klatschte, und als ich mich umdrehte und ihn ansah, hatte er die Hand gehoben, als wartete er darauf, dass ich mit ihm High Five machte. Ich hob die flache Hand und ließ sie gegen seine klatschen, und ich spürte, wie mir heiß im Gesicht wurde, und ich wusste, dass ich rot wurde, aber ich musste trotzdem lächeln. Ruby hob auch die Hand für einen High Five, und ich klatschte mit ihr genauso ab wie mit Wade. Ich bückte mich und hob den nachsten Ball auf, und als ich mich aufrichtete, spürte ich, dass Wade direkt hinter mir stand.

»Konzentrier dich auf den Handschuh des Catchers. Stell dir vor, wie der Ball schnurstracks in ihn reinfliegt.« Er beugte sich über mich, umfasste meine Handgelenke und hob meine Hände bis hoch an meine Brust. »So, wenn du das Knie hebst, achte darauf, dass deine linke Schulter auf den Catcher zeigt.« Ich blickte auf den Handschuh des Catchers und stellte mir vor, wie der Ball in ihn reinknallte. Als ich die Schultern drehte, um in Wurfhaltung zu gehen, merkte ich, dass Wade von mir weggetreten war. Ich hob das Knie genauso wie zuvor, aber diesmal behielt ich den

Handschuh im Auge und drehte die linke Schulter nach vorn, so wie Wade gesagt hatte. Ich warf den Ball wieder mit aller Kraft, und diesmal traf er genau die Maske des Catchers. Der Bildschirm zeigte 68. Ich hörte Wade hinter mir klatschen.

»Volltreffer«, sagte er. »Wenn er ihn auf die Maske gekriegt hat, ist er selber schuld.« Diesmal drehte ich mich nicht zu ihm um, weil ich übers ganze Gesicht strahlte und nicht wollte, dass er es sah. Ich bückte mich und hob den nächsten Ball auf. Als ich mich wieder aufrichtete, hörte ich eine andere Stimme hinter mir.

»Vorsicht!«, rief die Stimme. »Nicht anfassen!« Ich drehte mich um und sah die vier Jugendlichen, die in der Geisterbahn hinter mir gesessen hatten. Eines der Mädchen trug noch immer den großen Teddybären im Arm, aber der größere von den beiden Jungs hatte seinen Limonadeneis-Shake wohl ausgetrunken, denn er hatte die Hände in den Taschen. Der kleinere Junge, der neben ihm stand, lachte, und dann machten sie miteinander eine Art Handschlag, der damit endete, dass sie die Fäuste gegeneinanderstießen. Die Mädchen standen bloß da und starrten mich an, als würden sie mich von vorhin nicht wiedererkennen.

Ich sah zu Ruby herunter. Sie hatte sich umgedreht und blickte sie auch an. Als ich zu Wade hinüberschaute, sah ich, dass er die Jungs mit einem irren Lächeln im Gesicht anglotzte, als fände er die Bemerkung witzig.

»Spielt ihr Baseball?«, fragte er. Ich konnte nicht fassen,

dass er überhaupt mit ihnen redete, noch dazu so freundlich. Er musste doch wissen, dass sie sich über uns lustig machten, darüber, wie wir gekleidet waren, wie wir aussahen.

Ich drehte mich wieder zu dem Käfig um und starrte auf den Handschuh des Catchers, versuchte, mich darauf zu konzentrieren – versuchte, mir auszumalen, wie der Ball ihn voll traf –, aber je länger ich ihn anstarrte, desto mehr hatte ich das Gefühl, jeden Moment loszuheulen. Stattdessen warf ich den Ball, so fest ich konnte. Es war mir egal, ob es ein Strike wurde oder nicht, Hauptsache, mein Wurf würde irgendwas schmerzhaft treffen. Der Ball knallte wieder gut einen Meter rechts vom Catcher gegen den Vorhang, aber diesmal zeigte der Bildschirm 72. Ich blickte nach hinten, um mich zu vergewissern, dass Wade das gesehen hatte, aber er hatte mir gar nicht zugeschaut. Er war zu den beiden Jungs gegangen und unterhielt sich mit ihnen.

»Ist das Ihr Ernst?«, fragte der größere Junge. Er warf dem kleineren Jungen, der neben ihm stand, einen Blick zu und lächelte. Er sah wieder Wade an. »Also gut«, meinte er. Ich blickte zu Ruby hinunter. Sie hatte mir die ganze Zeit zugeschaut, als wäre sie gespannt darauf gewesen, wie schnell ich den nächsten Pitch werfen würde.

»Na los«, sagte sie. Sie zeigte auf die 72, die noch immer auf dem Bildschirm war. »Du kannst noch fester werfen.«

»Ich hab keine Lust mehr zu pitchen«, sagte ich. Ich gab Ruby die zwei restlichen Bälle und trat zurück.

»Ehrlich?«, fragte sie. Ich nickte. Sie ging in den Käfig und blieb etwa an derselben Stelle stehen, wo sie ihre ersten fünf Bälle geworfen hatte. Ich drehte mich nach links in Richtung Strand, und ich stand da und wünschte, ich könnte einfach durch das Gebäude auf der anderen Straßenseite schauen und den Ozean sehen, statt ihn bloß zu hören. Rubys erster Pitch klatschte gegen den Vorhang, und ein paar Sekunden später hörte ich den zweiten. Ich hörte nicht, dass Wade irgendwas zu ihr sagte, als sie fertig war, und ich wusste, dass er bei ihr auch nicht zugesehen hatte.

Aber ich drehte mich um, als ich hörte, was Wade als Nächstes sagte. »Ich und mein Kumpel hier nehmen noch mal zehn.« Wade hielt dem dicken Mann auf dem Hocker einen Geldschein hin. Er nahm ihn und fischte wieder seine Rolle mit Dollars heraus und streifte das Gummiband ab. Der größere Junge war von seinen Freunden zu Wade gegangen und stand jetzt neben ihm vor dem Käfig. Es schien ihn nervös zu machen, dass er so nah bei Wade stand, aber er lächelte, als wollte er es überspielen.

»Na los, Evan«, rief der andere Junge und klatschte in die Hände. Er und die beiden Mädchen standen an derselben Stelle. Die Mädchen sahen aus, als wüssten sie nicht, was sie von der Sache halten sollten. Ich wusste auch nicht, was ich davon halten sollte. Wade sammelte die Bälle auf und legte sie neben Evans Füße, und dann nahm er einen und reichte ihn ihm.

»Okay«, sagte Wade. »Jeder fünf Würfe.« Er hob die

Hand und zeigte auf die beiden Mädchen. »Und wer am härtesten wirft, darf den Teddybär mit nach Hause nehmen.« Jetzt wusste ich, warum das eine Mädchen nicht so begeistert aus der Wäsche guckte wie ihre Freundin und der Junge, der neben ihnen stand.

»Das ist voll dein Ding, Evan«, sagte der Junge. »Du schaffst das.« Evan rollte den Baseball in der Hand, und dann drehte er seine Kappe nach vorn. Er quetschte den Baseball mit beiden Händen, als wollte er ihn kleiner machen, und dann drehte er den Kopf im Kreis und rollte die Schultern nach vorn und nach hinten. Dann stand er still da und starrte auf den Vorhang, wo der Catcher mit erhobenem Handschuh hockte. Erst als er den Ball an die Brust hob und die linke Hand um die rechte legte, um seinen Wurfgriff zu verbergen, wusste ich mit Sicherheit, dass er ein erfahrener Pitcher war. Das Herz rutschte mir in die Hose, und ich glaube, es konnte noch tiefer gerutscht sein, nachdem ich den Ball gegen den Gummivorhang klatschen hörte. Ich sah auf den Bildschirm: Er zeigte 111.

»Na bitte«, rief der kleinere Junge. »Genau das meine ich.« Selbst die Mädchen blickten jetzt interessiert und machten einen Schritt auf den Käfig zu, um besser sehen zu können.

Der dicke Mann beugte sich auf seinem Hocker vor und blickte auf den Bildschirm und stieß ein kurzes Schnauben aus. Dann setzte er sich gerade hin und verschränkte die Arme. »Das war der Schnellste heute Abend«, sagte er und sah Wade an, als wollte er ihm zu verstehen geben, dass er gegen den Jungen keine Chance hatte. Auch ich blickte Wade an, und dann blickte ich Evan an, der jetzt einen weiteren Ball mit beiden Händen knetete, genau wie er es mit dem ersten getan hatte. Er war größer als Wade, und er sah wirklich aus wie ein Sportler. Wade war mindestens zwanzig Jahre älter und sah aus wie ein dünner Mann mit Bauchansatz, der wahrscheinlich in seinem ganzen Leben nie Sport getrieben hat. Jetzt, wo er glattrasiert war, konnte ich die schlaffe Haut unter seinem Kinn sehen, und ich fragte mich, wie dieser Körper so dünn und gleichzeitig so weich aussehen konnte.

Evan machte den gleichen Windup wie zuvor, und diesmal knallte der Ball noch lauter gegen den Vorhang und traf den Catcher mitten auf die Brust. Eine 114 blinkte auf dem Bildschirm auf. Er trat zurück und sah Wade an, doch Wade starrte bloß auf die Stelle, wo der Ball getroffen hatte.

»Das war ein richtig ordentlicher Pitch«, sagte er. »Du hast einen guten Arm.« Evan lächelte, als hätte er die Wette schon gewonnen, und alle wussten, dass er recht hatte. Seine nächsten Würfe waren genauso schnell. Der letzte traf den Catcher an der Maske und erreichte 119. Der kleinere Junge lachte, als er sah, wo der Ball den Vorhang getroffen hatte. Er und Evan machten High Five, und das Mädchen, das mit Evan Geisterbahn gefahren war, ging zu ihm und hakte sich bei ihm ein.

Ich sah zu, wie sie feierten, doch dann bemerkte ich etwas aus den Augenwinkeln. Es war Wade. Er ging auf dem Bürgersteig auf und ab und schwenkte dabei beide Arme wie Hubschrauberrotoren. Die vier Jugendlichen sahen es auch. Sie hörten auf zu reden und beobachteten ihn.

»Was soll das denn werden?«, sagte Evan. Alle lachten. Ich sah Ruby an. Sie hatte sich die Sonnenbrille auf den Kopf geschoben, und auch sie beobachtete Wade. Er ging zu dem Käfig und blieb stehen und fixierte den Catcher, und dann bückte er sich und hob einen der Bälle auf. Er rollte ihn in der linken Hand, und dann knetete er ihn mit beiden Händen genauso, wie Evan es getan hatte. Er stellte sich gerade hin und ließ die Arme hängen, den Ball in der linken Hand. Erst da fiel mir auf, dass er Linkshänder war. Er hob den Ball vor die Brust und legte die rechte Hand über die linke, um den Ball zu verbergen, und dann erstarrte er.

Er stand da wie eine Vogelscheuche in einem Comic, und er sah auch aus wie eine Vogelscheuche. Sein Hemd und seine Shorts wirkten auf einmal eine Nummer zu groß. Der Verkehrslärm und die Stimmen der Leute auf der Straße wurden leiser, je länger er dastand, bis das einzige Geräusch das Gekicher der beiden Jungs war, die von der rechten Seite aus zusahen. Ich konnte meine Augen nicht von Wade losreißen. Als er sein Windup begann, blickte er nach unten auf den Bürgersteig vor ihm und hob das Knie so hoch, dass ich schon glaubte, es würde seine Stirn berühren, und ich schwöre, als er sich in den Pitch warf, konnte man sehen, wie sich seine Arme und Beine vom Körper lösten und eine Sekunde lang in der Luft verharrten, ehe sie sich wieder ankoppelten. Und ich schwöre, dass ich auch etwas hörte: ein Geräusch, wie wenn ein Bügelbrett auseinandergeklappt oder ein altes, quietschendes Tor geöffnet und zugeknallt wird. Ich sah das alles, aber ich konnte nicht sagen, ob Wades Pitch direkt vor seinen Füßen landen oder den Vorhang durchschlagen und die Straße hinunter in die Nacht fliegen würde.

Kaum hatte der Ball den Vorhang über der rechten Schulter des Catchers getroffen, da wusste ich auch schon, dass er nicht so schnell geworden war wie einer von Evans Pitches. Und ich hatte recht. Der Bildschirm zeigte 103. Ich sah es, bevor Wade es sah, weil er mit gebeugtem Oberkörper dastand und auf den Boden starrte, als könnte er nicht mehr gerade stehen, weil er all seine Kraft in den Pitch gelegt hatte. Auch die zwei Jungs sahen den Bildschirm. Evan lächelte bloß, aber der andere Junge klatschte in die Hände, als würde er einen Batter anfeuern, der nicht da war. »Mehr hat er nicht drauf, Alter«, sagte er. »Mehr hat er nicht drauf.«

Wade richtete sich auf und massierte seine linke Schulter mit der rechten Hand, und dann schüttelte er den linken Arm, als ob er eingeschlafen wäre und er ihn wach machen wollte.

»Wir können nach Hause gehen«, meinte der kleinere Junge. »Der Typ ist fertig.« Ruby hatte Wade zugeschaut, aber jetzt riss sie den Kopf herum und starrte die Jungs an.

»Nein«, sagte sie. »Er hat noch vier. Ihr müsst warten.« Die zwei Jungs waren über Rubys Bemerkung offensichtlich genauso verblüfft wie ich, und sie standen da und blickten sie an, bis sie sich wieder umdrehte.

»Er hat noch vier«, sagte der kleinere Junge mit gespielt hoher und piepsiger Stimme. Ruby tat so, als würde sie ihn nicht hören. Sie sah einfach nur Wade an. Schweiß lief ihm aus den Haaren über die Stirn, und er kniff die Augen zusammen und wischte ihn mit der rechten Hand ab. Er wirkte ausgepumpt, obwohl er erst einen Pitch geworfen hatte. Ich wollte ihm sagen, dass er aufhören sollte, dass er zu alt und untrainiert war, um sich mit Jugendlichen anzulegen, die halb so alt waren wie er, dass die meisten erwachsenen Männer keinen Spaß daran fanden, Highschool-Schüler zu Pitching-Wettkämpfen herauszufordern, dass er mich noch mehr blamierte, als er es ohnehin schon getan hatte. Aber dann drehte er den Kopf und sah mich an, und in diesem Moment begriff ich, dass es ihm gar keinen Spaß machte, dass er den Pitch nicht geworfen hatte, weil er die zwei Jungs beeindrucken oder vor Ruby und mir angeben wollte. Er hatte ihn geworfen, weil er wusste, dass die beiden Jungs über mich lachten, über uns. Und da hatte ich zum ersten Mal in meinem Leben das Gefühl, dass Wade mein Dad sein wollte.

»Konzentrier dich auf den Handschuh des Catchers«, sagte ich. »Und dreh deine Schulter so, dass sie auf ihn zeigt.« Er lächelte und nickte.

»Jetzt hast du's kapiert. Ich wärm mich bloß auf.« Wade machte erneut sein Windup: die gleiche Vogelscheuchenhaltung, das hohe Knie, das verrückte Geräusch, das ich wieder zu hören meinte. Der Ball traf den Vorhang genau im Handschuh des Catchers, und diesmal zeigte der Bildschirm 113.

»Jawoll!«, rief Ruby. Der dicke Mann auf dem Hocker zog die Augenbrauen hoch und verschränkte die Arme wieder vor der Brust. Er sah zu den beiden Jungs rüber, als erwartete er, dass sie etwas sagten, aber sie sagten nichts. Wade drehte sich wieder zum Käfig und starrte den Catcher an, als würde er über seinen nächsten Pitch nachdenken.

»Lass es krachen«, rief ich. »Na los, Dad!« Er sah mich nicht an, aber er lächelte, als er mich Dad sagen hörte, und dann wischte er sich den Schweiß von der Stirn. Ich schaute zu den zwei Jungs rüber und sah, dass ihnen das Lächeln vergangen war. Evan hatte die Hände in den Taschen, und der kleinere Junge hatte die Arme verschränkt, und seine Hüften schwangen hin und her, als müsste er dringend aufs Klo.

Wade bückte sich und hob den nächsten Ball auf, und als er wieder sein Windup machte, sah es anders aus, geschmeidiger, mehr wie bei den Pitchern, die man im Fernsehen bei Profispielen sieht oder auf Postern und Baseballkarten. Es war das erste Mal, dass ich in Wade einen Baseballspieler sah und nicht bloß jemanden, der über Baseball redete.

Und damit lag ich genau richtig, und ich lag auch genau richtig damit, dass dieser Pitch sein bester sein würde. Ich weiß nicht, wo genau der Ball landete, weil ich auf den

Bildschirm starrte, aber ich hörte, dass er gegen den Gummivorhang knallte, und dann sah ich, wie der Bildschirm aufleuchtete und 125 anzeigte.

Ruby sah es auch, und sie sprang in die Luft und lief zu Wade, aber er marschierte an ihr vorbei auf die Jugendlichen zu. Er streckte beide Hände aus und riss dem Mädchen den Teddybär weg, und dann drehte er sich um und drückte Ruby den Bären so fest in die Arme, dass sie fast umgefallen wäre. Er sah die beiden Jungs an. »Schönen Abend noch«, sagte er. »Passt auf euch auf.«

Ruby und ich und Wade kriegten uns kaum ein vor Lachen, als das Taxi vom Vergnügungspark losfuhr. Es war wie im Film, als würden wir im Fluchtauto davonbrausen, nachdem wir eine Bank ausgeraubt oder eine Tankstelle überfallen hatten, als wäre uns völlig egal, ob uns jemand gesehen hatte, weil wir wussten, dass wir ungeschoren davonkommen würden.

Mein Kinn lag auf dem Kopf des Teddybären, und ich schloss die Augen und vergrub das Gesicht in seinem Fell. Ich konnte das Parfüm von dem Mädchen riechen, das ihn getragen hatte, und ich konnte noch etwas riechen – zuckrig und säuerlich – und ich wusste, dass es die Limonade war, die der Junge mir ins Haar gespuckt hatte. Ich betete, dass die Jugendlichen nicht die Polizei rufen oder ihren Eltern erzählen würden, was sie mit Wade erlebt hatten. Und dann fiel mir ein, dass ich das mit der Polizei durch meinen Anruf bei Marcus ja schon selbst erledigt hatte. Ich presste die Augen zu und drückte den Bären, so fest ich konnte. Ich war nicht so wild darauf, nach Hause zu kommen, wie ich gedacht hatte, aber das spielte keine Rolle. Wir waren schon im Fernsehen, als wir zurück in unser Zimmer kamen.

13 *Brady Weller*

Am Mittwoch traf ich mich mit Sandy zum Lunch in einem neuen Laden namens Pepé Frijoles. Während ich auf ihn wartete, stand ich draußen auf dem Parkplatz in der Hitze gegen die Motorhaube meines Wagens gelehnt und blickte zu dem Restaurantschild auf dem Garrison Boulevard hoch. Ein Cartoon-Mexikaner mit Poncho und Sombrero lächelte idiotisch zu mir runter.

Sandy hielt neben mir in dem alten Ford Taurus. Als er ausstieg, sah ich, dass er schon seine Krawatte gelockert und sein Sakko quer über den Beifahrersitz gelegt hatte. Sein Hemd war dunkel vor Schweiß.

»Klimaanlage wieder kaputt?«, fragte ich.

»Wieder? Wann hat das Mistding denn je funktioniert?«

Er hatte ein Kuvert in der Hand. Ich deutete mit einem Nicken darauf. »Ist das für mich?«

»Kommt drauf an«, sagte er. »Spendierst du mir den Lunch?«

Wir fanden einen Tisch im hinteren Teil des Restaurants, abseits von den anderen Leuten. Durchs Fenster sah ich, wie zwei Jungs im Lineberger Park auf der anderen

Straßenseite Basketball spielten. Der Asphalt flimmerte in der Hitze. Unsere Kellnerin brachte zwei Wasser, einen Korb Nachos und ein Schälchen Salsa. Sandy bestellte einen süßen Tee. Ich schlug meine Speisekarte auf und sah ihn an. »Also, was ist in dem Kuvert?«

»Ein Geschenk für dich«, sagte er.

Er öffnete das Kuvert und zog eine Karte aus Bastelpapier heraus. Das Bild vorne drauf sah aus wie von einem Kind in der Schule gemalt. »Das wär doch nicht nötig gewesen«, zog ich ihn auf.

»Hab nicht ich gemacht«, sagte er. »Sondern Easter.«

Ich tunkte einen Nacho in die Salsa und steckte ihn in den Mund, und dann nahm ich ihm die Karte aus den Händen.

»Menschenskind«, zischte er. »Könntest du wenigstens so tun, als wäre es Beweismaterial?« Er gab mir einen Gummihandschuh. Ich nahm ihn und hielt die Karte damit zwischen Daumen und Zeigefinger.

»Ist das Sosa?«, fragte ich.

»Sieht ganz so aus«, sagte er.

Ich klappte die Karte auf und las laut, was da stand. »›Lieber Marcus: Es tut mir leid. Können wir heute Abend reden? Liebe Grüße, Easter, deine Freundin (hoffentlich!)‹« Ich sah zu Sandy hoch. »Na und?«, fragte ich. »Das ist ein Liebesbrief.«

»Guck dir die Rückseite an.« Ich drehte die Karte um und sah eine mit Bleistift notierte Telefonnummer. »Die hat Easters Freund aufgeschrieben.«

»Freund?«

»Ja, ›Freund‹«, sagte er. »Deine Easter ist schon groß. Der Junge hat gesagt, die Nummer stand auf dem Shirt des Täters, als er mit den Mädchen abgehauen ist.«

»Wieso hat er die drei gesehen?«

»Er hat gesagt, er ist gerade in dem Moment an dem Haus vorbeigekommen.«

»Mitten in der Nacht?«

»Er hat's nicht zugegeben, aber er ist da rumgeschlichen. Das Fenster war voll von seinen Abdrücken.« Ich las noch einmal, was Easter geschrieben hatte: *Können wir heute Abend reden?* Offenbar hatte sie ihn eingeladen.

»Wie habt ihr den Jungen gefunden?«, fragte ich.

»Jetzt wird's interessant«, entgegnete er. »Haben wir gar nicht. Sein Dad hat uns angerufen. Easter hat nämlich Marcus gestern Abend gegen neun aus Myrtle Beach angerufen.«

»Hat sie gesagt, wer bei ihr ist?«

»Wade Chesterfield«, sagte Sandy. »Und heute Morgen konnte Marcus ihn als denjenigen identifizieren, der die Mädchen mitgenommen hat.«

»Genau wie wir uns gedacht haben.«

»Genau wie wir uns gedacht haben«, wiederholte er. »Sieht für mich so aus, als ob er seine Mädchen zurückhaben will und sich nicht anders zu helfen wusste.«

»Sieht für mich so aus, als ob er eine Straftat begeht.«

Sandy zuckte mit den Schultern. »So was haben wir schon öfter erlebt.«

»Habt ihr gestern Abend jemanden nach Myrtle Beach geschickt?«

»Nein«, sagte er. »Der Sergeant zieht keinen von dem verschwundenen Geld ab. Wir haben die Kollegen in Myrtle Beach verständigt. Die haben noch gestern Abend eine Fahndung rausgegeben und eine Meldung im Lokalfernsehen gebracht. Sie gehen der Sache nach.«

»Ja klar«, sagte ich fast lachend. »Da bin ich ganz sicher.« Ich sah auf die Nummer hinten auf der Karte. »Hast du da schon angerufen?«

»Klar hab ich das. Gleich heute Morgen. Es ist die Handynummer von einem Bauunternehmer namens Lane Kelly.«

Ich hielt die Karte hoch. »Kann ich die ein Weilchen behalten?«

»Nix da, Brady«, sagte Sandy und riss sie mir aus der Hand. »Das ist ein wertvolles Beweisstück in einer polizeilichen Ermittlung.« Er steckte die Karte und den Handschuh ins Kuvert und verschloss es. »Außerdem will Marcus sie wiederhaben.«

»Ach, Sandy«, grinste ich, »du brichst mir das Herz. Ich wusste gar nicht, dass du so ein Gefühlsmensch bist.« Ich nahm eine unbenutzte Serviette und angelte mir den Stift aus Sandys Brusttasche. Ich schrieb die Telefonnummer auf die Rückseite der Serviette. »Ist das alles, was du hast?«

»Ist das alles?«, wiederholte er lachend. »Die Fingerabdrücke, die wir auf der Fensterbank gefunden haben, stimmen mit denen in Chesterfields Akte überein, daher wissen wir, dass dieser Marcus die Wahrheit sagt.«

»Dieses Fenster ist ja der reinste Taubenschlag«, sagte ich.

»Das kannst du laut sagen. Die drei müssen es eilig gehabt haben, als sie abgehauen sind. Offenbar hat der Vater in dem Zimmer nichts angefasst, und es wurde nichts mitgenommen: keine Kleidung, keine Spielsachen oder Bücher – nichts.«

»Dann sind die Mädchen also seit gut sechsunddreißig Stunden in ihren Pyjamas unterwegs?«

»Sieht ganz so aus«, sagte er.

Nach dem Essen nahm ich die Rechnung und bezahlte an der Kasse, ging dann zurück zum Tisch, wo ich einen Fünfer unter den Salzstreuer legte. Ich lächelte der Kellnerin zu, die am Servierwagen stand.

»*Gracias*«, versuchte ich.

»Nichts zu danken«, erwiderte sie, ohne eine Spur von dem Akzent, den ich zuvor meinte, gehört zu haben.

Als ich nach draußen kam, hatte Sandy das Kuvert bereits auf den Beifahrersitz geworfen und stand an der offenen Fahrertür.

»Wie läuft die Fahndung nach dem Wagen vom Dad?«, fragte ich.

»Nicht berauschend«, sagte er. »Wir haben die Highway-Polizei in North und South Carolina angewiesen, nach einem braunen PKW Ausschau zu halten, mit einem Weißen am Steuer, der zwei weiße Mädchen bei sich hat, und ein paar Streifenbeamte halten hier in der Stadt die Augen auf. Wenn wir jedes Auto anhalten, das der Beschreibung entspricht, kriegen wir den ganzen Tag nichts anderes mehr gebacken. Das Gleiche gilt für die Kollegen in South Carolina. Wir haben zurzeit einfach nicht genug Personal, zumal wir bis auf das, was der Junge uns gegeben hat, keine brauchbaren Hinweise haben.«

»Ich erledige das für dich«, sagte ich lächelnd. »Wenn wir uns das nächste Mal unterhalten, sag ich dir, wo du die Mädchen finden kannst.«

»Ja klar«, schmunzelte er. »Ich freu mich drauf.«

Ich bog auf die Franklin Avenue ab und dann nach links auf die Franklin Plaza, eine inzwischen fast leerstehende Ladenzeile, die nur noch einen Discounter, eine Kosmetikfiliale und mein Büro beherbergte. Ich parkte und saß dann da und blickte auf das große Fenster, das die ganze Fassade meines Büros einnahm. Weiße Gardinen schützten vor neugierigen Blicken. *Safe-at-Home Security Systems* war in roten, weiß umrandeten Lettern auf die Scheibe geklebt. Darunter standen sowohl die Ortsnetznummer als auch die landesweite Hotline: *1-800-SAF-HOME.*

Ich schloss die Vordertür auf, schaltete das Licht ein und ging durch den Empfangsbereich. Ich warf meine Schlüssel auf den leeren Schreibtisch, zog die Serviette aus der Gesäßtasche und wählte die Nummer, die der Junge auf Chesterfields Shirt gesehen hatte. Sofort sprang die Mailbox an.

»Sie sind verbunden mit der Firma Kelly Renovation, LLC«, sagte eine Männerstimme. »Bitte hinterlassen Sie eine Nachricht, und wir rufen Sie umgehend zurück. Danke und einen schönen Tag.« Ich räusperte mich, bevor es piepte.

»Hi, Mr Kelly«, bemühte ich mich, möglichst harmlos und freundlich zu klingen. »Mein Name ist Brady Weller. Ich bin ehrenamtlicher Vormund hier in Gastonia, und ich rufe Sie wegen zwei Mädchen an, die möglicherweise die Töchter eines Ihrer Mitarbeiter sind. Wenn Sie einen Moment Zeit haben, rufen Sie mich doch bitte zurück.« Während ich meine Nummer nannte, merkte ich, dass ich die ganze Zeit auf das Bild von Jessica und mir gestarrt hatte. »Ich hoffe, bald von Ihnen zu hören«, sagte ich und legte auf.

Ich saß da und betrachtete Jessica noch etwas länger und versuchte, das Gesicht der Sechzehnjährigen auf dem Bild zu erkennen, aber es wollte mir nicht recht gelingen. Ich sah auf die vierzigjährige Version von mir, die links neben ihr stand und noch immer die Hand am Sattelhorn hatte.

»Gut festhalten«, flüsterte ich dem Typen auf dem Foto zu.

Das Telefon auf dem Schreibtisch klingelte. Ich nahm es und sah auf das Display: eine örtliche Nummer, die mir nichts sagte.

»Hallo?«, meldete ich mich. »Safe-at-Home.« Schweigen am anderen Ende. »Hallo?«, wiederholte ich.

»Spreche ich mit Brady Weller?«, fragte eine Frauenstimme.

»Ja«, sagte ich. »Wer sind Sie?«

»Mein Name ist Cynthia Kelly. Ich bin Lane Kellys Frau. Sie haben gerade angerufen.«

»Hi, Mrs Kelly«, sagte ich. »Ist Ihr Mann da? Ich muss dringend mit ihm –«

»Er kann nicht ans Telefon kommen«, fiel sie mir ins Wort. »Aber er hat mich gebeten, Sie anzurufen.«

»Okay«, sagte ich. Und dann fing sie an, mir Fragen zu stellen. Ihr Ton war förmlich und nervös, und die Fragen, die sie stellte, klangen, als ob sie sie aufgeschrieben oder jemand anderes sie für sie aufgeschrieben hätte.

»Warum wollen Sie meinen Mann sprechen?«

»Es geht um einen gewissen Wade Chesterfield. Ich bin nicht sicher, ob er für Ihren Mann arbeitet oder nicht, aber ich würde gern mit Mr Kelly über ihn reden.« Wieder wurde es still in der Leitung, und ich stellte mir vor, dass sie entweder jemandem meine Antwort so leise zuflüsterte, dass ich es nicht hören konnte, oder sie unter der Frage notierte, die sie gerade gestellt hatte. Ich wartete.

»Sind Sie ein Cop?«

»Nein«, sagte ich. »Ich war mal einer, vor Jahren, aber jetzt nicht mehr. Ich installiere Alarmanlagen, und ich bin ehrenamtlich fürs Familiengericht tätig.« Wieder langes Schweigen.

»Geht es um das Geld?«

»Welches Geld?«, fragte ich, aber sie erwiderte nichts.

Die Atmosphäre in der Leitung veränderte sich, und ich merkte, dass sie ihren Apparat auf stumm gestellt hatte. Sie tat gerade etwas, das ich nicht hören sollte. Dann war ihre Stimme wieder da.

»Mein Mann wird sich mit Ihnen treffen«, teilte sie mir mit. »Heute Abend.«

»Großartig. Wo?«

»Kennen Sie Tony's Ice Cream?«, fragte sie. Ich hätte am liebsten gesagt, dass jeder in der Stadt Tony's Ice Cream kannte. Zu dem Laden waren es von meinem Büro keine fünf Minuten mit dem Auto die Franklin Avenue hinunter.

»Ja«, sagte ich. »Wann?«

»Um sechs.«

»Ich werde da sein.«

14

Gegen halb sechs verließ ich das Büro, fuhr die Franklin Avenue hinunter zu Tony's Ice Cream und fand eine Lücke auf dem fast vollen Parkplatz. Ich war gut eine halbe Stunde zu früh da, doch irgendwas an dem Telefonat mit Lane Kellys Frau ließ mich vermuten, dass auch er früher als vereinbart kommen würde. Ich kurbelte die Fenster runter und lauschte der Musik aus der Autowerkstatt, die sich den Parkplatz mit dem Tony's teilte. Eine Weile beobachtete ich die Leute, die aus dem alten hellen Backsteingebäude kamen, beladen mit weißen Tüten voller Hamburger und Hotdogs und mit großen wachsbeschichteten Milchshake-Bechern.

Und dann ließ ich die Augen über den Parkplatz gleiten, bis ich fand, wonach ich suchte: einen bulligen Ford F-150 mit einer riesigen Werkzeugkiste auf der Ladefläche. Ich beugte mich vor, um besser sehen zu können, und bemerkte eine Frau hinterm Lenkrad. Auch ihr Blick wanderte über den Parkplatz. An der Fahrertür war zu erkennen, dass jemand die Beschriftung entfernt hatte, aber der Lack rund um den einstigen Schriftzug war ein wenig verblasst, so dass noch immer *Kelly Renovation* zu erkennen war und die Telefonnummer darunter, dieselbe, die ich zuvor angerufen hatte. Die Frau auf dem Fahrersitz merkte, dass ich ihren Pick-up anstarrte, und sie sah weg und rutschte so tief in den Sitz, wie sie konnte, ohne sich hinzulegen. Ich sah ihr Fenster hochgleiten, bis es geschlossen war. Mrs Kelly, dachte ich. Die Fenster des Pick-ups waren nicht getönt, und ich sah, wie ihre Augen wieder in meine Richtung huschten. Ich winkte ihr zu, doch sie machte sich noch kleiner. Jetzt, wo ich sie hier draußen gesehen hatte, war ich mir sicher, dass Mr Kelly drinnen auf mich wartete.

Der Geruch nach gebratenen Burgern und heißen Hotdogs schlug mir entgegen, sobald ich die Tür öffnete. Tony's war wie jeden Abend rappelvoll, und ich ging durch die Schlange vor dem Bestellfenster und blieb dann mit dem Rücken zur Eistheke stehen. Sitznischen säumten drei Wände, und meine Augen sprangen von Tisch zu Tisch, bis ich den einzigen Mann entdeckte, der offenbar allein war: ein ziemlich massiger Typ in Bluejeans und einem Button-down-Hemd, was mich erstaunte, da es so heiß draußen war. Er hatte kurzes braunes Haar und einen Bart. Seine dicken Finger waren auf dem Tisch vor ihm verschränkt, und er hatte den Kopf nach rechts gedreht, zur Franklin Avenue, wo die Autos am Fenster vorbeifuhren.

Ich ging zu ihm und blieb neben der Sitzbank ihm gegenüber stehen. Er schaute nicht auf.

»Mr Kelly?«, fragte ich. Seine Augen huschten hoch, doch sein Kopf bewegte sich nicht.

»Wer sind Sie?«, fragte er.

»Ich bin Brady Weller«, sagte ich. »Ich hab vor ein paar Stunden mit Ihrer Frau telefoniert. Wir sind um sechs hier verabredet.« Ich sah auf meine Uhr. Es war 5.46 Uhr. »Anscheinend sind wir beide zu früh.«

Sein Gesicht schien sich zu entspannen, doch seine Augen blickten noch immer ein wenig nervös.

»Bestellen wir uns was zu essen«, schlug ich vor. »Haben Sie Hunger? Ich hab Hunger.«

»Nein«, sagte er. »Nein, danke.«

»Wir müssen was essen«, entgegnete ich. »Es wird komisch aussehen, wenn wir bloß hier sitzen und nichts essen.« Ich machte einen Schritt auf die Warteschlange am Bestellfenster zu. »Wie wär's mit einem Cheeseburger?« Er antwortete nicht – er schaute kaum zu mir hoch. »Ich hol Ihnen einen Cheeseburger«, sagte ich. »Bin gleich wieder da.«

Ich bestellte zwei Cheeseburger mit allem, zweimal Fritten, je eine Dose Sun Drop und Cheerwine. Ich brachte das Tablett zu dem Tisch, an dem Kelly saß, teilte das Essen auf und zeigte auf die beiden Limos. »Suchen Sie sich eine aus«, bot ich an.

»Danke«, sagte er, machte aber keine Anstalten, sich eine zu nehmen, und er packte auch nicht seinen Cheeseburger aus. Schließlich nahm er eine Fritte und schob sie sich in den Mund. Ich hatte richtig Kohldampf, und ich zögerte nicht. Ich packte meinen Cheeseburger aus und nahm einen Bissen, und dann schüttete ich meine kleine

Tüte Fritten auf einer Serviette aus, die ich neben meinem Cheeseburger auseinandergefaltet hatte.

»Also, Mr Kelly«, sagte ich. »Ich vermute, Sie kennen Wade Chesterfield.«

»Wieso suchen Sie nach ihm?«

»In meiner Eigenschaft als Vormund, wie ich Ihrer Frau bereits am Telefon gesagt habe«, erwiderte ich. »Seine beiden Töchter sind verschwunden, und jemand hat ihn als denjenigen identifiziert, der zuletzt mit ihnen zusammen gesehen wurde. Ich suche nach den beiden Mädchen.«

»Die kenne ich nicht«, erwiderte er.

»Das macht nichts«, sagte ich. »Ich möchte bloß etwas über Chesterfield erfahren. Wie lange arbeitet er schon für Sie?«

»Vielleicht zwei Jahre«, antwortete er.

»Und was für Arbeit macht er?«

»Alles, was so anfällt«, sagte er. »Holzarbeiten, Anstreichen, Trockenbau.« Er nahm ein paar Fritten und steckte sie sich in den Mund. Dann öffnete er die Dose Cheerwine und trank einen Schluck.

»Wann haben Sie ihn das letzte Mal gesehen?« Er blickte kurz hoch, und dann trank er wieder einen Schluck von seiner Limo. Er nahm eine Serviette und wischte sich die Hände ab.

»Freitagnachmittag. Wir waren auf einer Baustelle.«

»Wo war die Baustelle?«

»Calder Mountain.«

Ich zog die Augenbrauen hoch und biss erneut in meinen Cheeseburger. »Ziemlich noble Gegend. Was war das für ein Auftrag?«, fragte ich.

»Irgendein Typ hatte in seinem Keller Gipskartonwände eingebaut. Wir sollten die Fugen verspachteln und mit Gewebeband verkleben, und später, wenn alles getrocknet war, zurückkommen und die Wände streichen.«

»Sie haben die Wände nicht gebaut?«, fragte ich.

»Nein.«

»Warum nicht?«

»Weil der Typ das schon selbst gemacht hatte.«

»Klingt nach einem guten Heimwerker.«

»Von wegen«, sagte er. »Der hat völligen Mist gemacht. Die Platten waren alle falsch geschnitten. Deshalb hat Wade –«, doch er stockte und sprach nicht weiter.

»Deshalb hat Wade *was?*«

»Wade hat sich gar nicht mehr eingekriegt, weil die Gipswände so stümperhaft waren«, erinnerte er sich. »Und er hatte recht. Ich meine, der Typ hatte ein paar von den Platten zu lang geschnitten, und er hat Nägel statt Schrauben benutzt. Als er die einschlagen wollte, hat er den Gipskarton völlig demoliert.« Er schwieg kurz, nahm die Hände vom Tisch und lehnte sich gegen das Rückenpolster der Sitzbank. »Aber das war an sich noch nicht merkwürdig.«

»Was denn dann?«

»Die Wände«, sagte er. »Die waren überall. Es war wie ein Labyrinth da unten: keine Steckdosen, keine Deckenleuchten. Wir mussten Arbeitslampen aufstellen, damit wir überhaupt was sehen konnten. Es war unheimlich. Es lief mir kalt über den Rücken, sobald ich da reingegangen bin.«

»Haben Sie den Typen darauf angesprochen?«

»Um Gottes willen, nein«, entgegnete er. »Einem Kunden zu sagen, dass er Murks gebaut hat, geht gar nicht! Deshalb bin ich auch sauer geworden, als Wade anfing, sich an den Wänden zu schaffen zu machen.«

»Um sie auszubessern?«

»Der Typ hatte ein paar übrig gebliebene Gipskartonplatten auf einer Palette in einem der Räume. Wade wollte die schlimmsten Wände vor dem Verspachteln austauschen.«

»Und Sie wollten das nicht?«

»Auf gar keinen Fall«, sagte er. »Das waren schließlich nicht unsere übrig gebliebenen Platten. Ich wollte sie nicht einfach nehmen, ohne zu fragen, und dann zusätzliche Arbeit machen, für die ich vielleicht nicht bezahlt werden würde.«

»Aber Wade?«

»Ich bin kurz los, um was aus dem Pick-up zu holen, und als ich zurückkam, war Wade schon dabei, mit einem Kuhfuß Nägel aus einer der Wände zu ziehen.«

»Und was haben Sie gemacht?«

»Nichts«, sagte er. »Ich hatte gar keine Zeit, irgendwas zu machen, denn da hatte er die Wand auch schon losbekommen. Die ist förmlich explodiert. Wade konnte gerade noch wegspringen.« Er beugte sich vor und stützte die Ellbogen auf den Tisch, und dann rieb er sich mit beiden

Händen über die Augen. Er sah mich an. »Da haben wir es dann gesehen.«

»Was gesehen?«

»Das Geld«, flüsterte er.

»Das Geld?«

»Pssst«, machte er und blickte sich um, ob irgendwer mich gehört hatte. »Ja«, flüsterte er, »Geld – haufenweise. Es ist einfach aus der Wand gesprudelt. Das müssen Tausende von Dollars gewesen sein.« Ich konnte kaum glauben, was er mir da erzählte.

»Und deshalb hat der Typ die Gipskartonwände selbst eingebaut«, folgerte ich.

»Genau deshalb.«

»Und deshalb hat er Sie beauftragt, die Wände zu verspachteln und zu streichen. Um alles zu verstecken.«

»Ja«, bestätigte er.

»Wie heißt der Mann?«

»Broughton«, sagte er. »Tommy Broughton.«

Tommy Broughton: Ich hätte mich fast verschluckt, als ich den Namen hörte. Sandy und ich hatten jahrelang auf die eine oder andere Weise mit ihm zu tun gehabt. Er war bloß ein kleiner Ganove, aber wenn Gaston County eine Hillbilly-Mafia gehabt hätte, dann wäre Tommy Broughton gern ihr Don Corleone geworden. Andererseits hatte er bei vielen Ermittlungen Tipps geliefert und versucht, sich bei der Polizei einzuschleimen. Ich verglich ihn gern mit diesen fetten Welsen, die im Catawba River schwimmen und über den Grund schleichen, den Bauch im Schlamm, das Maul geöffnet, um alles zu fressen, was ihnen gerade zwischen die Kiemen kommt. Nie im Leben hatte er sich so viel Geld auf ehrliche Weise verdient, und obwohl er es weit gebracht hatte, war er nie und nimmer clever genug, um mit dem Geldtransportercoup ungestraft davonzukommen, sondern blöd genug, um Geld in seinen Wänden zu verstecken und sich dann jemanden wie Wade Chesterfield ins Haus zu holen, damit der seine Arbeit bewunderte. Aber ich wusste, wie gefährlich Blödheit sein konnte, wenn sie es mit der Angst bekam, und Broughton bekam es leicht mit der Angst.

»Hatten Sie vorher schon mal mit Broughton zu tun?«

»Ja. Vor zwei Monaten in einer Bar, die er am Wilkinson betreibt. Ich hab da was für ihn renoviert.«

»War Wade auch dabei?«

»Nein«, sagte er.

»Wie heißt die Bar?«

»Tomcat's.«

Ich lächelte und schüttelte den Kopf. »Tomcat's? Wie goldig. Haben Sie da hinter den Wänden auch Geld gefunden?«

»Nein«, antwortete er mit einem verkniffenen Lächeln. »Da nicht.«

»Und was haben Sie gemacht, als Sie das Geld gesehen haben?«

»Ich? Ich hab nichts gemacht, aber Wade ist schier ausgeflippt.«

»Inwiefern?«

»Er hat rumgesponnen, das könnte unser Leben verändern«, sagte er. »Wir könnten das Geld nehmen, und die kaputte Wand mit den zusätzlichen Gipskartonplatten reparieren, als wäre nichts gewesen. Er meinte, es würde ewig dauern, bis Broughton das spitzkriegt, erst recht, wenn hinter den übrigen Wänden auch Geld versteckt wäre. Er meinte, wir könnten längst über alle Berge sein, ehe der irgendwas merken würde.«

»Was haben Sie gesagt?«

»Ich hab gesagt: ›Ohne mich.‹ Die Sache war mir einfach zu heiß.«

»Und Wade?«

»Wade wollte es machen«, sagte er. »Und das hat er auch, obwohl ich versucht hab, ihn davon abzuhalten. Ehrenwort.«

Was er da gerade gesagt hatte, ließ mich stutzen, und mir wurde plötzlich klar, wie leise wir gesprochen hatten. Ich lehnte mich zurück und taxierte Mr Kelly: Er war mindestens eins achtzig groß, locker über neunzig Kilo schwer. Ich erinnerte mich an die Beschreibung auf der Rückseite von Chesterfields Baseballkarte: eins fünfundachtzig, 73 Kilo.

»Sie konnten ihn nicht davon abhalten?«, fragte ich.

»Nein«, erwiderte er. »Ich hab's versucht.« Ich kniff die Augen zusammen und lächelte ihn an, um ihm zu verstehen zu geben, dass ich ihm nicht glaubte.

»Kommen Sie, Mr Kelly«, sagte ich. »Sie sind ein ziemlicher Schrank. Sie sehen aus, als könnten Sie sich durchsetzen. Und Sie sind bestimmt fünfzehn, zwanzig Kilo schwerer als Chesterfield.«

»Er hatte eine Pistole.«

»Er hatte eine Pistole?«, fragte ich und musste fast lachen. »Wo hatte er denn eine Pistole her?«

»Ich hab immer eine im Pick-up.«

»Wieso haben Sie eine Pistole im Pick-up?«

»Mir ist im Laufe der Jahre ganz schön viel geklaut worden«, sagte er. »Ich fahr den ganzen Tag mit Werkzeug und Material im Wert von Tausenden von Dollars durch die Gegend. Da bedienen sich manche gern mal.«

»Okay. Er hatte eine Pistole. Er hatte eine Pistole, die er extra aus Ihrem Pick-up geholt hat, *nachdem* er das Geld gefunden hatte. Und dann hat er Sie in Schach gehalten und das Geld genommen.«

»Ja«, sagte er, ohne irgendwelche Anzeichen, dass er sich darüber im Klaren war, wie lahm seine Geschichte klang. »Er hat eine Sporttasche, in der er einen Teil seiner Arbeitsausrüstung transportiert, und er hat alles auf den Boden gekippt und die Tasche mit Geld gefüllt. Der Reißverschluss ging fast nicht mehr zu, und er konnte sie kaum tragen.«

»Hat er Sie gefesselt und dann Ihren Pick-up genommen?«

»Ja«, behauptete er.

Ich lachte, aber er blieb ungerührt.

»Er hat mir die Hände mit Kabelbindern auf den Rücken gebunden und mich dann draußen vor dem Keller an einen Stützpfeiler unter der Veranda gefesselt. Er hat mir den Mund mit Isolierband zugeklebt.« Jetzt wusste ich, dass er log.

»Also«, rekapitulierte ich, »ich soll Ihnen glauben, dass Sie zugesehen haben, wie Tausende Dollars aus einer Wand gepurzelt sind, und dass Sie dann weiter zugesehen haben, wie Ihr Mitarbeiter nach draußen zu Ihrem Pick-up gegangen ist und eine Pistole geholt hat. Und *dann* haben Sie seelenruhig dagestanden, während er all die Kabelbinder zusammengefriemelt hat, bis sie lang genug waren, um Ihnen damit die Hände zu fesseln, und dann haben Sie auch noch gewartet, bis er wieder ein ausreichend langes Stück fertig hatte, um Sie an den Pfeiler zu binden? Und dann hat er Ihnen den Mund zugeklebt?«

»Ja«, sagte er. »Genauso war es.«

»Hat Tommy Broughton Ihnen die Geschichte geglaubt?«, fragte ich.

»Ja«, antwortete er.

»Ich hoffe es für Sie«, erwiderte ich.

»Er hat mich da unten gefunden, nachdem Wade abgehauen war«, erzählte er. »Er hat mich losgeschnitten, und ich hab ihm erzählt, was passiert ist.«

»Hat er die Polizei gerufen?«

»Nein«, sagte er. »Von Polizei war keine Rede. Er hat sich benommen, als hätte jemand sein Geheimversteck mit Kinderpornos entdeckt. Er ist einfach ausgeflippt, total nervös geworden und hat mich über Wade ausgefragt: was für ein Typ er ist, wo er wohnt, solche Sachen.«

»Haben Sie es ihm gesagt?«

»Ja klar«, sagte er, »ich hab ihm alles gesagt, was er wissen wollte. Ich meine, ich hatte ein schlechtes Gewissen, und ich wollte es auch nicht, aber Wade hat mich in die Sache mit reingezogen. Ich wusste nicht, was ich sonst machen sollte. Ich hatte Angst, weil der Typ so ausgerastet ist.«

»Haben Sie Broughton gefragt, woher das Geld stammte?«

»Himmel, nein«, entgegnete er. »Er hat irgendwas erzählt von einer Erbschaft seiner Frau, von einem angefochtenen Testament. Hat gesagt, dass er das Geld deshalb versteckt hat.«

»Haben Sie ihn gefragt, ob in den anderen Wänden auch Geld versteckt ist?«

»Himmel, nein«, wiederholte er. »Ich bin doch nicht blöd. Ich hab getan, als würde ich ihm glauben, und hab jemanden angerufen, damit er mich abholt, und dann bin ich nichts wie weg. Ich meine, da war alles voller Geld; wahrscheinlich Hunderttausende Dollars in der einen Wand.« Er hob die Augen, und wir sahen einander an.

»Haben Sie die Polizei verständigt?«, fragte ich.

»Kommt nicht in Frage«, sagte er. »Das ist das Letzte, was ich tun werde. Ein Cop hat mir heute Morgen eine Nachricht auf dem Anrufbeantworter hinterlassen, aber ich werd den Teufel tun und zurückrufen.«

»Sie sollten ihn anrufen. Ich kenne ihn. Er ist in Ordnung.«

»Kommt nicht in Frage«, sagte Kelly wieder. »Wenn die Polizei bei Broughton auftaucht und nach dem Geld fragt, was glauben Sie wohl, wen der dann verdächtigt, ihn verpfiffen zu haben? Wen er sich vorknöpft?« Er schloss die Augen und seufzte, und dann öffnete er sie langsam und sah mich an. »Gestern ist jemand in unser Haus eingebrochen – hat die Hintertür eingetreten. Wir wohnen jetzt bei meiner Schwiegermutter, weil mir klargeworden ist, dass wir nicht zu Hause bleiben können.«

»Glauben Sie, der Einbruch hat mit der Sache zu tun?« Er sah sich um und beugte sich dann näher zu mir.

»Ja«, raunte er, »weil nämlich nichts gestohlen wurde außer einem Foto von mir und meiner Frau.« Er lehnte sich zurück, als wäre er außer Atem. Sein Gesicht war weiß geworden.

»Haben Sie die Polizei gerufen?«, fragte ich.

»Nein. Ich hab doch schon gesagt: keine Polizei.«

»Okay«, sagte ich. »Keine Polizei. Warum sind Sie bereit, mit mir zu sprechen?«

»Ich weiß nicht. Vielleicht, weil Sie kein Cop sind. Ich weiß nicht. Ich wollte bloß jemandem erklären, dass ich nichts mit der Sache zu tun habe. Nichts. Von mir aus können Sie es wem auch immer erzählen, aber ich lass mich da nicht reinziehen, mit Polizei und so.«

»Ich denke, Sie stecken schon ganz schön tief drin«, erwiderte ich.

»Wie auch immer«, sagte er. »Die werden mich jedenfalls nicht zwingen, eine Aussage zu machen. Im Film sind die Leute, die bei solchen Sachen als Zeuge aussagen, am Ende immer tot. Das wird mir nicht passieren.«

Wir saßen da und musterten uns kurz, und dann beugte ich mich vor und stützte die Ellbogen auf den Tisch. »Ich glaube Ihnen Ihre Geschichte nicht, Mr Kelly. Jedenfalls nicht alles.«

»Sie können glauben, was Sie wollen«, sagte er, »aber so ist es gewesen.«

»Ich sehe Ihnen an, dass es nicht so war«, sagte ich. »Gehen Sie auf die Toilette und sehen Sie sich im Spiegel Ihren Bart an. Wenn Wade Ihnen den Mund mit Isolierband zugeklebt hätte, um Sie am Schreien zu hindern, hätten Sie es sich aus dem Bart schneiden müssen. Außerdem, wie haben Sie Ihren Pick-up so schnell zurückgekriegt? Hat Wade Ihnen eine Nachricht zukommen lassen, wo Sie den Wagen finden?« Kelly schloss die Augen, und dann öffnete er sie langsam.

»Ich kann nichts dafür, dass Wade das Geld genommen hat«, sagte er.

»Stimmt«, gab ich zu. »Dafür können Sie nichts. Ich gebe Ihnen auch keine Schuld.«

»Wade ist ein guter Kerl«, beteuerte er. »Er hat ein gutes Herz. Er verrennt sich nur manchmal und macht bescheuerte Sachen.« Ich sah ihn einen Moment lang an, bis ihm selbst die Ironie dessen, was er gesagt hatte, klarwurde. Er seufzte. »Ich weiß«, sagte er.

Mein Herz raste, aber ich versuchte, einen kühlen Kopf zu behalten. Mir war klar, dass ich an diesem Tisch in

Tony's Ice Cream mit einer von drei Personen saß, die wussten, wo die Beute aus dem Geldtransporter war oder zumindest am Samstagnachmittag gewesen war. Kelly schien die Anspannung zu spüren.

»Broughton wird nach Wade suchen lassen, oder?«

»Ja«, antwortete ich.

»Und es wird schlimm für ihn werden, wenn sie ihn finden, oder?«

»Wahrscheinlich schlimmer, als Sie sich vorstellen können«, sagte ich.

»O Gott«, stöhnte er. Er legte die Hände auf die Augen, und dann ließ er sie auf den Tisch fallen. »Was soll ich machen?«

Ich aß den letzten Bissen von meinem Cheeseburger. »Tja«, sagte ich. Ich schluckte und wischte mir den Mund mit meiner Serviette ab. »Wenn ich Sie wäre, würde ich eines von zwei Dingen machen: Entweder ich würde so schnell wie möglich die Beschriftung wieder an meinen Pick-up pappen und wieder meiner Arbeit nachgehen und so tun, als wäre nichts gewesen. Sobald Sie anfangen, sich seltsam zu verhalten, passieren noch mehr seltsame Sachen.« Ich knüllte die Cheeseburger-Verpackung mit meinem restlichen Abfall darin zusammen. »Oder ich würde alles, was ich kann, zusammenpacken, die Schwiegermutter holen und die Stadt verlassen, bis die ganze Sache ausgestanden ist.«

»Und woher weiß ich, wann sie ›ausgestanden‹ ist?«, fragte er.

»Keine Ahnung«, erwiderte ich. »Ich schätze, wenn keine Cops mehr anrufen, und Ihnen keiner mehr die Hintertür eintritt.«

»Na toll«, sagte er. »Danke.«

Ich stand vom Tisch auf und warf die zusammengeknüllte Verpackung zusammen mit der Limodose in den Mülleimer. Kelly blieb einfach sitzen, mit seinem unangerührten Burger vor ihm auf dem Tisch. Ich blickte zu ihm runter. »Besitzen Sie noch eine Pistole?«

»Ja.«

»Gut. Sehen Sie zu, dass sie geladen ist und Sie wissen, wie man damit umgeht. Und falls Sie den Cheeseburger da nicht essen, nehmen Sie ihn mit nach draußen zu Ihrer Frau.«

Was mochte Mrs Kelly denken, als sie sah, wie ich in meinen Wagen sprang, den Motor anließ und mit quietschenden Reifen vom Parkplatz auf die Franklin und in Richtung meines Büros raste? Was mochte ihr Mann denken, während er da im Restaurant saß, mit einem kalten Cheeseburger vor sich, dem größten Geständnis seines Lebens hinter sich und einer Ehefrau im Auto, die ihn mit mehr Fragen erwartete, als er Antworten hatte?

Zurück an meinem Schreibtisch griff ich zum Telefon und wählte Sandys Büronummer. Ich lehnte mich gegen die Schreibtischkante, und dann stellte ich mich wieder gerade hin. »Wie läuft's?«, fragte ich.

»Gut. Wieso?«

»Wollte nur mal hören, wie's dir geht«, sagte ich. »Mehr nicht.«

»Ja klar«, erwiderte er. »Was gibt's? Ich hab zu tun.«

»Ich wollte dir bloß sagen, dass du die Kavallerie losschicken kannst.«

»Wovon redest du?«, fragte er.

»Ich hab deinen Fall gelöst.«

»Du hast die Mädchen gefunden?«

»Nein«, sagte ich. »Nicht *den* Fall.«

»Du hast Wade Chesterfield gefunden?«

»Nein, den auch nicht.«

»Was denn dann zum Henker, Brady?«

»Ich hab dein Geld gefunden«, klärte ich ihn auf.

»Welches Geld?«

»Das aus dem Geldtransporter. Ich hab rausgefunden, wo es zuletzt deponiert war.« Sein Stuhl knarrte, und ich stellte mir vor, wie er sich an seinem Schreibtisch aufrecht hinsetzte, einen Stift nahm und in einem Notizblock eine frische Seite aufschlug.

»Schieß los«, sagte er.

Ich erzählte ihm, was Kelly gesehen hatte: die Baustelle im Keller, die schlecht eingebauten Gipskartonplatten, das versteckte Geld. Aber richtig aufmerksam wurde er, als ich ihm erzählte, wer das Geld da versteckt hatte.

»Tommy Broughton?«, fragte er. »Den Namen hab ich schon länger nicht gehört.«

»Jetzt weißt du, warum: Er hatte in seinem Keller alle Hände voll zu tun. Anscheinend gehört ihm auch ein

Club.« Dann erzählte ich ihm, wie Wade Chesterfield sich in die Sache reingeritten hatte.

»Mein Gott«, sagte er. »Der Bursche muss ein Vollidiot sein.«

»Ich weiß nicht. Nicht, wenn er es schafft unterzutauchen. Der Fahrer des Geldtransporters hat das auch geschafft.«

»*Vielleicht* geschafft«, entgegnete er. »Das ist noch nicht gelaufen. Ich weiß nicht, ob Broughton zu Mord fähig wäre, aber er kennt Leute, die das sind.«

»Fall gelöst.«

»Ja klar«, sagte er. »Und aufgrund welcher Beweise? Ich kann dem FBI ja wohl schlecht sagen, dass ich dir die ganzen Infos gesteckt habe, und du dann eine heiße Spur gefunden hast. Das kann ich nicht mal dem Sergeant sagen. Ich mag meinen Job.«

»Du solltest dir aber Broughton vornehmen. Du weißt, wie er ist. Er hat eine ganze Menge Geld verloren, und es sind ein paar Tage vergangen. Er wird sich denken können, dass ihm jemand auf der Spur ist. Er könnte Lust kriegen abzuhauen.«

»Wir finden eine Möglichkeit, ihn zu beschatten«, sagte er. »Wenn er so dämlich ist, Millionen Dollar in einer Wand zu verstecken, dann hat er sich bestimmt noch mehr Blödheiten geleistet. Falls dem so ist, finden wir's raus.«

»Versuch noch mal, mit Lane Kelly zu sprechen«, schlug ich vor. »Finde ihn, bevor *der* irgendwelche Dummheiten anstellt.«

»Ich lad ihn vor«, sagte er. »Aber eins solltest du bedenken.«

»Was denn?«, fragte ich.

»Das FBI wird in der Sache mitmischen müssen«, seufzte er. »Tut mir leid, aber deine ehrenamtliche Arbeit ist soeben um einiges komplizierter geworden.«

15 *Easter Quillby*

Den ganzen Mittwoch blieben wir in einem Hotel außerhalb von Charleston. Am frühen Morgen hatte ein Taxi uns zu der Werkstatt in Myrtle Beach gebracht, wo Wade das Auto gelassen hatte. Es sah aus, als hätten sie noch nicht offen, aber Wade klopfte, bis wir schließlich hörten, wie sich ein Schlüssel im Schloss drehte. Er hatte Ruby und mir vorher gesagt, wir sollten draußen bleiben, damit uns keiner sah. Ein paar Minuten später kam sein Auto um das Gebäude herum gefahren. Es war hellblau und nicht rot, wie er gesagt hatte. Er hielt vor uns an und stieg aus und öffnete die hintere Tür. »Ruby, einsteigen«, sagte er.

»Wieso ist es nicht rot?«, fragte sie.

»Einsteigen«, sagte Wade wieder. »Beeil dich.« Ich wollte hinter ihr einsteigen, aber Wade hielt mich auf. »Du sitzt vorn.«

Keiner sagte was, bis wir Myrtle Beach hinter uns hatten und auf den Highway fuhren. Wade hatte alle paar Sekunden in den Rückspiegel gesehen, als hätte er Angst, dass uns jemand verfolgte. Er sah mich an, und dann schaute er wieder auf die Straße. »Wie konntest du das tun, Easter?«, fragte er schließlich.

»Was denn?«, fragte Ruby. Weder er noch ich hatten ihr von meinem Anruf bei Marcus erzählt.

»Nichts«, sagte Wade. Ich sah zum Fenster raus, während wir über eine Brücke auf dem Highway fuhren. Das Land war flach, so weit das Auge reichte, und das Gras war trocken und sah braun aus. Dünne Kiefern standen entlang der Straße unter der Brücke. Im Seitenspiegel konnte ich Rubys Gesicht sehen. Auch sie schaute aus dem Fenster.

»Welche Farbe hat unser Auto?«, fragte sie.

»Das ist eine Grundierung«, antwortete Wade.

»Was ist das für eine Farbe?«, fragte Ruby.

»Das ist keine Farbe«, sagte er. »Das ist nichts.«

Sobald wir im Hotel waren, schärfte Wade uns ein, wir sollten im Zimmer bleiben und die Tür abschließen, und dann ging er über den Parkplatz zu Bojangles', um was zu essen zu holen. Der Parkplatz stand voll mit Trucks. Als ich das letzte Mal was von Bojangles' gegessen hatte, war ich mit Ruby und Mom hingegangen; Mom hatte auf dem Weg dahin Geld gezählt, Fünf- und Zehn-Cent-Stücke in der Hand hin und her geschoben und gesagt: »Sagt mir jetzt schon mal, was ihr wollt, und ich sag euch, ob ihr es haben könnt. Ich hab keine Lust zu warten, bis ihr euch entscheidet, wenn wir an der Theke stehen und ihr die Fotos von all den leckeren Sachen seht, und ich dann Nein sagen muss.« Ein paarmal kletterte ich vom Bett und spähte aus dem Fenster, um zu sehen, ob Wade über den

Parkplatz kam, aber ich sah nur eine Reihe Trucks und den Highway in der Ferne.

Als Wade mit unserem Essen zurückkam, aßen Ruby und ich Wurstburger auf unserem Bett und Wade aß auf seinem. Er und ich hatten seit dem Abend zuvor so gut wie kein Wort miteinander gesprochen. Er hatte uns bloß befohlen: »Fasst die nicht an«, nachdem er seine Tasche nach dem Einchecken unterm Bett verstaut hatte, und »Schließt die Tür ab«, bevor er sie hinter sich zumachte.

Als er mit Essen fertig war, stand Wade auf und warf die Verpackungen und Servietten in den Mülleimer. »Ihr bleibt schön hier und guckt etwas Fernsehen«, sagte er. »Ich muss mal ein bisschen an die frische Luft.« Er ging auf die andere Seite von seinem Bett und bückte sich, und ich wusste, dass er irgendwas aus der Sporttasche holte.

Wade nahm die Kette von der Tür und sah mich an. »Leg die wieder vor und schließ ab, wenn ich draußen bin. Und mach niemandem auf. Ich bin bald wieder da.«

Er öffnete die Tür und trat hinaus und zog sie hinter sich zu. Ich kletterte vom Bett und legte die Türkette vor. Ich schloss ab und drehte den Knauf und zog daran, um ganz sicherzugehen, dass die Tür auch wirklich abgeschlossen war.

Ich schaltete die Kanäle durch, bis ich einen Zeichentrickfilm fand, und dann sah ich zu Ruby hinüber. »Willst du das gucken?«

»Ich will wieder an den Strand«, quengelte Ruby.

»Geht aber nicht«, sagte ich. »Jedenfalls nicht heute.«

Sie kletterte vom Bett und ging ins Bad und schloss die Tür hinter sich.

Sobald ich hörte, dass die Badezimmertür ins Schloss fiel, flitzte ich zu Wades Bett, warf mich auf den Boden und tastete nach der Sporttasche. Ich zog sie so weit heraus, dass der Reißverschluss zu sehen war. Es war plötzlich zu still im Raum, und mir wurde klar, dass von Ruby kein Geräusch aus dem Bad kam. Ich drehte den Fernseher lauter und öffnete die Tasche, kriegte aber einen Schreck, als ich ein Bündel Hundert-Dollar-Scheine sah. Ich wusste, ohne nachsehen zu müssen, dass die Tasche komplett voll mit Geld war und dass Wade deshalb mitten in der Nacht in unser Zimmer eingestiegen war und uns mitgenommen hatte. Der Mann, der sich am Schulsportplatz im Wald versteckt hatte, war hinter diesem Geld her und deshalb war er auf der Suche nach Wade. Mir pochte das Herz in den Ohren, und meine Haut war kalt geworden.

Ich stellte mir vor, wie ich mir eines der Bündel in der Tasche schnappte, gegen die Badezimmertür schlug, bis Ruby rauskam, und dann nach draußen ging und ein Taxi anhielt, das uns zurück nach Gastonia bringen würde, weit weg von Wade Chesterfield und weit weg von dieser Geldtasche, die er unter dem Bett in einem Hotelzimmer mit uns darin versteckt hatte.

Der Teddy, den Wade für uns gewonnen hatte, saß auf unserem Bett, und ich nahm ein Bündel Geld und stopfte es dem Bären in den Overall. Als die Klospülung ging, rannte ich zurück und warf mich auf die Knie und zog den

Reißverschluss der Tasche zu und schob sie unters Bett. Ruby kam ins Zimmer, als ich gerade zurück auf unser Bett gehechtet war.

»Was ist los?«, fragte sie.

»Nichts«, sagte ich. Ich setzte mich im Schneidersitz hin und starrte auf den Fernseher, als würde mich der blöde Zeichentrickfilm interessieren.

»Du siehst wütend aus«, meinte sie. »Dein Gesicht ist rot.«

»Aber ich bin nicht wütend«, sagte ich. »Hab bloß Sonnenbrand.« Das stimmte immerhin. Ruby dagegen hatte kein bisschen Sonnenbrand. Ihre Haut war noch dunkler als am Morgen, und ihr Haar sah noch dichter aus, nachdem sie mit mir und Wade im Meer gewesen war. Sie kletterte aufs Bett und setzte sich neben mich.

»Ich hab keine Lust, Zeichentrickfilme zu gucken«, sagte sie.

Ich warf die Fernbedienung vor sie aufs Bett. »Dann schalt um. Ist mir egal, was du guckst.« Ich nahm den Teddy und drückte ihn mir an die Brust. Ich lehnte mich gegen das Kopfende und schloss die Augen und dachte, wie sehr ich Wade dafür hasste, dass er sich in unser Zimmer geschlichen und uns überredet hatte, mit ihm mitzukommen. Ich fand es unglaublich, dass das alles gerade mal zwei Tage her war, und ich fand es unglaublich, dass ich in nur zwei Tagen Wade erst gehasst hatte, ihm dann glauben wollte und ihn jetzt wieder von neuem hasste.

Wenig später drehte sich ein Schlüssel im Schloss, und Wade öffnete die Tür und wollte reinkommen, aber die Kette war noch vorgelegt, und die Tür ging nur ein kleines Stück auf. Er machte die Tür wieder zu und klopfte.

Ich kletterte vom Bett und schob den Stuhl vor die Tür und stieg drauf und spähte durchs Guckloch. Wade blickte mich an. »Wer ist da?«, fragte ich.

»Dein Dad«, sagte Wade. »Mach auf – schnell.«

»Wer?«

Er öffnete die Tür wieder einen Spalt. »Ich bin's, Easter. Mach auf.« Ich sprang vom Stuhl und schob ihn wieder unter den Tisch, und dann löste ich die Kette. Wade kam herein und hatte eine Einkaufstüte von einem Drugstore in der Hand. »Hey!«, sagte er, als wäre alles in bester Ordnung.

»Wo warst du?«, fragte ich, obwohl ich eigentlich wissen wollte, was es mit der Geldtasche unter seinem Bett auf sich hatte, aber die Frage musste warten, bis wir allein waren.

»Ich war einkaufen«, lächelte er. »Ich hab uns was zum Verkleiden besorgt.«

»Zum Verkleiden?«, fragte Ruby. Sie kletterte vom Bett. Wade zog eine kleine Schachtel aus der Tüte und gab sie mir.

»Was ist das?«, fragte Ruby.

»Das ist Haarfärbemittel«, sagte ich und sah Wade an. »Wofür ist das?«

»Das ist für dich. Du färbst dir die Haare braun.«

»Kann ich meine auch färben?«, fragte Ruby.

»Nein«, sagte Wade. »Das Färbemittel ist für Easter, aber ich hab auch was für dich.« Er holte eine pinke Sonnenbrille hervor, und Ruby setzte sie direkt auf. »Also«, erklärte Wade, »die musst du jedes Mal tragen, wenn wir unterwegs sind. Es soll schließlich keiner wissen, dass ich mit der weltberühmten Ruby Chesterfield reise.«

»Quillby«, sagte ich. Wade drehte sich um und sah mich an.

»Was?«

»Quillby«, sagte ich wieder. Ich hielt seinem Blick stand. »Sie heißt Quillby mit Nachnamen, und ich auch.«

Ich hatte schon immer braune Haare haben wollen, und ich hoffte, sie würden so dunkel werden wie Rubys, so dunkel wie Moms.

Nachdem ich die Gebrauchsanleitung gelesen hatte, streifte ich die Plastikhandschuhe über und stellte mich in die Wanne. Ich spritzte mir das Färbemittel über den ganzen Kopf und rieb es dann mit den Fingern ein. Ich zählte die Minuten ab und dann drehte ich die Dusche auf und spülte alles wieder aus.

Als ich fertig war, wickelte ich mir ein Handtuch um und öffnete die Badezimmertür. Der Spiegel im Bad war zu beschlagen gewesen, um reinzuschauen, und das war mir ganz recht. Ich war sowieso noch nicht bereit, mich anzugucken. Wade und Ruby saßen nebeneinander auf einem der Betten. Ruby hatte ihre neue Sonnenbrille auf. Sie hatte den Kopf gegen Wade gelehnt, und er hatte einen Arm um sie gelegt.

»Heute Abend spielen die Cardinals«, sagte Wade. »McGwire kann seinen achtundfünfzigsten machen.« Ich tat so, als hätte ich nicht zugehört, und ich sah Ruby an und zog mein Haar über die linke Schulter, damit sie es sehen konnte.

»Was meinst du?«, fragte ich. »Ist es braun?«

Ruby hob die Sonnenbrille, um besser sehen zu können. Sie runzelte die Stirn, als würde sie überlegen, wie sie sich ausdrücken sollte, und dann schob sie die Sonnenbrille wieder über die Augen. »Ich weiß nicht«, sagte sie schließlich. »Es ist noch zu nass.«

Das war das Letzte, was ich hören wollte, und ich ging zurück ins Bad, um mein T-Shirt und die Shorts anzuziehen, die einzigen Klamotten, wie mir klarwurde, die wir dabei hatten außer unseren Nachthemden. Ich hörte Wade draußen im Zimmer. »Ich finde, es sieht toll aus«, sagte er. »Wirklich.«

Ich ging, immer noch in das Handtuch gewickelt, aus dem Bad, in der Hand mein zusammengeknülltes T-Shirt. »Wir brauchen was zum Anziehen, Wade. Auch Unterwäsche. Wir können nicht jeden Tag dasselbe tragen.« Ich wollte schon mein Handtuch abnehmen und mein Shirt anziehen, bremste mich aber. »Und ein eigenes Zimmer brauchen wir auch. Ich wette, du hast genug Geld, um zwei zu bezahlen.« Ich nahm meine ganzen Sachen und ging in Richtung Bad.

»Warte«, sagte Wade. »Ich muss duschen. Du kannst dich hier anziehen.« Er nahm ein paar Sachen und ging ins Bad, doch ehe er die Tür zumachte, sah er mich an. »Wir gehen morgen was zum Anziehen kaufen. Versprochen.« Er lächelte mich an und schloss die Tür.

Ich verdrehte die Augen und seufzte und hängte mein Handtuch über die Lehne von einem der Stühle und fing an, mich anzuziehen. Ich sah Ruby an. »Sind meine Haare nun braun oder nicht?«, fragte ich.

»Sie sind nass«, sagte sie. »Ich hab doch gesagt, man kann's nicht richtig sehen.«

»Du kannst es wahrscheinlich nicht richtig sehen, weil du die blöde Sonnenbrille aufhast.«

»Du bist bloß neidisch, weil er dir keine gekauft hat.«

»Nein, bin ich nicht«, sagte ich.

Gleich neben der Badezimmertür war ein kleines Waschbecken mit Unterschrank, und ich ging hin und öffnete eine der Schubladen. Ich hörte Wade die Dusche aufdrehen. Ich fand einen Föhn und stöpselte den Stecker ein, schaute aber extra nicht in den Spiegel. Ich wollte mich erst sehen, wenn meine Haare trocken waren, und ich genau wusste, wie sie aussehen würden. Ich brauchte ein paar Minuten zum Föhnen, und schließlich stellte ich den Föhn ab und strich mir die Haare mit den Fingern nach hinten. Ich stellte mich vor das Bett, auf dem Ruby saß. Sie schob die Sonnenbrille hoch und sah mich kurz an, und dann nahm sie sie ganz ab.

»Sie sind braun«, sagte sie lächelnd. »Sie sind voll braun.«

Ich wollte ihr glauben, konnte es aber einfach nicht, nicht nachdem ich gesehen hatte, wie viel Färbemittel beim Auswaschen in den Abfluss geflossen war. Ich ging zurück zum Spiegel und stellte mich mit geschlossenen Augen davor. Ich holte tief Luft und hielt den Atem an, und dann öffnete ich die Augen.

Ruby hatte recht. Meine Haare waren braun. Ich drehte den Kopf hin und her und betrachtete mich aus allen möglichen Winkeln. Das Mädchen im Spiegel sah mir kein bisschen ähnlich, und ich fand, dass ich mit den braunen Haaren und der vielen Sonne, die ich gestern abbekommen hatte, mehr wie Ruby aussah als je zuvor, und ich sah endlich wie Mom aus.

Ruby war vom Bett gekrabbelt und zu mir gekommen, um mich besser in Augenschein nehmen zu können. Sie stand neben mir, und wir beide blickten in den Spiegel. Zum ersten Mal in unserem Leben sahen wir wie Schwestern aus.

»Du siehst anders aus«, meinte sie, »aber es gefällt mir.«

»Mir auch«, sagte ich, während ich immer noch den Kopf drehte und mich aus den Augenwinkeln betrachtete. »Es gefällt mir sehr.«

Die Dusche im Bad war abgedreht worden, und jetzt ging die Klospülung. Der Knauf wurde gedreht, und die Tür öffnete sich. Ruby und ich blickten beide hin. Wade trat aus dem Bad, lächelnd, schon fertig angezogen, als wollte er irgendwohin.

»Na, was meint ihr?«, fragte er. Ich konnte es nicht fassen. Er hatte sich rasiert und auch die Haare braun gefärbt, und er hatte genauso viel Sonne abgekriegt wie ich. Er lächelte weiter und drehte sich langsam wie ein Model. Ruby lachte und klatschte in die Hände. Ich hätte am liebsten geweint.

Wir drei sahen endlich wie eine Familie aus.

16 *Pruitt*

Als Lane Kelly die Augen aufschlug, sah er mich am Fußende seines Bettes stehen. Im Zimmer war es dunkel bis auf das schwache grüne Licht von dem Wecker auf seinem Nachttisch. Er war wach geworden, weil ich mit dem dicken Ende des Louisville Slugger gegen das Fußende des Bettes klopfte. Seine Frau hob den Kopf vom Kissen und starrte in die Dunkelheit.

»Aufstehen.« Keiner von beiden rührte sich, als ob sie hofften, ich würde verschwinden, wenn sie still liegen blieben. Der Baseballschläger klopfte wieder gegen das Fußende. »Aufstehen!«

Im grünen Schein sah ich, wie Kellys Hand nach der Pistole tastete, die er neben den Wecker gelegt hatte. Er wusste nicht, dass das Zimmer, während er schlief, durchsucht, die Waffe gefunden und auf die Kommode hinter mir gelegt worden war, genauso wie er nicht wusste, dass ein Fremder seit zwanzig Minuten in ihrem Haus von Raum zu Raum gegangen war, nachdem er sich mit einem ihrer Ersatzschlüssel durch die Vordertür Zugang verschafft hatte. Ich griff im Dunkeln nach der Pistole. Mein Daumen spannte den Hahn. »Die Knarre wirst du nicht finden. Die ist hier bei mir.«

Kellys Hand erstarrte in der Bewegung, als er registrierte, was ich gesagt hatte, und dann hob sie sich in Richtung Lampe. »Kein Licht«, sagte ich. Seine Hand bewegte sich weiter, und ich legte die Pistole wieder auf die Kommode und schloss die Hände um den Baseballschläger. Die Lampe auf dem Tischchen ging genau in dem Moment an, als ich schon zuschlug. Die Glühbirne zerplatzte mit einem *Plopp*, und der Lampenfuß krachte gegen die Wand. Seine Frau schrie in der einen Sekunde auf, in der Licht den Raum erfüllte, ehe er wieder in Dunkelheit getaucht wurde.

Meine Augen, die sich nach dem Lichtblitz wieder anpassen mussten, nahmen Kellys Gesicht und Schultern als verschwommene Konturen wahr. Das Schlägerende fand seinen Hals und drückte ihn ans Bett, und als er schluckte, ließ sein Adamsapfel das Holz vibrieren. Seine Frau wimmerte neben ihm, und die Bettwäsche raschelte, als ihre Hand nach ihm tastete. Ich zog das Schlägerende von seinem Hals abwärts, schob die Decke von ihm und seiner Frau runter bis zum Fußende des Bettes. »Alle beide. Aufstehen. Los.«

Das Innere des Hauses war stockfinster, als Lane Kelly und seine Frau langsam vor mir den Flur hinunterschlurften und sich mit den Fingerspitzen an der Wand entlangtasteten, die gerahmten Fotos und auch den leeren Rahmen streiften, dessen Bild noch immer gefaltet in meinem Handschuhfach steckte, zusammen mit dem Bild von Wade Chesterfields Tochter.

Die Hintertür war frisch repariert und quietschte, als Kelly sie aufzog. Seine Frau stolperte beim Schritt auf die Veranda. Sie fiel auf die Knie und blieb so, heulend, die Hände vor den Augen. Er bückte sich und flüsterte ihr was zu, und dann half er ihr auf die Beine und die Stufen hinunter auf den Rasen.

Beide schienen nicht überrascht, dass die Tür zur Garage unverschlossen war, oder dass die blendend hellen Baulampen brannten und im Kreis aufgestellt waren, mit einem Klappstuhl in der Mitte. Erst als Kelly auf dem Stuhl in dem grellen Licht saß, die Hände gefesselt, kam er auf die Idee, eine einzige Frage zu stellen. »Was wollen Sie?«

Seine Frau saß auf genau so einem Stuhl irgendwo vor ihm im Dunkeln, gerade so weit außerhalb des Lichtkreises, dass er sie nicht sehen konnte. Ich hatte ihr die Hände auf den Rücken gebunden und war gerade dabei, ihre Füße mit Isolierband an den Stuhlbeinen festzumachen. »Wer sind Sie?«, fragte sie.

»Das tut nichts zur Sache.«

Sie weinte und versuchte, durch meine Sonnenbrille hindurch meine Augen zu sehen, während ich vor ihr kniete und meine Hände Streifen von der Isolierbandrolle rissen. Das kurze, weiße Nachthemd ließ ihre Beine frei.

»Werden Sie uns was antun?«, fragte sie.

»Kommt drauf an.«

»Worauf?«, fragte Kelly hinter mir.

»Ob du was weißt.« Mit den Zähnen riss ich ein langes

Stück Isolierband ab und wickelte es seiner Frau zweimal um den Kopf, so dass ihr Mund bedeckt war. Sie schrie in den Knebel hinein.

»Wenn du ihr was tust, bring ich dich um«, sagte Kelly.

»Du solltest dir ihretwegen keine Sorgen machen.«

Er trug bloß einen weißen Slip, und der Bauch hing ihm leicht über die Taille. In dem gleißenden Licht waren seine Unterhose und seine Haut weißer als normal. Eine Profi-Tischsäge stand auf Augenhöhe mit ihm in der Mitte der Lampen. Er starrte an ihr vorbei in die Richtung, aus der meine Stimme gekommen war, und dann konzentrierten seine Augen sich auf die Säge, als hätte er sie nie zuvor gesehen.

Aber seine Frau hatte sie schon mal gesehen, und sie dachte wohl daran, was die Säge anrichten konnte, denn sie fing an zu grunzen und den Kopf so heftig hin und her zu werfen, dass der Stuhl auf dem Betonboden ins Wackeln geriet. Kelly blickte in ihre Richtung und rief: »Schatz! Alles wird gut!« Entweder sie hörte ihn nicht, oder sie glaubte ihm nicht, weil sie sich weiter hin und her warf. »Wenn du ihr was tust –«

»Lass das Gequatsche und hör zu.« Mein Schatten fiel über ihn, als ich zwischen ihn und die Lampen trat. »Weißt du, worum es hier geht?«

»Das Geld?«

»Ja. Hier geht es eindeutig um das Geld.«

»Lass sie gehen, und ich rede.«

»Wohl kaum.«

»Ich weiß nichts«, sagte er.

»Ich hab dich doch noch gar nichts gefragt.«

»Ich hab gesehen, wie Wade es genommen hat. Mehr nicht.«

»Siehst du? Du weißt doch was.« Ich hatte meine Schlaghandschuhe zuvor ausgezogen, um die beiden zu fesseln, aber meine rechte Hand holte sie nun aus meiner Gesäßtasche und streifte sie über, ehe sie die Schutzhaube von der Säge entfernte. Kellys Augen folgten der Bewegung meiner behandschuhten Hand, verharrten aber auf dem Sägeblatt, sobald es frei war.

»Ich weiß nichts«, wiederholte er. »Ich schwöre.« Seine Stimme hatte sich verändert, klang höher, verzweifelter.

»Wie viel war es?«

»Wie viel war was?«

»Wie viel hat er genommen?«

»Keine Ahnung. Eine Menge. Ein paar Hunderttausend – vielleicht mehr. Es war zu viel, um es zu zählen.«

»Wo ist er jetzt?«

»Ich weiß es nicht«, sagte er. »Ehrlich! Ich hab keinen Schimmer.«

»Du musst dir eine bessere Antwort einfallen lassen.« Als die Säge anging, ertönte aus der Dunkelheit hinter mir ein durchdringendes, gutturales Heulen, das augenblicklich mit dem Kreischen des Blatts verschmolz, bis beide Geräusche nicht mehr zu unterscheiden waren. Meine Finger schlossen sich um Kellys Unterarme und zogen ihn vom Stuhl. Seine Handgelenke knallten auf den Tisch vor dem Sägeblatt. »Warte!«, schrie er. »Warte!« Seine Hände ballten sich zu festen Fäusten, aber sie waren nicht stark genug, um zu verhindern, dass sein rechter Zeigefinger herausgebogen und auf das Sägeblatt zugeschoben wurde. »Charleston!«, schrie er.

Meine Hände ließen seine Arme los, und Kelly fiel so heftig zurück auf den Stuhl, dass er auf die Seite kippte. Die Säge wurde langsamer, und der Lärm ebbte ab.

»Was ist mit Charleston?« Er lag in Embryonalhaltung vor meinen Füßen, die rechte Hand auf den Bauch gedrückt, als wäre sie schon ab. Er antwortete nicht, also packte meine Hand sein Gesicht und drückte ihm die Wangen zusammen, ehe die Frage erneut kam. »Was ist mit Charleston?«

»Seine Mom«, sagte er schließlich. Als meine Hand sein Gesicht losließ, schlug er mit dem Kopf auf den Betonboden.

»Will er dahin?«

»Ich weiß nicht. Das ist bloß das Einzige, was mir einfällt. Bitte!«

Die Schluchzer seiner Frau kamen aus der Dunkelheit, und er hob den Kopf und blickte zu ihr. Die Säge ging wieder an, und der Lärm saugte die Luft aus der Garage. Kelly hörte es und drückte das Kinn auf die Brust und schloss die Augen, riss sie aber wieder auf, als meine Hände ihn hochzerrten, und er schrie, als seine Unterarme wieder auf dem Tisch vor dem Sägeblatt landeten.

Mein Mund war direkt an seinem Ohr, und der Wind

von der Säge blies mir ins Gesicht. »Will er dahin?« Aber falls er antwortete, hörte ich es nicht mehr.

Als meine Augen sich öffneten, blickten sie in das grelle Licht der Baulampen, und meine Hände tasteten rechts und links von mir den Betonboden nach meiner Sonnenbrille ab. Als meine Finger die Sonnenbrille fanden und sie vor die Augen hoben, spürte ich etwas Warmes und Nasses. Blut.

Als ich aufstand, trat ich auf den schweren Zimmermannshammer, den sie benutzt hatte, und meine Schuhspitze kickte ihn weg, und er schlitterte über den Boden und in die Dunkelheit.

Die Garagentür stand offen, und Lane Kelly und seine Frau waren weg.

Die Außenlampen zeigten in dem glänzenden, feuchten Gras zwei Paar Fußabdrücke, die in den Wald hinter Kellys Haus führten. Sie hatten sich gehütet, wieder reinzugehen. Und sie wussten garantiert, dass der Wald sich meilenweit erstreckte, ehe er die Staatsgrenze von South Carolina überquerte, dass sie barfuß und mit nackten Beinen stundenlang durch die Finsternis stolpern würden, bis sie zu irgendeinem Haus kämen. Es gab niemanden, der ihnen zu Hilfe kommen würde, und es gab niemanden, bei dem sie Hilfe suchen konnten. Sie waren irgendwo da draußen, knapp außerhalb der Reichweite der Außenlampen.

Mein Pick-up parkte eine Viertelmeile die Straße runter auf dem Gras, doch nur Minuten später rollte er durch den Vorgarten der Kellys und fuhr hinters Haus. Er hielt an der Stelle an, wo die beiden Fußspuren im Wald verschwanden, dann durchbohrten das Fernlicht und die Suchscheinwerfer am Dachgepäckträger die Dunkelheit und warfen lange Schatten weg von den Bäumen.

Der Pick-up lief ein paar Sekunden im Leerlauf, und dann trat mein Fuß wiederholt aufs Gas, und das Geräusch des aufheulenden Motors hallte vom Wald zurück zum Haus. Meine Augen suchten den Waldrand ab, der beleuchtet war wie eine Bühne, und suchten nach irgendwelchen Anzeichen für Bewegung, irgendein helles Aufblitzen, wenn das Licht in ein offenes Auge fiel oder auf ein Stück weißen Stoff. Lane Kelly und seine Frau duckten sich da irgendwo zwischen die Bäume, hielten den Atem an, lauschten auf das Motorgeräusch und beteten darum, dass es endlich leiser wurde. Es hätte Stunden dauern können, sie zu finden, und es wäre schon fast hell, ehe sie zurück in der Garage wären. Und diese Zeit stünde nicht der Suche nach Wade Chesterfield und dem Geld zur Verfügung.

Ich schob den Automatikhebel auf Rückwärts. In Gastonia, North Carolina, war es noch völlig dunkel, doch in weniger als drei Stunden würde über Charleston die Sonne aufgehen.

17 *Easter Quillby*

Ich wurde mitten in der Nacht wach. Ruby lag neben mir, aber Wades Bett war noch unbenutzt. Er stand am Fenster und spähte zwischen den Vorhängen hindurch, und das Licht vom Parkplatz fiel ihm ins Gesicht. Ich flüsterte seinen Namen, und er schaute herüber.

»Hast du auch was gehört?«, fragte er.

»Nein«, sagte ich.

»Was hat dich denn geweckt?«

»Ich weiß nicht.« Er sah wieder aus dem Fenster, und dann ließ er die Vorhänge los, und sie fielen zu. Zwei Stühle standen neben der Tür, und einer war zum Fenster gedreht. Ich wusste, dass Wade die ganze Nacht da gesessen hatte. Er drehte den Stuhl zum Bett, und dann setzte er sich hin und schlug die Beine übereinander.

»Gehst du nicht schlafen?«, fragte ich. Er hob einen Finger an die Lippen und deutete auf Ruby. Ich strampelte die Decke weg und stand auf und ging zu dem anderen Stuhl und setzte mich. Wade packte eins von den Beinen und zog meinen Stuhl näher zu sich. Wir hatten unsere Nachthemden aus dem Kofferraum geholt, und ich hatte meins an. Ich zog die Knie unterm Nachthemd an die

Brust. »Gehst du nicht schlafen?«, fragte ich noch einmal.

»Nein«, sagte er.

»Wieso nicht?«

»Weil ich nicht müde bin.«

»Machst du dir Sorgen?«

Er lächelte. »Worüber sollte ich mir Sorgen machen?«

»Dass die Polizei uns findet«, schlug ich vor. »Oder er uns vielleicht vorher findet.«

»Ich hab nicht deshalb aus dem Fenster geguckt«, sagte er. Er streckte die Beine lang vor sich aus, als würde er sich recken, und dann legte er die Füße übereinander.

»Wieso hast du denn nach draußen geguckt?«

»Hab ich doch schon gesagt«, antwortete er. »Ich dachte, ich hätte was gehört.«

»Und was?«

»Keine Ahnung. Könnte alles Mögliche gewesen sein: ein Geist, ein Vampir.« Er deutete aufs Bett. »So Sachen, die dir nichts anhaben könnten, wenn du schlafen würdest.«

»So was jagt mir keine Angst ein, dafür bin zu alt«, sagte ich.

»Du bist zu schlau dafür, nicht wahr? Du erinnerst mich immer mehr an deine Mom.«

»Echt?«

»Ja, echt«, sagte er. »Du siehst auch immer mehr wie sie aus.«

Meine neuen braunen Haare fielen mir über die Schultern. Ich nahm eine Strähne und sah sie mir im dunklen Zimmer von nahem an. »Nur vorübergehend«, sagte ich.

»Ich sag das nicht wegen deinen Haaren. Deine Mom war stark – stärker als ich –, und du bist genau wie sie. Was du alles gemacht hast.« Er schüttelte den Kopf. »Das hätte ich nicht geschafft, als ich in deinem Alter war – mich um Ruby kümmern, wie du das gemacht hast. Ich schaff's ja jetzt kaum, mich um euch zwei zu kümmern.« Er lächelte. »Und jetzt hast du einen Freund?«

Ich konnte spüren, wie mir heiß im Gesicht wurde, und ich schaute nach unten. »Ich glaub schon«, sagte ich.

»Du glaubst schon?«

»Ich glaub schon«, sagte ich wieder.

»Wie habt ihr euch kennengelernt?«

»In der Schule. Er ist in meiner Stufe, aber er ist in einer anderen Klasse.«

»Wie heißt er noch mal?«

»Marcus Walker.«

»Marcus Walker«, flüsterte er. »Will mir mein kleines Mädchen wegnehmen.«

»Will er gar nicht.«

»Geschieht mir recht, wenn er's täte«, sagte Wade. »Deine Mom war erst achtzehn, als ich sie kennenlernte.«

»Wie hast du sie kennengelernt?«

»Hat sie dir das nie erzählt?«

»Nein«, antwortete ich. »Sie hat nicht gern über dich gesprochen.«

»Kann ich ihr nicht übelnehmen. Ich hätte auch nicht gern über mich gesprochen.«

»Dann erzähl's mir jetzt«, sagte ich. »Wie hast du sie kennengelernt?«

»Ich hab in Gastonia für die Rangers gespielt, als ich sie kennenlernte. Ich glaube, es war '84 in der Saisonpause. Ein paar Jungs, mit denen ich in dem Jahr gespielt hab, beschlossen, hoch nach Alaska zu fahren und mit irgendeinem von den furchtbaren Jobs da oben möglichst viel Geld zu verdienen, ehe die Saison im Frühjahr wieder losging: Konservenfabrik, Raffinerie, Ölfeld – alle möglichen kalten, miesen Jobs. Richtige Drecksarbeiten. Aber du konntest schnell gutes Geld verdienen, und alles andere war uns egal.

Ich hab auf einem Ölfeld bei Anchorage gearbeitet, und an meinem ersten Arbeitstag haben ein paar von den Jungs mich mit in ein kleines Restaurant genommen, wo es die besten Hamburger der Welt geben sollte.« Er lächelte. »Und da hab ich deine Mom das erste Mal gesehen. Sie hat in dem Sommer da gekellnert. Ich glaube, das war ihr allererster Job. Ich kann dir sagen, ich hab in dem Herbst und Winter mehr Hamburger verdrückt als je zuvor in meinem Leben. Kurz vor Beginn der Saison hab ich sie überreden können, mit nach North Carolina zu kommen, und der Rest ist Geschichte. Ungefähr ein Jahr später wurdest du geboren.«

»Und wann bist du gegangen?« Die Frage schien ihn zu überraschen, aber ich hatte vorher nie die Chance gehabt, ihn zu fragen, und ich wusste nicht, ob ich diese Chance je wieder bekäme.

»Ich weiß nicht«, sagte er schließlich. »Ich weiß nicht, wann das erste Mal war. Ich glaube, ich bin in deinen ersten Lebensjahren oft gegangen.«

»Ich hab nicht mehr viel von dir in Erinnerung. Ruby auch nicht. Sie war noch ganz klein, als du endgültig verschwunden bist.«

»Ich weiß«, sagte Wade. »Aber wahrscheinlich ist es ganz gut, dass ihr euch nicht mehr so richtig an mich erinnern könnt. Ich würde das alles selbst am liebsten vergessen, wenn ich könnte. Ich hab eine Menge Sachen gemacht, auf die ich nicht stolz bin, aber das liegt alles hinter mir. Hinter uns.«

»Aber was ist das für Geld?«

»Welches Geld?«

»Das Geld unter dem Bett.«

»Wovon redest du?«, fragte er.

»Ich hab es heute gefunden.«

»Okay.«

»Gehört es ihm?«

»Wem?«

»Dem Mann, der nach dir sucht. Der bei mir an der Schule war.«

»Nein«, sagte Wade mit einem Seufzen. »Es gehört nicht ihm. Ich weiß nicht, warum er nach mir sucht, aber wir müssen uns seinetwegen keine Sorgen machen. Das hab ich dir ja schon gesagt. Und ich hab dir auch gesagt, dass wir anfangen müssen, einander zu vertrauen. Du hättest meine Tasche nicht aufmachen dürfen.«

»Ich kann dir nicht vertrauen«, sagte ich. »Weil das Geld nicht dir gehört, stimmt's?« Ich wusste, dass es nicht ihm gehörte, nicht gehören konnte. Er schämte sich anscheinend, die Frage beantworten zu müssen, und ich merkte ihm an, dass er überlegte, was er sagen sollte.

»Ich hab dich gebeten, mir über den Anruf bei Marcus gestern Abend die Wahrheit zu sagen«, sagte er, »deshalb sag ich dir wohl besser auch die Wahrheit, oder?«

»Genau.«

»Es ist nicht mein Geld, aber ich hab's trotzdem genommen. Ich glaube, es gehört nicht mal dem, dem ich's weggenommen hab. Ich weiß nicht, wem es gehört.«

»Warum hast du's genommen?«

Er blickte an mir vorbei zu Ruby hinüber, die in unserem Bett schlief, und dann nahm er meine Hände in seine. »Easter, ich hab in meinem ganzen Leben überhaupt nur zwei Dinge gewollt. Das Erste war, ich wollte Baseball spielen, und ich war gut – richtig gut –, aber ich hab's vermasselt. Ich hab blöde Sachen gemacht, und ich hab mich nicht genug angestrengt. Oder vielleicht wollte ich es doch nicht so sehr, wie ich gedacht hatte. Ich weiß nicht, was passiert ist, aber irgendwas ist mir da in die Quere gekommen.«

»Sind wir dir in die Quere gekommen?«

Er drückte meine Hände etwas fester. »Nein, überhaupt nicht. Du und deine Schwester, ihr seid das Zweite, das ich wollte, etwas, von dem ich nie gedacht hätte, dass ich es mal haben würde. Als ihr geboren wurdet, veränderte sich mein Traum, und ich wollte ein guter Dad sein, aber das hab ich auch vermasselt.« Er ließ meine Hände los und lehnte sich auf dem Stuhl zurück. »Und dann ist da plötzlich dieses Geld«, sagte er und schloss die Augen, als würde er es sich vorstellen. »Als ich es genommen hab, dachte ich, dass wenigstens einer dieser Träume doch noch wahr werden könnte.« Er öffnete die Augen und sah mich an. »Mein Traum ist hier. Ihr seid mein Traum. Du und Ruby. Ich will bloß ein normales Leben, ein normales Haus, eine normale Familie.«

Ich hätte ihm gern gesagt, dass ich immer geträumt hatte, genau dasselbe zu haben.

Ein paar Minuten später kroch ich wieder ins Bett und zog die Decke über mich. Ich blickte zu Wade hinüber, der noch immer auf dem Stuhl saß. »Wann gehst du schlafen?«, fragte ich.

»Bald«, sagte er. »Gleich.«

Ich legte mich hin und schloss die Augen und war im Nu eingeschlafen. Am Morgen, als ich wach wurde, schlief Ruby neben mir. Wade saß noch immer auf dem Stuhl. Er hatte ihn von uns weg zum Fenster gedreht, aber er war noch immer da.

18 *Brady Weller*

Ich war ein geschiedener Vater und hatte praktisch keine Beziehung zu meiner jugendlichen Tochter, und ich war gezwungen worden, meinen Job bei der Polizei nach über zwanzig Jahren an den Nagel zu hängen. Aber ich hatte nie das Gefühl, so richtig am Tiefpunkt angekommen zu sein, bis ich zum ersten Mal einem Typen namens Roc Geld schuldete. Er war während meiner Dienstzeit ein ziemlich zuverlässiger Informant, und ich verließ mich nach wie vor auf ihn, wenn ich es mal mit einem säumigen Unterhaltszahler zu tun hatte, von dem ich meinte, Roc würde ihn kennen. Er arbeitete in einem heruntergekommenen Restaurant, das sich Fish House nannte. Sein richtiger Name war Pete, und er war ein übergewichtiger Weißer Mitte vierzig, der schwarze Mützen trug und Hip-Hop-Slang sprach und ständig auf einer Zigarre kaute. Wenn du es zulässt, kann es dich richtig fuchsen, so einem Typen Geld zu schulden.

Ich hatte mit meiner Wette, dass McGwire am Dienstagabend keinen Home Run schlagen würde, falschgelegen – er hatte sogar zwei geschafft –, und jetzt würden zweihundertfünfzig Dollar von meinem schwer verdienten Geld in die dreckige Küche vom Fish House und direkt in Rocs schmierige Hände wandern.

Das Fish House stand an einem stillgelegten Eisenbahngleis am Rande der Stadt. Ich fuhr morgens kurz vor neun Uhr auf den Parkplatz. Der Laden hatte nur zwischen zehn und vierzehn Uhr geöffnet, und auf dem Parkplatz standen bloß ein paar alte Autos in der einen Ecke am löchrigen Bürgersteig.

Als ich gerade aus meinem Wagen stieg, flog die Seitentür zur Küche auf und knallte gegen die Außenwand. Roc, schwarze Sonnenbrille, schwarze Mütze und übergroßes T-Shirt, schleifte eine Mülltonne aus der Küche zu den Abfallcontainern neben dem Restaurant. Er blieb mit der Tonne stehen, fischte ein Feuerzeug aus einer Tasche seiner schlabberigen Bluejeans und eine Zigarre aus der anderen. Er zündete sie an und zog dann weiter die Tonne über den Asphalt. Er blickte auf und lächelte, als er hörte, wie ich die Wagentür zuknallte.

»Ach nee«, sagte er. »Was geht, Dicker?«

»Nichts«, erwiderte ich. »Und bei dir?« Ich ging zu ihm, und er schüttelte mir die Hand und zog mich in eine von seinen Halbumarmungen, wie es Männer gern machen, wenn sie so tun, als wären sie Kumpel. Ich spürte das Fett an seinen Fingern, als sie meine umfassten, und als er meine Hand losließ, steckte ich sie in die Hosentasche und wischte sie am Innenfutter ab. Ich blickte auf die Mülltonne. »Brauchst du Hilfe?«

»Auf jeden, Mann«, sagte er.

Er nahm einen Griff und ich den anderen, und dann schleppten und schleiften wir die Tonne zu dem Container, wo wir sie hochwuchteten, über den Rand hievten und den Müll auskippten.

»Hast du Dienstagabend die Cardinals geguckt?«, fragte er.

»Nein. Das bringt Unglück, aber wie's aussieht, hat es nichts genützt. Ich weiß, was McGwire mit dem Pitch von Hernández gemacht hat.«

»Und mit dem von Pall«, ergänzte er.

»Ich weiß, aber ich schulde dir nur Geld für *einen* Home Run.«

»Verdammt«, sagte er. »Ich dachte, ich probier's trotzdem mal.«

Ich zog einen Bankumschlag aus meiner Gesäßtasche, zählte die Scheine ab und überreichte sie ihm.

»Guter Mann«, sagte er lächelnd. Er zählte rasch das Geld, und dann holte er eine Rolle Geldscheine mit einem Gummiband drum herum aus einer seiner Vordertaschen. Er streifte das Gummiband ab und blätterte die Scheine durch, als hätte er bereits einen Platz für das Geld vorgesehen, das ich ihm soeben gegeben hatte.

»Du machst mich fertig«, sagte ich. »Wie viel hab ich schon verloren – vierhundert Dollar?«

»Eher vierhundertfünfzig«, entgegnete er mit einem Lächeln, während er noch immer die Scheine durchblätterte. »Aber ich bin dir nicht böse, Kleiner.« Er steckte die neuen Scheine an die Stelle, wo sie offenbar hingehörten, und fing dann an, das ganze Geld in der Rolle zu zählen. Ein Typ wie Roc weiß immer genau, wie viel Geld er bei sich hat, aber er will dir auch zeigen, wie viel Geld da auf einem Haufen ist, wie viel Geld sich machen lässt, wenn man ein kleines Wettimperium im Westen Gastonias von der dreckigen Küche des Fish House aus betreibt.

»Ich hätte mal eine Frage«, sagte ich.

»Schieß los.«

»Hast du je Wetten auf die Gastonia Rangers abgeschlossen?« Er hörte auf, sein Geld zu zählen, und sah mich über die Sonnenbrille hinweg an.

»Wieso?«

»Ich hab einen Namen. Vielleicht sagt er dir ja was.« Er blickte mich eine Sekunde lang an und widmete sich dann wieder dem Geldzählen.

»Lass hören«, sagte er lächelnd. »Für meinen besten Kunden tu ich alles.«

»Erinnerst du dich an einen Typen, der vor ungefähr zehn Jahren für sie gespielt hat? Wade Chesterfield?«

Er hörte auf, das Geld zu zählen, warf den Kopf in den Nacken und stieß ein lautes, falsches Lachen aus. »Auf jeden«, sagte er. »Rowdy? Wenn du ein Spiel kaufen wolltest, hast du Rowdy angerufen.«

»Rowdy?«

»Auf jeden«, sagte er wieder. »So haben sie ihn genannt.«

»Wieso?«, fragte ich.

Er wickelte das Gummiband um die Geldrolle und schob sie wieder in die Tasche.

»Weil«, holte er aus, »als der Kollege nicht mehr pitchen konnte, haben sie ihn bei den Rangers das Maskottchen machen lassen, du weißt schon, als beschissener Ranger verkleidet – Rowdy, der Ranger. Nachdem er das große Zittern gekriegt hatte, haben sie ihn nur noch das machen lassen, und er hat es gemacht, bloß um weiter bezahlt zu werden, um beim Spiel dabei sein zu können. Aber verdammt, als er noch gespielt hat – da war er der Richtige für die passenden Ergebnisse. Der gute alte Wade Chesterfield.« Er lachte wieder.

»Das große Zittern?«

»Ja«, sagte er. »Das große Zittern. Er hat so einen Typen mal voll ins Gesicht getroffen, und der Kerl ist total ausgerastet und auf Wade los. Hat ihn auf dem Feld zusammengeschlagen. War echt übel. Keiner konnte ihn stoppen. Der ist völlig durchgedreht. Danach konnte Wade einfach keinen Strike mehr werfen, ums Verrecken nicht. Da war er dann ziemlich schnell weg vom Fenster.« Er spuckte auf den Zement und verrieb die Spucke mit der Schuhspitze. »Wieso fragst du?«

»Weil er Montagabend seine zwei Töchter aus einem Kinderheim gekidnappt hat«, sagte ich. »Ich suche sie.«

»Derbe«, entfuhr es ihm, als wäre er beeindruckt. »Hätte ich dem alten Wade gar nicht zugetraut.« Er seufzte und blickte nach unten in die leere Mülltonne, und dann blickte er zu mir hoch. »Wade hat zusammen mit Sosa gespielt, bevor Sammy nach Texas ging.«

Ich hatte völlig vergessen, dass Sosa mal in Gastonia gespielt hatte, aber ich nickte, als würde ich mich gut daran erinnern.

»Sammy kann froh sein, dass er von hier abgehauen ist«, sagte er. »Sein alter Teamkollege kidnappt seine eigenen Kinder, und er und Big McGwire versuchen, Maris' Rekord zu brechen.« Er schüttelte den Kopf, als wäre das das Tiefschürfendste, was er je gedacht oder gesagt hatte.

»Tu mir einen Gefallen«, bat ich. »Sag mir Bescheid, wenn du irgendwas über Wade Chesterfield hörst.«

»Manche Vögelchen singen für ihr Futter«, sagte er und rieb grinsend die Finger aneinander.

»Von mir aus. Aber es gibt nur was zu futtern, wenn es sich auch wirklich lohnt, sie singen zu hören.«

Er lächelte und paffte an seiner Zigarre. »Willst du was drauf setzen, dass Sammy Freitagabend gegen die Pirates Nummer siebenundfünfzig schafft?«

»Lieber nicht. Ich will mein Unglück nicht herausfordern.«

»Alles klar«, sagte er. Ich machte gute Miene zum bösen Spiel, während wir einen langen und lächerlich komplizierten Handschlag hinlegten, der damit endete, dass wir die Fäuste gegeneinanderstießen. »Sag Bescheid, wenn du es dir anders überlegst.«

»Darauf kannst du wetten«, sagte ich, ohne das Wortspiel zu beabsichtigen. Roc lachte.

Ich drehte mich um und ging zurück zu meinem Auto, während Roc langsam und geräuschvoll die leere Mülltonne über den Parkplatz in Richtung Restaurant zog. Als ich am Wagen war, drehte ich mich um und sah, dass er von der Küchentür aus zu mir rüberschaute, als wartete er darauf, dass ich es mir anders überlegte.

»Wie stehen die Chancen, dass Sosa Freitagabend *und* Samstagabend einen Home Run schlägt?«, fragte ich.

Roc lächelte. »Im Ernst?«

»Ja.«

»Moment«, sagte er. Er zückte ein kleines Notizbuch aus seiner Gesäßtasche und blätterte es durch, fand, wonach er suchte, und sah mich wieder an. »Die stehen schlecht«, räumte er ein. »Richtig schlecht. Aber ich kann's dir versüßen. Sagen wir zwanzig zu eins? Das ist ziemlich süß.«

»Das ist ziemlich süß«, stimmte ich zu, obwohl ich wusste, dass ich eigentlich ins Auto steigen und vom Parkplatz fahren sollte. »Ich setze einhundert«, sagte ich.

»Mehr nicht?«, fragte er. »Komm schon, Dicker!«

»Mehr nicht«, bekräftigte ich. »Und meld dich, wenn du irgendwas hörst.«

Er nickte, schnippte die Asche von seiner Zigarre und öffnete die Küchentür. Rap-Musik dröhnte nach draußen. Die Tür knallte zu und verschluckte die Musik. Das einzige Geräusch war das Klimpern der Schlüssel, mit denen ich in meiner leeren Tasche spielte.

19

An jedem ersten Mittwoch im Monat verbrachten Jessica und ich den Abend zusammen. Immer wenn ich sie bei ihrer Mutter und ihrem Stiefvater abholte, fuhr ich in die kreisrunde Zufahrt vor der weißen Backsteinvilla und drückte kurz auf die Hupe, um zu verkünden, dass ich da war. Ich hatte das Haus nur ein einziges Mal betreten, vor Jahren. Damals regnete es, und ich ging mit einem Schirm die Eingangsstufen hoch und klopfte an die Tür. Dean machte auf. Ich trat nur einen Schritt ein, um da auf Jessica zu warten, konnte aber sehen, dass das Innere des Hauses seinem Äußeren entsprach. Der Boden im Foyer war aus weißem Marmor, und eine breite geschwungene Holztreppe führte in die erste Etage. Über Deans Schulter hinweg sah ich die Küche und dahinter das Wohnzimmer. Abgedunkelte Räume lagen rechts und links von uns, und ich erinnere mich lediglich daran, dass ich noch mehr Marmorböden und weiße Säulen sah und mir dachte, dass Tina sich irgendwo vor mir versteckt hielt und drei Kreuze machte, dass sie mit Dean und nicht mehr mit mir verheiratet war.

Heute Abend wartete Jessica schon draußen, als ich

vorfuhr. Jedes Mal, wenn ich sie sah, kam sie mir größer, älter und dünner vor. Sie hatte das sanfte Gesicht ihrer Mutter und mein blondes Haar, und sie trug es lang und wellig wie eine junge Schauspielerin in einer Shampoo-Reklame. Ich hielt an, ließ den Motor laufen und öffnete die Fahrertür, um auszusteigen und sie zu umarmen, aber noch ehe ich mit beiden Füßen draußen war, hatte sie die Beifahrertür geöffnet und stieg ein. Ich zog meine Tür wieder zu und sah sie an, während sie den Sicherheitsgurt einrasten ließ.

»Hey«, sagte ich und beugte mich zu ihr rüber, um sie unbeholfen zu drücken, und registrierte dabei, dass sie nur einen Arm um meinen Hals legte.

»Hey«, grüßte sie zurück. Sie lächelte, und dann drehte sie sich um und warf ihre Handtasche auf den Rücksitz.

Das Chili's war voll und laut wie immer. Jessica und ich standen draußen und warteten auf einen Tisch. Es würde erst in einer halben Stunde dunkel werden, und der Abend war schwül, obwohl irgendetwas in der Luft verriet, dass es schon mehr Herbst als Sommer war.

»Ich bin gestern an der Schule vorbeigefahren«, sagte ich. »Da findet nächste Woche eine College-Messe statt. Gehst du hin?«

»Ja. Ich glaube, Mom fährt mich hin.«

»Ach so«, sagte ich. »Prima. Ich wollte nämlich sagen, ich könnte dich begleiten, wenn du willst, aber wenn sie schon mit dir hingeht. Dann prima.«

Wir schwiegen einen Moment, und ich betrachtete all die anderen Leute und Familien, die plauderten und lachten, und ich fragte mich, worüber die sich wohl mit ihren Kindern unterhielten.

»Ich möchte immer noch gern auf die Uni in Raleigh«, sagte Jessica schließlich. »Die haben da einen guten Studiengang für englische Literatur, und die Seminare sind klein. Ich weiß, du bist dagegen, aber ich möchte da studieren.«

»Nein, ich bin nicht dagegen. Das ist bestimmt eine tolle Uni. Sie ist bloß sehr teuer. Und die North Carolina State oder die Uni in Charlotte – Mensch, die finanziere ich doch sowieso schon mit meinen Steuergeldern, oder etwa nicht?«

»Ja, Dad«, sagte sie. »Das hast du schon mal gesagt. Aber du musst dir deswegen keine Gedanken machen. Mom und Dean bezahlen die Studiengebühren.«

»Und das hast du schon mal gesagt, und ich habe gesagt, dass ich mich beteiligen werde«, entgegnete ich. »Das ist meine Aufgabe. Ich bin immer noch dein Dad. Ich möchte bloß, dass du alle Optionen in Betracht ziehst. Mehr nicht.«

»Klar«, sagte sie.

Der Pager, den die Frau am Empfang mir gegeben hatte, vibrierte in meiner Hand. Jessica hörte das, blickte nach unten und sah, dass er leuchtete. Sie drehte sich um und ging hinein, und ich folgte ihr.

Sobald wir saßen, kam eine Kellnerin vorbei und legte

zwei Speisekarten auf unseren Tisch, und wenige Minuten später kam sie mit einer Karaffe Wasser und zwei Gläsern wieder. Ich studierte meine Speisekarte, obwohl ich bereits wusste, was wir beide bestellen würden: den Burger mit Blauschimmelkäse für mich und die Pasta mit Hähnchen auf Cajun-Art für Jessica.

Ich schaute auf und sah, dass die Kellnerin an unserem Tisch stand, Stift und Block einsatzbereit. »Haben Sie gewählt?«, fragte sie. Ich blickte Jessica an, und sie nickte.

»Ich denke ja«, sagte ich. »Ich nehme den Burger mit Blauschimmelkäse, Medium bitte, und sie nimmt –«

»Den Salat mit gegrilltem Hähnchen, nur mit Öl und Essig«, fiel Jessica mir ins Wort. »Keine Croutons bitte.«

»Was zu trinken außer Wasser?«, fragte die Kellnerin.

»Für mich nicht«, sagte Jessica.

»Für mich auch nicht«, schloss ich mich an. Die Kellnerin lächelte und ging zu dem Tisch hinter mir. Ich hörte sie dieselben Fragen stellen, die sie uns gestellt hatte.

»Salat mit gegrilltem Hähnchen?«, fragte ich. »Das ist neu.«

»Ich versuche, besser zu essen«, sagte Jessica. »Gesünder zu leben.«

»Wirst du denn davon satt?«, fragte ich. »Möchtest du eine Vorspeise oder so?«

»Nein«, erwiderte sie. »Ich hab keinen großen Hunger.«

Ein paar Minuten später brachte die Kellnerin unsere Bestellung, und während wir aßen, überlegte ich, was ich

Jessica fragen könnte, in Sachen Schule oder Uni oder was sie sonst noch interessierte.

»Englische Literatur«, sagte ich. »Was ist denn dein Lieblingsbuch?«

Sie spießte mit der Gabel ein Stück gegrilltes Hähnchenfleisch auf, hielt es hoch und starrte es an, als würde sie lange und angestrengt über meine Frage nachdenken. »Ich weiß nicht«, sagte sie schließlich. »Ich hab eine ganze Reihe Lieblingsbücher: *Der Fänger im Roggen*, *Wer die Nachtigall stört*.«

»Worum geht's denn in *Der Fänger im Roggen*?«

Sie schob sich das Stück Hähnchen in den Mund und legte die Gabel hin, während sie kaute. Dann trank sie einen Schluck Wasser. »Ich weiß nicht. Das ist schwer zu erklären. Es geht eigentlich nicht *um* irgendwas. Der Erzähler ist ein Junge, der kurz vor Weihnachten auf dem Weg vom Internat nach Hause ist, und er erzählt dem Leser bloß, was er dabei so erlebt.«

»Und das ist alles?«, fragte ich.

»So in etwa«, sagte sie.

»Hört sich nicht sonderlich interessant an. Wieso magst du es so?«

»Keine Ahnung«, überlegte sie. »Ich schätze, ich verstehe einfach, was in ihm vorgeht. Ich verstehe, wie er sich fühlt.«

»Wie fühlt er sich denn?«, fragte ich.

»Ich weiß nicht. Allein?«

»Fühlst du dich auch so?«

»Nein. Eigentlich nicht.« Sie seufzte so laut, dass ich es hörte. »Und«, sagte sie, »was läuft bei dir so?«

Ich hörte auf zu essen und sah sie an, aber sie hob nicht die Augen von ihrem Teller. »Überwiegend Arbeit, wie immer. Die aufregende Welt der Alarmanlagen.« Ich wischte mir den Mund ab und breitete die Serviette wieder über den Schoß.

»Wie ist das so, mit Onkel Jim zusammenzuarbeiten?«, fragte sie. »Ich hab ihn bestimmt seit zwei Jahren nicht mehr gesehen.«

»Ich seh ihn auch gar nicht so oft«, sagte ich. »Wir arbeiten eigentlich nicht zusammen. Ich arbeite eher für ihn.«

»Er ist dein Boss?«

»Ja«, antwortete ich. »Kann man so sagen.«

Als wir mit Essen fertig waren, kam die Kellnerin, räumte unsere Teller ab und legte die Rechnung auf den Tisch. Ich steckte meine Kreditkarte in die dafür vorgesehene Lasche, und sie kam zurück und nahm sie mit.

»Hast du das mit den zwei kleinen Mädchen mitgekriegt? Die entführt worden sind?«

»Kann sein«, sagte sie. »Kam das im Fernsehen?«

»In jeder Nachrichtensendung.«

»Was ist denn genau passiert?«

»Ihr Vater hat sie gekidnappt«, erzählte ich. »Hat sie aus einem Kinderheim geholt. Ich war ihr Vormund.«

»Wieso sagst du, du *warst* ihr Vormund? Bist du es nicht mehr, bloß weil sie entführt worden sind?«

»Doch«, sagte ich. »Aber ihr Dad hat sie mit nach South Carolina genommen, und jetzt hat sich das FBI eingeschaltet. Das reinste Chaos.«

»Aber das heißt nicht, dass du keiner mehr bist.«

»Keiner was?«

»Kein Vormund mehr für sie.«

»Du hast recht. Ich bin noch immer ihr Vormund. Und ich werde weiter ihr Vormund sein, wenn sie wieder da sind.«

Die Kellnerin brachte mir meine Kreditkarte und den Rechnungsbeleg, und ich legte Trinkgeld hin und unterschrieb. Dann steckte ich Karte und Beleg in mein Portemonnaie.

»Wie kann ein Vater überhaupt seine eigenen Kinder entführen?«, fragte Jessica.

»Der Typ hat vor ein paar Jahren auf das Sorgerecht verzichtet. Er hat sich strafbar gemacht, als er die Mädchen mitgenommen hat.«

»Aber er ist doch ihr Dad.«

»Das spielt keine Rolle«, sagte ich. »Ich bin dein Dad, aber deshalb kann ich dich noch lange nicht ohne Einverständnis deiner Mom einfach irgendwohin mitnehmen. Damit würde ich mich strafbar machen.«

»Was ist denn mit ihrer Mom?«

»Die ist tot.«

»Dann ist es vielleicht gut, dass sie noch keiner gefunden hat«, sagte sie. »Vielleicht wollen sie ja bei ihrem Dad sein. Vielleicht fühlen sie sich gut aufgehoben.«

»Vielleicht ja, aber das macht die Sache nicht legal.« Ich faltete meine Serviette zusammen und legte sie dahin, wo mein Teller gestanden hatte. »Was würdest du an meiner Stelle tun?«, fragte ich.

»In welcher Hinsicht?«

»In Hinsicht auf die beiden Mädchen. Würdest du sie bei ihrem Dad lassen oder würdest du dich ans Gesetz halten und dafür sorgen, dass sie wieder dahin kommen, wo sie sein sollten?«

»Keine Ahnung. Ich schätze, ich würde darüber nachdenken, was die beiden wollen. Das macht nie einer. Kinder wollen einfach glücklich sein.«

»Warst du glücklich?«

»Ich glaub ja. Ich erinnere mich jedenfalls nicht, dass ich *un*glücklich war.«

»Glücklich sein ist etwas völlig anderes als nicht unglücklich sein«, sagte ich. »Die beiden Mädchen waren im Heim vielleicht nicht glücklich, aber vielleicht waren sie auch nicht unglücklich. Verstehst du?«

»Ja«, erwiderte sie. »Dann war ich glücklich.«

»Hast du dich geborgen gefühlt?«

»Klar hab ich mich geborgen gefühlt. Wieso auch nicht? Mein Dad war ein Cop.«

»Ich weiß, aber das meine ich nicht. Hast du dich auch noch sicher gefühlt, nachdem die Sache passiert ist?«

»Ja«, anwortete sie. »Ich denke ja. Aber ich kann mich nicht mehr so gut an alles erinnern. Ich war noch sehr klein, und es ist lange her.«

»Du warst zehn, Jessica. Es ist gerade mal sechs Jahre her.«

»Ja?«, sagte sie. »Dann hab ich mich vielleicht gezwungen, es zu vergessen.«

»Aber du erinnerst dich, dass du dich geborgen gefühlt hast?«, fragte ich. »Und glücklich?«

»Ja. Geborgen und glücklich. Ich erinnere mich.«

»Also, was würdest du tun: Die beiden bei ihrem Dad lassen oder sie zurück ins Heim bringen?«

Sie seufzte. »Ich weiß es nicht«, sagte sie schließlich. »Ich bin kein Dad.«

20 *Pruitt*

Die Siedlung, in der sie in North Charleston wohnte, bestand aus kleinen, von braunem Gras und verkümmerten Kiefern umgebenen Häusern. Im Osten stiegen Linienmaschinen vom Flughafen und Kampfjets vom Luftwaffenstützpunkt über der I-26 in den diesigen Morgen auf. Als ich das erste Mal an dem Haus vorbeifuhr, sah es fast genauso aus wie die Nachbarhäuser rechts und links: ein gedrungenes, einstöckiges Backsteinhaus, Fenster und Eingangstür mit grünen Rahmen, ein grünes Garagentor, schwarze Dachschindeln, die bereits Hitze abstrahlten.

Ich parkte meinen Pick-up fünf Häuser weiter am Straßenrand und blickte zwischen meinen Rückspiegeln und der Straße vor mir hin und her, um zu checken, ob irgendwer vorbeiging oder aus einer Tür oder einem Fenster spähte und nachsehen wollte, wer da an einem sengend heißen Morgen vor seinem Haus im Auto hockte.

Auf dem Weg zu ihrer Einfahrt behielt ich weniger ihr Haus im Auge als vielmehr die Nachbarhäuser und -gärten, achtete auf Anzeichen dafür, wer zu Hause war und wer nicht. In den Einfahrten rechts und links von ihr standen keine Autos, und die Eingangstüren waren geschlossen und die Rollläden runtergelassen.

Auch in ihrer Einfahrt stand kein Auto, und durch die Garagentorfenster war ebenfalls kein Auto zu sehen, was bedeutete, dass sie entweder nicht zu Hause war oder kein Auto hatte und jeden Moment jemand vorbeikommen könnte, um bei ihr nach dem Rechten zu sehen. Vielleicht war Wade Chesterfield aber auch schon dagewesen und hatte sie abgeholt oder sie gewarnt, wer vielleicht kommen oder was passieren könnte, und sie war von allein gegangen, um bei Freunden ein paar Straßen weiter Zuflucht zu suchen oder bei Verwandten, deren Namen und Adressen ich noch nicht rausgefunden hatte.

Aber dann bewegte sich der Vorhang am Fenster neben ihrer Haustür. Irgendwer hatte mich auf das Haus zukommen sehen und den Vorhang zugezogen, als ich in der Einfahrt stehen blieb. Meine rechte Hand wanderte instinktiv zum Griff meiner Glock, die hinten im Bund meiner Shorts steckte. Ich ging langsam die Einfahrt hoch und blieb vor der Haustür stehen.

Ich wollte gerade anklopfen, doch plötzlich flog die Tür auf, und da stand sie, die Augen hinter einer dicken Sonnenbrille mit tiefschwarzen Gläsern verborgen. Sie war winzig klein, höchstens eins fünfzig groß, das schüttere weiße Haar in krausen dauergewellten Löckchen dicht am Kopf. Sie trug eine weiße Bluse in einen langen hellbraunen Rock gesteckt und Strümpfe, die aus schwarzen Schnürschuhen schauten. Sie stand da und sah mich einige Augenblicke lang an, und ich löste die Finger von der Pistole und ließ die Hand hängen.

Die Straße war ruhig. Kein Laut bis auf das Gebell eines Hundes ein paar Häuser weiter und die leisen Geräusche von startenden und landenden Flugzeugen in der Ferne.

»Kommen Sie rein, kommen Sie rein«, sagte sie schließlich. Sie trat von der Tür zurück, drehte sich um und bedeutete mir mit einem Wink über die Schulter, ihr zu folgen. »Ich hole mir nur rasch meine Jacke und einen Schirm. Ich weiß, wie es da draußen im Moment aussieht und sich anfühlt, aber es ist Sommer in Charleston, und in dieser elenden Stadt schlägt das Wetter im Sommer schnell um. Außerdem können Sie sich gar nicht vorstellen, wie kalt es in der Praxis ist.«

Ich zog die Tür hinter mir zu, und meine Hand griff nach hinten und schloss sie leise ab.

»Lassen Sie ruhig auf«, sagte sie. »Wir gehen sofort.« Sie verschwand den Flur hinunter, und meine Augen wanderten durch das Wohnzimmer. Es war sauber und aufgeräumt und sah aus, als wäre es seit dem Bau des Hauses nicht verändert worden. Brauner Wollteppichboden, ein mintgrünes Sofa unter Fenstern, die hinter schweren Gardinen auf den Vorgarten gingen. Dem Sofa gegenüber standen zwei cremefarbene Sessel mit einem Couchtisch davor. Kein Fernseher. Der Raum und vielleicht das ganze Haus roch nach etwas, das ich nicht genau benennen konnte, aber es war irgendwas Vertrautes, wie eine vage Erinnerung.

Ich hörte sie irgendwo am Ende des Flurs eine Schranktür öffnen und schließen. Als sie zurück ins Wohnzimmer kam, trug sie eine Jacke und hielt einen kleinen Schirm in der Hand. Sie hatte eine Handtasche über die Schulter gehängt und noch immer die schwarze Sonnenbrille auf der Nase.

»Können wir?«, fragte sie. Sie stand da, als ob sie auf eine Antwort wartete. Als keine kam, beugte sie sich vor, als wollte sie an mir riechen, und dann lehnte sie sich zurück, als hätte sie etwas entdeckt, von dem sie nichts wissen wollte. »Tja«, sagte sie. »Sie könnten ruhig etwas sagen.« Sie wartete. Meine Augen beobachteten ihre Handtasche, die von der Schulter rutschte und in der Armbeuge hängen blieb. Sie hielt ihren Schirm mit beiden Händen vor sich. Sie stand da wie jemand, der es gewohnt war zu warten und bereit war, ewig zu warten.

»Wo soll's denn Ihrer Meinung nach hingehen?«, fragte ich.

Kaum hatte ich die Frage ausgesprochen, da ließ sie ihre Handtasche zu Boden fallen, und ihre rechte Hand fuhr hoch, legte sich auf meinen Nasenrücken und schob mir die Sonnenbrille nach oben gegen die Augen. Die Berührung ihrer Hand war ein Schock, und ich wich zurück, aber die Hand folgte, und ihre Finger betasteten meine Lippen und Wangen, arbeiteten sich langsam hoch bis zu dem Schirm meiner Kappe.

Ich begriff, dass sie mich nicht sehen konnte. Die Muskeln in meinem Körper entspannten sich, und mein Gesicht neigte sich ihr entgegen.

»Wer sind Sie?«, fragte sie fast im Flüsterton.

»Ein Freund von Ihrem Sohn. Von Wade.«

»Wie heißen Sie?«

»Pruitt.«

»Er hat Sie nie erwähnt.«

»Wundert mich nicht. Er hat mich lange nicht gesehen.« Ihre Hand glitt auf meine linke Schulter, und sie ließ sie kurz da liegen, um dann meine Brust zu berühren, direkt über dem Herzen.

»Tut mir leid, wenn ich Sie erschreckt habe«, sagte sie. Sie nahm die Hand von meiner Brust und hob ihre Brille, so dass ihre Augen zum Vorschein kamen. Sie waren beide mit einem trüben, blauen Film bedeckt. »Mit denen kann ich nicht so gut sehen wie mit den Händen.« Sie lächelte und schob die Brille wieder nach unten. »Ich dachte, Sie wären jemand, der mich zu meinem Arzttermin am Freitagmorgen bringen soll, aber ich wusste, dass heute Donnerstag ist, und deshalb war ich verwirrt.« Sie bückte sich und tastete den Boden ab, bis sie den Riemen ihrer Handtasche fand. Sie richtete sich wieder auf und hängte den Riemen über die Schulter, und dann wandte sie sich ab, ging in die Mitte des Raumes und blieb stehen. »Heute ist doch Donnerstag, oder?«

»Ja. Es ist Donnerstag.«

»Hm«, sagte sie, als hätte sie irgendwas verstanden. »Dann ist mein Arzttermin morgen. Die kommen morgen und holen mich ab.« Sie deutete auf das Sofa. »Bitte setzen Sie sich. Machen Sie es sich bequem.« Sie ging aus dem Wohnzimmer und durch den Flur zurück in das Zimmer, aus dem sie die Jacke geholt hatte.

Staubpartikel schwebten von den Sofapolstern auf und tanzten in einem Lichtstrahl, der durch die Lücke zwischen den Gardinen hinter mir drang. Das Licht verschwand, als die Gardinen fest zugezogen wurden. Mein Körper sank tief in die alten Polster, und die Pistole rutschte aus dem Hosenbund. Ich lehnte meinen Rücken dagegen, damit sie mit der Mündung nach unten hinter mir liegen blieb.

Sie kam wieder herein und blieb mitten im Zimmer stehen, die Hände auf den Hüften. »Ich hole uns Eistee«, sagte sie. »Und dann müssen Sie mir erzählen, woher Sie meinen Wade kennen.« Sie wandte sich der Küche zu, die rechts vom Wohnzimmer abging, doch dann hielt sie inne und drehte sich wieder um. »Mögen Sie süßen Tee?«, fragte sie.

»Ja. Aber ich bleib nicht lange.«

Sie tat meinen Einwand mit einer Handbewegung ab. »Unfug«, sagte sie. »Sie bleiben so lange, wie Sie möchten. Ich muss nirgendwohin, das haben wir ja bereits geklärt.« Ihre Schuhe quietschten auf dem Linoleum in der Küche, dann war zu hören, wie sie Schränke aufmachte und Gläser hinstellte, den Kühlschrank öffnete und schloss und Eis aus dem Gefrierfach nahm. »Oder hätten Sie lieber Kaffee?«, fragte sie um die halbe Wand herum, die sie von mir trennte.

»Nein.« Aber ihre Frage erklärte den Geruch im Haus, und eine Erinnerung drängte sich mir in den Sinn. Es war nicht der Duft von frisch aufgebrühtem Kaffee, sondern der schale Geruch von Kaffee, der alles durchdrungen hat.

Und er ist in der Küche meiner Mutter, dieser schale Kaffeegeruch in einem heißen Raum bei geschlossenen Fenstern. Meine Mutter hat die gläserne Kaffeekanne fallen lassen, und das Geräusch der splitternden Kanne hat mich zum Weinen gebracht. Und der Geruch dieser Erinnerung lebte jetzt hier in diesem Haus.

Als sie zurück ins Wohnzimmer kam, trug sie zwei hohe Gläser Tee und einen kleinen Stapel Servietten auf einem kleinen Holztablett herein, das sie mit beiden Händen hielt.

»Ich war verwirrt, als ich Sie an der Tür hörte, weil mein Arzttermin doch am Freitag ist«, sagte sie. »Und ich wusste, dass heute Donnerstag ist, deshalb konnte ich mir nicht erklären, warum jemand zu mir wollte.« Sie lachte über sich selbst. »Selbst wenn ich recht habe, denke ich, ich habe unrecht. Das Alter kann einem schon manchmal ein Schnippchen schlagen.« Sie blieb stehen, als sie mit den Knien den Couchtisch berührte. »Seien Sie doch so lieb und stellen das hier für mich hin. Manche Sachen trau ich mir nicht so recht zu.«

Als ihr das Tablett abgenommen und hingestellt worden war, ging sie um den Tisch herum und setzte sich in einen der Sessel. Sie beugte sich vor, nahm ein Glas vom Tablett und hob es an den Mund. Ihre Hand zitterte, und die Eiswürfel klimperten leise. Sie trank einen Schluck von ihrem Tee und nahm eine Serviette und wickelte sie um das Glas. Dann schlug sie die Beine übereinander und strich ihren Rock glatt.

»So, Mr Pruitt – Sie kennen also Wade.«

»Wir haben zusammen Baseball gespielt.«

»Wenn ich einen Hang zum Wetten hätte, würde ich wetten, Sie waren First Baseman«, sagte sie lächelnd. »Sie sind groß. Die meisten Spieler in der Position sind groß und Rechtshänder und für gewöhnlich sehr stark. Hab ich recht?«

»Ja.«

»Haben Sie es in die erste Liga geschafft, Mr Pruitt?«

Meine Finger hatten sich um eine Serviette vom Tablett geschlossen, und jetzt war sie zusammengeknüllt in meiner Hand. »Nein.«

»Wie schade«, sagte sie. »Sie wären doch bestimmt gern Profispieler geworden. Ganz bestimmt haben Sie hart dafür trainiert.«

»Sehr.« Die Serviette war so fest zusammengequetscht, dass sie steinhart geworden war, hart genug, um sie durch die Scheibe hinter mir zu werfen, oder um eine Faust fester und den ersten Schlag wuchtiger zu machen. In der Erinnerung weinte gar nicht ich, sondern meine Mutter. Sie blutet an der Stirn, weil ihr die Kaffeekanne ins Gesicht geschlagen worden ist, und ich und die Wände und der Fußboden sind vollgespritzt mit kaltem, schalem Kaffee. Mein alter Herr hat die Tür hinter sich zugeknallt, und jetzt springt stotternd der Rasenmäher an. Meine Mutter wischt den Boden und schaut nicht auf, aber jedes Mal, wenn der Rasenmäher am Fenster vorbeikommt, spritzt er Steinchen und Stöckchen gegen die Scheibe, und meine Mutter duckt sich tiefer, als würde mein Vater sie beschießen.

»Tja«, sagte sie und stellte ihr Glas aufs Tablett. »Manchmal braucht man eben ein bisschen Glück. Wade hat auch nicht die Karriere geschafft, die er sich gewünscht hat, beileibe nicht die Karriere, die ich mir für ihn gewünscht hab. Vor allem, wenn man bedenkt, wie talentiert er war.«

»Wirklich schade.« Aber es war nicht ehrlich gemeint, und sie hörte es. Sie beugte sich vor, als wollte sie etwas fragen oder sagen, das sonst keiner hören sollte, obwohl niemand sonst im Haus war und wahrscheinlich schon sehr lange niemand mehr hier gewesen war.

»Schuldet er Ihnen Geld, Mr Pruitt?«

»Geld?«

»Schuldet Wade Ihnen Geld?«, fragte sie. »Sind Sie deshalb hier?«

»Nein. Er schuldet mir kein Geld.«

»Na«, sagte sie mit einem Lächeln, »da können Sie aber froh sein, mir schuldet er nämlich welches.« Sie lehnte sich zurück und öffnete die linke Hand. Auch sie hatte ihre Serviette zusammengeknüllt, und sie warf sie auf den Tisch, ehe sie ihr Glas wieder vom Tablett nahm. »Ich frage Sie das, weil er so einigen Leuten Geld schuldet«, erklärte sie. »Manche sind im Laufe der Jahre auf der Suche nach ihm hier aufgetaucht.«

»Deshalb bin ich nicht hier.«

»Warum denn?«, fragte sie und schob dann nach: »Entschuldigung. Entschuldigung, dass ich so viele Fragen stelle. Ich bekomme nicht viel Besuch, und ich vergesse, was sich gehört.« Sie lächelte. »Verzeihen Sie.«

»Geschäftliches. Hier geht's bloß um Geschäftliches.«

»Na, ich werde Sie jetzt nicht fragen, was Sie geschäftlich machen«, sagte sie. »Ich hab Sie schon genug gefragt.«

Es wurde still im Raum, und die Eiswürfel in den Gläsern knackten leise. Sie starrte in Richtung Tisch und dann hob sie den Kopf in meine Richtung. »Ich muss Ihnen sagen, dass ich meinen Sohn seit Jahren nicht gesehen habe, Mr Pruitt. Ich kann mich ehrlich nicht erinnern, wann ich das letzte Mal mit ihm gesprochen habe.«

»Wissen Sie, wo er ist?«

»Warum?«, fragte sie. »Für den Fall, dass Sie geschäftlich dort vorbeikommen?«

»Vielleicht klappt es ja.«

»Das hört sich nicht gut an, finde ich, Mr Pruitt«, sagte sie. »Ich habe den Eindruck, Sie wollen meinen Sohn nicht nur finden, um mit ihm über alte Zeiten und über Baseball zu reden. Aber mein Eindruck tut nichts zur Sache. Wie ich Ihnen bereits gesagt habe, weiß ich nicht, wo er ist, und ich habe keine Ahnung, wie man zu ihm Kontakt aufnehmen kann.«

»Es geht bloß um alte Baseballgeschichten. Mehr nicht.«

»Alte Baseballgeschichten«, sagte sie. »Natürlich.« Sie sah nach unten auf ihr Glas, als ob sie versuchte, sich daran zu erinnern, was sie da trank. »Darf ich Ihnen was zeigen, Mr Pruitt? Ich glaube, es wird schöne Erinnerungen an ›alte Baseballgeschichten‹ wecken.« Sie stellte ihr Glas zurück aufs Tablett und stand auf. »Kommen Sie«, sagte sie und wandte sich in Richtung Flur. »Folgen Sie mir.«

Nachdem ich mit ihr aufgestanden und um den Couchtisch herumgegangen war, blieb ich stehen, ehe ich in den Flur trat. Die Glock war noch auf dem Sofa, tief im Polster versteckt. Sie hatte wohl gehört, dass meine Schritte sich von ihr entfernten.

»Nein, lassen Sie ruhig. Ich räum die Gläser später weg. Kommen Sie.«

Sie schlurfte an einem Schlafzimmer vorbei, das wohl ihres war, mit einem ungemachten Bett und gerahmten Fotos auf der Kommode, vorbei an einem kleinen, dunklen Bad bis ans Ende des Flurs, wo zwei Türen einander gegenüberlagen. Sie ging zu der Tür auf der linken Seite und fuhr mit der Hand an ihr entlang, bis ihre Finger sich um den Knauf schlossen. Sie drehte sich zu mir um, ohne etwas zu sagen, und dann öffnete sie die Tür.

Das Zimmer war heiß und hell von der Sonne, die durch die Fenster in der gegenüberliegenden Ecke strömte. Es war ein Jungenzimmer, eindeutig das Zimmer, in dem Wade Chesterfield aufgewachsen war, und es war seit seiner Jugend nicht mehr verändert worden. Poster von Baseballspielern aus den 1970ern zierten die Wände: Jim Kaat, Ron Guidry, Tommy John vor seiner Ellbogenoperation und Steve Carlton – allesamt Linkshänder, wie Wade es gewesen war. Überall standen Trophäen, die meisten gekrönt mit goldenen Figürchen, dargestellt entweder mit einem Schläger auf der Schulter oder mitten im Windup, ein Knie an die Brust gehoben und den Ball fest im Handschuh. Das Bett war ordentlich gemacht, und auf dem burgunderroten Teppichboden waren Staubsaugerspuren zu erkennen. Es roch alt und ungelüftet, wie Zimmer riechen, wenn sie lange Zeit nicht betreten werden.

Sie stand im Türrahmen, und ich stand hinter ihr, und genau wie meine Augen schienen die ihren alles im Raum zu erfassen, obwohl sie ihn nur durch eine Erinnerung sahen. Dann trat sie ein und tastete sich an der Wand entlang zu einem Schreibtisch, der voll mit Trophäen stand. Ihre Fingerspitzen glitten über jede einzelne hinweg und verharrten, als sie die größte fanden. Ihre Hand blieb darauf liegen, und sie drehte sich zu mir um.

»Die sind alle aus der Zeit, als er noch zur Highschool ging, Mr Pruitt«, sagte sie. Sie wandte sich wieder den Trophäen zu, als würde sie sie irgendwie taxieren. »Hier stehen sie alle. Von Anfang an, jede einzelne.« Sie nahm die Hand von der Trophäe und ließ sie herabhängen. »Und jetzt bin ich die Einzige, die noch hier reinkommt.«

Sie blieb einen Moment stehen und schlurfte dann durchs Zimmer, vorbei an dem Bett unter den Fenstern. Sie hob eine Hand und tastete nach dem Nachttischchen. Sobald sie es berührte, blieb sie stehen und griff nach unten zwischen Nachttischchen und Bett. Als sie sich wieder aufrichtete, hatte sie einen 26 Zoll langen Louisville Slugger in der Hand. Er war fast schwarz von Alter und Gebrauch und stellenweise beschädigt und eingedellt. Sie hielt ihn mit beiden Händen vor sich wie eine Opfergabe.

»Das war sein erster Schläger«, sagte sie. Sie drehte den Kopf in meine Richtung. »Ich wette, so einen kleinen Schläger haben Sie schon lange nicht mehr gesehen.« Sie hielt mir den Schläger hin, und als meine rechte Hand ihn nahm, griff meine linke gleichzeitig nach meinen Schlaghandschuhen in der Gesäßtasche, zog sie heraus und streifte sie über. Den Schläger zu schwingen machte ihn noch kleiner und leichter, fast wie einen Gummiknüppel, den ein Polizist am Gürtel trägt. Ihr Gesicht war mir noch immer zugewandt, und in meinem Kopf entstand die Frage, was sie wohl gerade dachte, während sie in diesem staubigen alten Jungenzimmer stand, das noch immer mit den Dingen eines Jungen dekoriert war, und schweigend dem Geräusch des kleinen Schlägers lauschte, der durch die Luft zischte. Meine Füße stellten sich in Schlagposition.

»Wades Vater hat ihm den Schläger zum sechsten Geburtstag gekauft«, sagte sie. »Er war so glücklich, dass er einen Sohn hatte, und er war noch glücklicher, als er sah, dass Wade Linkshänder war.« Sie drehte sich um und deutete mit der rechten Hand zu dem Fenster, das auf den Garten hinter dem Haus ging. »Sein Vater ist oft mit ihm zum Baseballfeld hinter der Grundschule gegangen, am –« Meine Augen sahen es einen Sekundenbruchteil, bevor es passierte, einen Sekundenbruchteil, bevor der Vogel gegen die Fensterscheibe knallte. Das Geräusch erschreckte sie, und sie taumelte gegen das Nachttischchen. Mit der linken Hand stieß sie eine Lampe um, die zu Boden fiel, mit der rechten griff sie nach dem Bett, um sich festzuhalten.

Es wurde wieder still im Raum. Das einzige Geräusch war ihr Atem, der in kurzen Stößen kam. Sie hob eine Hand an die Brust, als wollte sie ihren Herzschlag fühlen. Der Kinderschläger in meiner Hand hing nach unten.

»Was war das?«, fragte sie.

Mein Kopf spielte die Erinnerung ab, wie der Vogel gegen das Fenster prallte, wie meine Augen beobachteten, dass er sich schon eine halbe Sekunde später wieder aufrappelte und wegflog. Aber sie hatte nichts davon gesehen, und jetzt, in der Stille danach, versuchte sie mit rasendem Herzen und schwirrendem Kopf, sich das Unbekannte vorzustellen. Sie stand da, mitten im Zimmer, sah mich nicht, sondern suchte nach mir, wartete darauf, dass ich etwas sagte. Stattdessen traten meine Füße näher auf sie zu und gingen in Position, während meine Hände den kleinen Schläger in Schulterhöhe hoben. Als meine Augen sich schlossen, blitzte vor ihnen ein Bild von Wade Chesterfield als Junge genau in diesem Zimmer auf – vielleicht hatte er an genau derselben Stelle gestanden wie sie jetzt. Aber als meine Augen sich öffneten, blickten sie an dem Jungen in diesem Raum vorbei und Jahrzehnte in die Zukunft, dahin, wo der erwachsene Wade Chesterfield darauf wartete, gefunden zu werden.

21 *Easter Quillby*

Am nächsten Morgen checkte Wade mit uns aus dem Hotel aus und fuhr dann über den Parkplatz zu Bojangles'. Er sagte, wir sollten die Fenster runterkurbeln, und ging allein rein. Nach einer kalten Nacht in unserem Zimmer machte die Hitze mich fertig, und es war unerträglich im Wagen, wo Ruby und ich beide schwitzten und uns fragten, wo Wade als Nächstes mit uns hinwollte. Er kam raus und reichte uns Wurstburger und Orangensaft, und dann startete er den Wagen und sagte kein Wort, bis er eine Stunde später in einer Siedlung mit kleinen Backsteinhäusern, die alle gleich aussahen, am Straßenrand parkte, und selbst da sagte er bloß: »In dieser Straße bin ich aufgewachsen.«

»In welchem Haus?«, fragte ich, aber es war, als hätte er mich gar nicht gehört.

»In dem mit dem grünen Garagentor«, antwortete er schließlich. »Sieht hübsch aus, nicht? Da hat sich jemand gut drum gekümmert.«

»Donnert es?«, fragte Ruby.

»Nein«, sagte Wade. »Das sind Flugzeuge. Da hinten ist ein Flughafen.«

Ruby und ich knieten uns auf die Rückbank und schauten nach hinten aus dem Fenster. Ein Flugzeug startete gerade über den Bäumen am Ende der Straße.

Wir blieben eine ganze Weile so, Ruby und ich schauten den Flugzeugen zu und tuschelten miteinander, und Wade starrte bloß geradeaus und sah sich das Haus an, zu dem er extra den weiten Weg gefahren war.

Schließlich machte er seinen Gurt auf und drehte sich zu uns auf der Rückbank um.

»Ihr bleibt im Auto, bis ich wiederkomme. Und macht die Knöpfe runter. Ihr könnt die Fenster einen Spalt weit auflassen, aber kurbelt sie nicht ganz runter. Und bleibt im Auto. Das ist wichtig.« Er sah uns an, als würde er darauf warten, dass wir etwas sagten. »Das ist wichtig«, sagte er wieder.

»Okay«, antwortete ich.

»Okay was?«

»Okay, wir bleiben im Auto.«

Ruby und ich schauten ihm nach, wie er die Straße runterging. In der Hitze draußen flirrte die Luft über dem Asphalt, und Wades Körper sah immer verschwommener aus, je weiter er von uns weg war.

»Was will er denn machen?«, fragte Ruby.

»Keine Ahnung«, sagte ich. »Lässt sich nicht sagen.«

Wir sahen, wie er vor seinem alten Haus stehen blieb und einfach dastand und es anstarrte. Dann blickte er die Straße rauf und runter. Er ging die Einfahrt hoch und klingelte an der Tür und wartete einen Moment, und dann griff er nach dem Türknauf, blickte wieder die Straße rauf und runter und ging hinein.

»Glaubst du, das ist wirklich sein altes Haus?«, fragte Ruby.

»Keine Ahnung.«

»Vielleicht wohnen seine Mom und sein Dad noch da. Glaubst du, die sind noch am Leben?«

»Keine Ahnung«, sagte ich wieder. »Ich hab sie nie gesehen.«

In der Einfahrt eines Hauses auf der anderen Straßenseite half ein mexikanisches Mädchen, das ein bisschen jünger war als ich, ihrem kleinen Bruder, mit dem Rad hin und her zu fahren. Sie ließ seinen Sattel los und lief dann hinterher und holte ihn ein, bevor er umkippte. Sie schaute immer wieder zu mir und Ruby im Auto herüber. Sie sagte etwas zu ihrem Bruder, und dann sah der auch zu uns rüber.

»Die Kinder glotzen uns an«, sagte Ruby.

»Macht nichts. Lass sie ruhig. Die tun uns schon nichts.«

»Aber ich find's blöd, dass die uns anglotzen«, meinte sie.

»Mach die Augen zu. Dann siehst du's nicht mehr.«

Ich machte meine zu und legte den Kopf gegen den Sitz. Ich war wütend auf Wade, weil er mit uns hergefahren war, ohne uns zu sagen, warum, und weil er auf einer Straße geparkt hatte, wo kaum Schatten war. Vielleicht hatte er hier gewohnt, vielleicht war er hergekommen, um noch irgendwas anderes zu holen, das er zurückgelassen hatte, genau wie er Ruby und mich geholt hatte.

Ich weiß nicht, wie lange ich die Augen geschlossen hielt oder ob ich eingeschlafen war oder nicht, aber das Nächste, was ich hörte, war Rubys Stimme, die meinen Namen sagte, zuerst leise und dann lauter und lauter, bis ich schließlich die Augen aufschlug und sah, weshalb sie schrie: Wade kam die Straße hoch auf uns zugerannt, Hände und Hemd voller Blut, und die Tür des Hauses, in das er gegangen war, stand weit offen. Sein Mund bewegte sich, doch im Auto konnte ich nicht hören, was er sagte, aber als ich die Tür aufmachte und ausstieg, brüllte er, ich sollte wieder einsteigen.

Was mich davon abhielt, über den Fahrersitz zu greifen und die Tür für ihn zu entriegeln, damit er einsteigen konnte, war nicht so sehr das Blut, das seine Hände und Arme bis zu den Ellbogen bedeckte, sondern der Ausdruck in seinem Gesicht, als er angerannt kam. Er hatte es wohl in meinen Augen gesehen – oder vielleicht hatte er auch Rubys Schreie gehört –, aber irgendwas verriet ihm, dass er die Tür selbst aufschließen musste. Das hinderte ihn nicht daran, am Griff zu rütteln und mit einer Hand gegen das Fenster zu schlagen und mit der anderen in seinen Taschen zu wühlen. Mit jedem Schlag gegen die Scheibe hinterließ er einen blutigen Handabdruck, bis die Scheibe so verschmiert war, dass wir ihn kaum noch sehen konnten. Er fand seine Schlüssel und kriegte den richtigen ins Schloss und riss die Tür auf, aber als Wade einstieg, schrie Ruby nur noch lauter. Wade knallte die Tür zu und tat so, als wären wir gar nicht da, als könnte er nicht hören, was auf der Rückbank los war. Er startete den Motor und legte den Gang ein, ohne sich auch nur einmal nach uns umzudrehen. Er fuhr los, und ich sah, dass auch das Lenkrad mit Blut beschmiert war.

Wir hielten an einer roten Ampel, und Wade saß da, die Hände im Schoß, als wollte er sie vor den vorbeifahrenden Autos verstecken. »Ganz ruhig«, sagte er, obwohl er sich noch immer nicht nach uns umgedreht hatte. »Ganz ruhig«, sagte er wieder. »Lasst mich kurz nachdenken.« Beim Klang seiner Stimme hörte Ruby kurz auf zu weinen, und vielleicht war das der Grund, warum er sich schließlich doch umdrehte und uns ansah. Sein Gesicht war schweißbedeckt, und seine Augen waren weit aufgerissen und blickten irre. Ruby schrie wieder los und drückte das Gesicht gegen meine Schulter. »Ruby, meine Kleine. Bitte hör auf! Es tut mir leid. Bitte!« Seine Hand kam über den Sitz auf uns zu, und als Ruby aufblickte und sie sah, schrie sie noch lauter. Er zog sie zurück, als hätten wir danach geschlagen. »Es tut mir leid«, sagte er. »Es tut mir leid.« Er drehte sich nach vorn und hielt das Lenkrad mit beiden Händen, als würde er überlegen, was er als Nächstes tun oder sagen sollte. Dann sprang die Ampel auf Grün, und er wischte sich die Hände am Hemd ab und fuhr weiter.

Wir fuhren auf den Parkplatz einer Tankstelle mit Mini-Markt. Wade hielt den Wagen an und machte den Motor aus, und dann saß er da und starrte auf die Seitenwand des Gebäudes.

»Easter«, sagte er ganz leise und ruhig, »du musst jetzt aussteigen und nachsehen, ob die Damentoilette unverschlossen ist. Wenn nicht, gehst du in den Laden und holst den Schlüssel.« Ich verstand nicht, was er meinte, aber als ich mich vorbeugte und durch die Windschutzscheibe blickte, sah ich, dass er die ganze Zeit, die wir hier standen, auf die Herren- und Damentoiletten gestarrt hatte. Er drehte den Kopf und sah mich an. »Hast du verstanden?«

Ich nickte, konnte aber nur daran denken, dass ich Ruby allein im Auto lassen musste, und an das Geld, das ich dem Teddy in den Overall gesteckt hatte. Er saß genau zwischen Ruby und mir, und ich schwöre, wenn Wade nicht geguckt hätte, hätte ich das Geld rausgefischt, Rubys Hand gepackt und wäre mit ihr weggelaufen. Aber er ließ mich nicht aus den Augen.

»Na los«, drängte er. »Du musst das jetzt für mich tun.«

Ich fasste nach dem Türgriff. Ruby packte meinen Arm und versuchte, mich davon abzuhalten, die Tür zu öffnen. »Ist ja gut«, sagte ich. »Ich bin gleich wieder da.« Sie ließ mich los, und ich öffnete die Tür und stieg aus. Die Tür zur Damentoilette hatte so einen silbernen Knauf mit einem Schlüsselloch darunter, und noch bevor ich die Hand danach ausstreckte, wusste ich schon, dass die Tür sich nur mit einem Schlüssel öffnen ließ. Ich versuchte es trotzdem, und dann drehte ich mich um und sah zu Wade hinüber. Seine Augen blickten genauso wild wie vorhin, als er in den Wagen gestiegen war, und er sah mich kurz an und deutete mit dem Kopf in Richtung Mini-Markt.

Der Laden war leer bis auf eine dicke blonde Frau und einen Mann mit Pferdeschwanz, die beide hinter der Theke standen. Als ich reinging, versuchte die Frau gerade, sich eine Zigarette anzuzünden, was sie aber nicht schaffte, weil sie heftig über etwas lachen musste, was der Mann gesagt hatte. Ich blieb vor der Kasse stehen, bis sie ihre Zigarette angezündet und das Feuerzeug auf die Theke geworfen hatte.

»Ja bitte?«, sagte sie. Der Mann fing wieder an zu lachen, als wäre ihm eingefallen, was er vorhin Witziges gesagt hatte, bevor ich reinkam. Er drehte sich um und ging in ein kleines Büro, und die Frau sah ihm nach. Sie blickte mich wieder an. »Was kann ich für dich tun?«

»Ich muss auf die Toilette«, log ich. »Und die ist abgeschlossen.«

Die Frau griff unter die Theke und holte ein langes Stück Holz mit einem Schlüssel dran hervor. »Lass ihn nicht drin liegen«, sagte sie. »Die Tür fällt von allein ins Schloss.« Ich nahm den Schlüssel und ging zurück zur Toilette. Als ich die Tür aufgeschlossen hatte, stieg Wade aus dem Wagen, nahm mir den Schlüssel aus der Hand und ging hinein. Ehe ich wieder zu Ruby in den Wagen steigen konnte, machte er die Toilettentür auf und rief nach mir. Er hielt ein paar zusammengeknüllte Papiertücher in der Hand, die er nass gemacht hatte.

»Wisch die Scheibe damit sauber«, sagte er. »Und dann wisch das Lenkrad ab. Ich bin gleich wieder bei euch.«

Das Fenster war klebrig, und das Blut war schon fast

braun geworden, aber ich kriegte das meiste ab, und als ich fertig war, konnte man fast nichts mehr davon sehen. Ich öffnete die Fahrertür und fing an, das Lenkrad abzuwischen, so gut ich konnte, aber ich wusste, dass ich noch eine Handvoll Papiertücher brauchen würde, um es ganz sauber zu kriegen. Ich setzte mich auf den Fahrersitz und wartete.

»Was macht er da drin?«, fragte Ruby von der Rückbank.

»Er macht sich sauber. Damit keiner ihn so sieht.«

»Wieso ist er voller Blut?«

»Keine Ahnung«, sagte ich. »Bin noch nicht dazu gekommen, ihn zu fragen.«

Ich warf die Papiertücher in einen Abfalleimer am Bordstein und kroch zu Ruby auf die Rückbank. Sie saß auf der Beifahrerseite und schaute aus dem Fenster.

»Glaubst du, es war sein Blut?«, fragte sie.

»Ich weiß nicht. Könnte sein.«

»Glaubst du, er hat jemandem was getan?«

»Nein«, antwortete ich.

»Ich auch nicht«, sagte sie.

Ein paar Minuten später ging die Tür der Damentoilette auf, und Wade kam heraus. Er hatte sich das Blut von den Händen gewaschen und auch versucht, sein Hemd und die Jeans sauber zu kriegen, denn die Sachen waren ganz nass. Er ging zum Kofferraum des Wagens und machte ihn auf. Ich hörte, wie er den Reißverschluss der Tasche aufmachte und herumkramte. Die Kofferraumhaube knallte zu, und er ging mit neuen Klamotten in den Händen zurück zur Toilette. Als er wieder rauskam, trug er hellbraune Shorts und ein sauberes T-Shirt. Er hob den Deckel des Abfalleimers an und warf seine alten Klamotten rein, und dann winkte er mich aus dem Auto und gab mir den Toilettenschlüssel.

Die Frau stand hinter der Kasse, als ich wieder in den Mini-Markt ging. Ich legte den Schlüssel auf die Theke.

»Alles in Ordnung mit dir?«, fragte sie.

»Ja.«

»Du warst ziemlich lange da drin«, sagte sie. »Ich wollte schon nach dir sehen.«

»Mir ist schlecht«, log ich. »Entschuldigung.«

»Ich hoffe, du fühlst dich bald wieder besser.«

»Danke«, sagte ich. »Das hoffe ich auch.«

Als ich herauskam, telefonierte Wade an einem Münztelefon in der Ecke des Parkplatzes gleich neben der Straße. Ich blieb stehen und beobachtete ihn einen Moment lang, aber als er auflegte und zurück in Richtung Wagen ging, wusste ich, dass ich besser schleunigst einsteigen sollte. Wade fuhr vom Parkplatz und geradeaus über die Straße direkt auf den Parkplatz von einem Waffle House. Er stellte den Motor ab und drehte sich auf seinem Sitz um. »Habt ihr Hunger?«, fragte er.

»Nein«, sagten Ruby und ich gleichzeitig.

»Tja«, erwiderte er, »das ist schade, weil wir nämlich jetzt da reingehen und uns hinsetzen und was essen. Okay?«

»Ich will nach Hause«, quengelte Ruby. Obwohl sie in den Fußraum starrte und ich ihre Augen nicht sehen konnte, verriet mir ihre Stimme, dass sie kurz davor war, wieder loszuheulen.

»Daraus wird nichts, Ruby«, sagte Wade. »Wir gehen jetzt da rein und essen was.«

»Ich will nach Hause!«, sagte Ruby wieder, aber diesmal trat sie hinten gegen den Beifahrersitz und wurde laut.

»Hey«, sagte er, »Hey.« Er wartete, bis Ruby aufschaute. »So redest du nicht mit deinem Dad. Jetzt nicht und auch sonst nicht.«

»Du bist nicht mein Dad!«, schrie Ruby. »Wir haben keinen!« Wade sah mich an, als hätte ich ihr gesagt, dass sie das sagen soll, und dann sah er wieder Ruby an. Er setzte an, etwas zu sagen, tat es aber doch nicht. Als er schließlich sprach, war seine Stimme tiefer und leiser.

»Es tut mir leid, dass ich dich angeschrien hab«, sagte er. »Und es tut mir leid, dass ich dir vorhin Angst gemacht hab. Ich hab einem Freund bei was geholfen und mich dabei geschnitten, und es hat ein bisschen geblutet, und ich wollte mich bloß sauber machen, bevor wir was essen gehen. Das ist alles.«

»Ich glaub dir nicht«, sagte Ruby. Wade seufzte.

»Ich aber«, behauptete ich. »Ich glaub dir.« Er sah mich an und lächelte. Ruby sah mich auch an.

»Ehrlich?«, fragte sie. Ich nickte.

Im Waffle House war praktisch keiner außer den Leuten, die da arbeiteten. Wir waren genau zwischen der Mittagessens- und Abendessenszeit gekommen, und sogar die Kellnerinnen schienen überrascht, uns zu sehen. »Ihr könnt euch hinsetzen, wo ihr wollt«, sagte eine von ihnen.

Wir setzten uns in eine Nische gleich neben der Tür. Irgendwer hatte eine Zeitung auf der Sitzbank vergessen, und Wade nahm sie und warf sie auf den Tisch. Der Sportteil war aufgeschlagen. Unter der Schlagzeile SHOWDOWN IN ST. LOUIS? waren nebeneinander Fotos von McGwire und Sosa, wie sie gerade zum Schlag ausholten.

»Was wollt ihr trinken?«, fragte die Kellnerin. Wade und ich bestellten Wasser, aber Ruby wollte Orangensaft.

»Ich muss aufs Klo«, sagte Ruby, nachdem die Kellnerin gegangen war. Die Toiletten waren neben der Eingangstür, und ich konnte sie über Wades Schulter sehen. Wade drehte sich um und sah zu ihnen rüber, und dann sah er Ruby an.

»Geh ruhig«, sagte er. Ich stand auf und ließ sie aus der Nische, und dann setzte ich mich wieder und tat so, als würde ich mir die Speisekarte angucken.

»Nur damit du's weißt, ich glaub dir nicht«, erklärte ich schließlich. »Ich glaub dir nicht, dass du jemandem geholfen hast und dich dabei geschnitten hast. Ich weiß, dass du das alles erfunden hast. Ich hab bloß gesagt, ich würde dir glauben, damit Ruby nicht wieder anfängt zu weinen.«

Wade starrte weiter auf seine Speisekarte. »Tja, vielen Dank dafür.«

»Und?«, sagte ich.

»Und was?«

»Was ist passiert?«

Er seufzte und warf die Speisekarte auf den Tisch, und dann schloss er die Augen und rieb sie sich mit den Fingern. Als er sie wieder öffnete, waren sie blutunterlaufen. »Wenn ich es dir erzähle, ändert das auch nichts.«

»Ich weiß, du willst Ruby keine Angst machen«, sagte ich, »aber mir kannst du gar keine Angst machen. Mir kann nichts mehr Angst machen.« Er musterte mich einen Moment lang, dann schaute er zu den Toiletten rüber, um sich zu vergewissern, dass Ruby noch nicht zurückkam. Er beugte sich über den Tisch, um nicht so laut sprechen zu müssen.

»Meine Mutter hat in dem Haus gelebt«, sagte er.

»Und jetzt nicht mehr?« Er hob die Hand, als sollte ich nichts sagen, bis er fertig war.

»Ich war seit Jahren nicht mehr in dem Haus, und ich hatte sie lange nicht gesehen.« Ich öffnete den Mund, um zu fragen, warum nicht, aber er hob wieder die Hand, um mich zu bremsen. »Und als ich heute da war und an die Tür geklopft hab, hat keiner aufgemacht. Die Tür war nicht abgeschlossen, also bin ich rein.« Wieder schaute er zu den Toiletten rüber, und dann ließ er den Blick durchs Restaurant wandern. »Und da hab ich sie gefunden«, sagte er. »Und sie war tot. Irgendwer war im Haus und hat sie übel zugerichtet, Easter. Ich hab sie kaum erkannt.« Als er fertig war, saß er über den Tisch gebeugt, und dann lehnte er sich auf der Sitzbank zurück und legte die Hände flach auf die Speisekarte. »Ich wusste nicht, was ich machen sollte«, sagte er. »Ich wusste nur, dass ihr beide draußen im Wagen wart, und ich wollte schnellstens zu euch zurück.«

Ich stellte mir vor, was er da gesehen hatte, und ich merkte, dass mir schwindelig wurde. Plötzlich fand ich den Essensgeruch vom Grill und die Countrymusik aus der Jukebox ekelig. Ich trank einen Schluck Wasser, um den Brechreiz zu bekämpfen. »Was glaubst du, wer das getan hat?«, fragte ich.

»Ich weiß es nicht.«

»Glaubst du, *er* war's?«

»Ich weiß es nicht«, sagte er wieder. »Ich wüsste nicht, wie er sie gefunden haben sollte.«

»Mich hat er auch gefunden«, entgegnete ich. Wir saßen da und starrten uns an, aber dann erschreckte mich die Stimme der Kellnerin. Meine Knie knallten gegen die Unterseite des Tisches, und das Eis in unseren Gläsern klimperte.

»Schon was ausgesucht?«, fragte sie.

Wade bestellte einen Cheeseburger und Kartoffelpuffer, und ich bestellte für Ruby und mich je eine Waffel und eine Schüssel Käse-Maisbrei für uns beide zusammen. Ich wusste nicht, ob ich überhaupt was davon runterkriegen würde.

Ruby kam zurück an den Tisch und setzte sich neben mich. »Ich hab dir eine Waffel bestellt. Und Käse-Maisbrei für uns beide zusammen.«

»Ich wollte Pfannkuchen«, sagte sie und schlug flach mit den Händen auf den Tisch. »Ich wollte keine Waffel. Wieso hast du mich nicht gefragt?«

»Weil du auf dem Klo warst«, antwortete ich. »Außerdem sind Waffeln dasselbe wie Pfannkuchen. Eine Waffel ist bloß ein großer Pfannkuchen mit Dellen drin.« Ich lächelte und hoffte, sie würde lachen.

»Aber ich wollte Pfannkuchen«, sagte sie. »Und keiner hat mich gefragt.« Sie verschränkte die Arme auf dem Tisch und legte den Kopf darauf. Sie sagte noch etwas, aber das verstand ich nicht. Ich berührte sie am Rücken, und sie fing an zu weinen.

»Hey«, sagte Wade und legte ihr eine Hand auf den Hinterkopf. »Dann bestellen wir dir noch Pfannkuchen. Das ist kein Problem.«

»Jetzt will ich keine mehr«, weinte Ruby und sah zu Wade hoch. »Ich will nach Hause!« Sie schrie das so laut, dass die Leute, die hinter der Theke arbeiteten, zu uns rüberschauten.

»Das geht nicht«, sagte Wade. »Tut mir leid, aber das geht nicht. Aber wir können überall hinfahren, wohin du willst. Du brauchst es nur zu sagen. Ehrlich. Wir fahren, wohin du willst.«

Ruby rieb sich mit den Händen die Augen, und ich nahm eine Serviette aus dem Spender und gab sie ihr. Sie wischte sich die Nase damit ab. »Wohin ich will?«, fragte sie.

»Wohin du willst«, versprach Wade. Ruby lächelte und

sah mich an. Die Zeitung lag noch immer auf dem Tisch, und ich nahm sie und zeigte sie ihr.

»Wie wär's mit St. Louis?«, schlug ich vor. Ruby betrachtete das Foto von McGwire und Sosa, und dann sah sie Wade an.

»St. Louis«, sagte sie. Ich drehte die Zeitung um und zeigte sie Wade. Er nahm sie und studierte sie einen Moment.

»Okay«, stimmte er zu. »Okay. Genau das machen wir. Wir fahren nach St. Louis, und wir gucken uns ein Spiel an – vielleicht auch zwei.«

Wir saßen da und sprachen über die Reise und darüber, was wir unterwegs alles sehen würden. Wade sagte, wir müssten durch die Berge fahren, und es würde nachts kalt werden, und wir müssten uns Jacken und lange Hosen kaufen. Ruby sagte, sie wollte eine Decke oder einen Schlafsack, und Wade sagte, er sähe keinen Grund, warum sie nicht beides haben könnte. Er lachte und lächelte, und es war, als hätte er völlig vergessen, was er in seinem alten Haus gesehen hatte.

Aber als das Essen kam, wurde er schlagartig anders. Wade warf bloß einen Blick auf den überbackenen Käse im Burger, und schon wurde er weiß im Gesicht. Er rutschte aus der Nische und stand auf. »Bin gleich wieder da«, sagte er. »Fangt ruhig schon mal an.« Er rannte fast zur Toilette. Ruby hatte anscheinend nichts davon mitbekommen. Sie aß einfach ihre Waffel und guckte auf das Foto von McGwire und Sosa.

»Was glaubst du, wer den Rekord brechen wird?«, fragte sie.

»Keine Ahnung. Wahrscheinlich McGwire. Er ist näher dran.«

Die Kellnerin kam wieder zu uns an den Tisch. »Kann ich euch noch was bringen?«, fragte sie.

»Nein«, sagte ich. »Im Moment nicht.«

Sie blickte auf Wades Teller und sah, dass das Essen nicht angerührt war. »Ist alles in Ordnung?«

»Ja«, antwortete ich. »Er ist bloß zur Toilette.«

Sie lächelte und sah Ruby an. »Bist du Baseballfan?«

Ruby blickte zu ihr hoch. Sie hatte ein bisschen Sirup am Kinn. »Ja«, sagte sie und zeigte auf die Zeitung. »Wir fahren nach St. Louis und gucken uns an, wie die den Home-Run-Rekord brechen.«

»Na, das hört sich ja toll an«, fand die Kellnerin.

Wade kam zurück zum Tisch, und die Kellnerin trat beiseite, damit er wieder auf die Sitzbank konnte. Er war noch immer weiß im Gesicht, und er hatte nasse Haare, weil er sich mit Wasser bespritzt hatte. Es sah aus, als würde er schwitzen.

»Alles in Ordnung?«, fragte die Kellnerin.

Wade nickte. Die Kellnerin lächelte und ging zurück zum Grill. Ich nahm wieder einen Bissen von meiner Waffel und schaute aus dem Fenster. Ich bemerkte etwas auf dem Parkplatz gegenüber bei dem Mini-Markt, wo wir ein paar Minuten zuvor gewesen waren.

Ich erkannte ihn, sobald er die Tür von seinem Pick-up

öffnete und einen Fuß auf den Asphalt setzte. Ich wusste, dass er es war, noch ehe ich sein Gesicht sah, aber als er den Kopf wandte und sich umschaute, war ich hundertprozentig sicher: die Baseballkappe, die Sonnenbrille, die riesigen Arme und die dünnen Beine. Ich ließ die Gabel auf den Teller fallen und griff über den Tisch nach Wades Arm, ohne den Parkplatz aus den Augen zu lassen.

»Er ist da«, sagte ich.

»Wer?«, fragte Wade. Er sah mich an, und dann drehte er den Kopf, um zu sehen, wohin ich starrte.

»*Er*«, sagte ich. »Bei dem schwarzen Pick-up.« Der Typ knallte die Fahrertür zu und stand dann da und schaute über den Parkplatz. Dann ging er auf den Laden zu und verschwand darin.

Wade sah erst mich an und dann Ruby. Er griff in die Hosentasche und zog sein Portemonnaie heraus. Er nahm zwei Scheine heraus und warf sie auf den Tisch. »Ab in den Wagen«, sagte er. »Sofort! Wir müssen los.«

22 *Pruitt*

Auf der Straße vor ihrem Haus parkten Polizeiwagen mit blitzenden Blaulichtern. Ein Feuerwehrfahrzeug stand halb in der Einfahrt. Ein Rettungswagen hatte rückwärts in den Vorgarten gesetzt, die Hecktüren waren geöffnet, und zwei Sanitäter standen an der Haustür. Als ich mit meinem Pick-up näher kam, trat ein Cop auf die Straße und hielt mich an. Ich ließ mein Fenster runter, um mir anzuhören, was er zu sagen hatte.

»Sie müssen wenden«, sagte er und sah zu mir hoch. Er war etwa vierzig Jahre alt und übergewichtig. Ein Schweißtropfen lief von seinen blonden, kurzgeschorenen Haaren die Schläfe herunter. »Diese Straße ist nur für Rettungsfahrzeuge offen.« Er klopfte einmal auf die Tür des Pick-ups und trat zurück, als hätte er alles gesagt.

»Was ist denn los?«

Er kam wieder näher. »In dem Haus da ist jemand gestorben.«

»Mrs Chessman?« Er nickte. »Was ist passiert?«

Er blickte zu den anderen Cops hinüber, mit denen er auf dem Bürgersteig gestanden hatte. Sie waren zu weit weg, um ihn hören zu können. »Anscheinend wurde sie ermordet.«

»Um Gottes willen! Wer macht denn so was? Sie konnte keiner Fliege was zuleide tun.«

»Haben Sie sie gekannt?«, fragte er.

»Ja. Ich wohne bloß ein Stück die Straße hoch.«

Er fischte Stift und Notizblock aus seiner Brusttasche und schlug eine frische Seite auf. »Kann ich Ihnen ein paar Fragen stellen? Das erspart uns beiden später etwas Zeit.«

»Klar.«

»Was können Sie mir über sie erzählen?«, fragte er.

»Sie war blind. Und sie hatte eine Heidenangst vor ihrem Sohn, hat ständig erzählt, dass er ihr eine Stange Geld schuldet. Scheint ein übler Zeitgenosse zu sein.«

»Wissen Sie, wie er heißt?«

»Wade Chesterfield.«

»Wade Chesterfield«, wiederholte er.

»Er hat seinen Nachnamen geändert. Merkwürdig, oder?«

»Fällt Ihnen sonst noch was ein?«

»Nein, eigentlich nicht. Ich hoffe bloß, Sie schnappen den, der das hier getan hat.« Er notierte irgendwas auf seinen Block, und meine Augen glitten hoch und sahen die Sanitäter, die gerade mit einer Trage ins Haus gingen. »Wer hat sie gefunden?« Der Cop hörte auf zu schreiben und sah zu mir hoch. »Ich frag bloß, weil sie ja allein gelebt hat.«

»Das wissen wir nicht«, sagte er. »Der Anruf kam von einer Tankstelle in der Nähe.« Er hob die Augen und blickte die Straße hinter mir entlang und dann schaute er wieder auf seinen Block. »Wir überprüfen das gerade.«

Er stand da und machte sich Notizen. Es musste Wade Chesterfield gewesen sein, der sie gefunden hatte, und er war es bestimmt auch, der zu der Tankstelle gefahren war, um von dort aus anzurufen. Jeder andere hätte direkt vom Haus aus angerufen. Jeder andere hätte dort auf die Polizei gewartet. »Von welcher?«

»Von welcher was?«, fragte der Cop.

»Von welcher Tankstelle?«

Er hob die Augen und sah mich an und dann schlug er auf seinem Block ein neues Blatt auf. »Wie war noch gleich Ihr Name?«

»Wieso?«

Er schüttelte den Kopf, als sollte ich mir wegen der Frage nach meinem Namen keine Sorgen machen. »Nur für den Fall, dass wir uns noch mal mit Ihnen in Verbindung setzen müssen.«

»Dafür besteht kein Grund. Mehr hab ich nicht zu sagen.« Die Glock lag unter meinem Sitz, der Arztkoffer voller Spritzen und Ampullen war unter dem Beifahrersitz verstaut.

»Nennen Sie mir einfach Ihren Namen und Ihre Adresse, nur für alle Fälle«, sagte er, klopfte mit dem Stift auf den Notizblock und versuchte, durch meine Sonnenbrille meine Augen zu sehen. »Man kann nie wissen, was sich noch so ergibt.« Er starrte mich eine weitere Sekunde an und zeigte dann mit dem Stift auf mich. »Ihre Nase blutet.«

»Ja. Hab mich verletzt.« Mein Handrücken wischte unter der Nase her, und als ich sah, wie viel Blut dran war, wusste ich, dass die Blutung nicht aufhören würde.

»Verletzt?«

»Ich will damit nichts zu tun haben.« Mein Fuß trat auf die Bremse und meine Hand zog den Schalthebel zurück. Mein Fuß ließ die Bremse los, und der Pick-up rollte langsam rückwärts.

»He, Vorsicht«, sagte der Cop und machte einen Schritt in Richtung Bürgersteig.

Nach ungefähr fünfzig Metern setzte ich rückwärts in eine Einfahrt und wendete. Im Rückspiegel sah ich den Cop mitten auf der Straße stehen und hinter mir hersehen, eine Hand wie zum Schutz gegen die Sonne ans Gesicht gehoben. Beim ersten Stoppschild tastete meine Hand im Türfach nach irgendwas, um das Blut abzuwischen, während meine andere Hand die Sonnenblende runterklappte, damit ich mich im Spiegel begutachten konnte. Das Blut rund um die Nase war noch feucht, aber es gerann langsam und wurde braun.

Die nächste Tankstelle hatte ein Münztelefon auf dem Parkplatz. Das Bild von dem Mädchen lag irgendwo im Handschuhfach, und meine Hände suchten nach dem Gesicht, das in der Schulcafeteria in Gastonia am Schwarzen Brett gehangen hatte.

Im Mini-Markt der Tankstelle standen ein großer, dünner junger Bursche mit Pferdeschwanz und eine ältere Frau hinter der Theke und starrten auf das Bild, das ich vor ihnen auf die Theke gelegt hatte. Mein Finger zeigte auf das Foto. »Haben Sie dieses Mädchen schon mal gesehen?«

Der Bursche mit dem Pferdeschwanz hob die Augen von dem Foto und sah mich an, doch die Frau setzte sich eine Brille auf, die sie an einer Kordel um den Hals hängen hatte, und reckte den Hals, bis sie mit dem Gesicht ganz dicht vor dem Bild war. Sie nahm die Brille wieder ab und schaute auf. »Und wer sind Sie?«, fragte sie.

»Spielt keine Rolle. Haben Sie die Kleine gesehen oder nicht?«

»Und ob das eine Rolle spielt«, sagte die Frau, lehnte sich mit der Hüfte gegen die Theke und verschränkte die Arme vor der Brust. »Sind Sie von der Polizei oder bloß irgend so ein Spinner?«

»Polizei.«

»Tja«, sagte sie. »Dann würd ich gern mal einen Ausweis sehen.«

Der junge Bursche und die Frau folgten mit den Augen meiner Hand, die in meine Gesäßtasche griff. Sie warteten, rechneten mit einem Dienstausweis, doch stattdessen sahen sie, wie fünf Zwanziger auf die Theke geblättert wurden. »Haben Sie sie gesehen oder nicht?«

Der junge Kerl sah mich an, dann blickte er nach unten auf das Geld. Er streckte die Hand aus, strich es zusammen und steckte es ein. »Sie war hier«, sagte er. »Ist noch keine zwanzig Minuten her.«

»Verdammt, Cody«, fluchte die Frau. Sie schlug ihm klatschend auf den Arm.

Cody hob einen Finger und deutete auf die Tür hinter mich. »Die sind auf die andere Straßenseite gefahren.«

Im Waffle House war eine junge blonde Kellnerin gerade dabei, einen Tisch neben der Tür abzuräumen. Sie hatte eine Zeitung unter den Arm geklemmt und drehte sich zu mir um, als sie die Tür zufallen hörte. Meine Hand hielt noch immer das Bild des Mädchens, und als die Kellnerin es sah, fiel die Zeitung zu Boden, weil sie die Hände an den Mund hob.

»Oh Gott«, flüsterte sie. »Die sind gerade weg. Die haben da gesessen.« Sie drehte sich um und zeigte auf die Sitznische, die sie abräumte, die Teller noch voll, zwei frische Zwanzig-Dollar-Scheine mitten auf dem Tisch.

»Haben Sie sie wegfahren sehen?«

»Ja«, sagte sie.

»Wissen Sie, wo sie hinwollen?«

Sie blickte auf die Zeitung zu ihren Füßen. Der Sportteil war aufgeschlagen, mit einem Foto von McGwire und Sosa. »St. Louis«, sagte sie. »Um sich ein Baseballspiel anzusehen.«

23 *Brady Weller*

Am Freitagmorgen parkte Sandys Wagen vor meinem Büro, und als ich vorfuhr, stieg Sandy aus, als hätte er auf mich gewartet. Er hatte eine Zigarette in der Hand und sah aus, als wäre er seit Stunden wach. Ich öffnete die Fahrertür und stieg aus. »Seit wann rauchst du wieder?«

»Ich hab schlechte Nachrichten, Brady«, begann er.

»Was denn?«

»Richtig schlechte«, sagte er.

»Nun red schon. Worum geht's?«

»Es geht um Wade Chesterfield.«

»Was ist mit ihm?«

»Die Cops in Charleston haben gestern Nachmittag seine Mutter tot aufgefunden.« Er nahm einen letzten Zug von seiner Zigarette und schnippte sie auf den Parkplatz hinter mir. Dann zog er eine Packung aus seiner Brusttasche. »Sie sah richtig schlimm aus, Brady.« Er hielt mir die Packung hin. Ich nahm eine Zigarette und er auch.

»Was ist mit ihr passiert?«

Er steckte seine Zigarette an. Dann gab er mir Feuer, und ich zündete meine an. »Sie wurde ermordet: Schläge mit einem stumpfen Gegenstand auf den Kopf. Sie hatte eine Menge Verletzungen. Da hat sich jemand richtig Zeit genommen.«

»Irgendeine Ahnung, wer es war?«

»Das ist das Problem«, sagte er. »Es gibt kein erkennbares Motiv. Es wurde nichts gestohlen, nichts beschädigt, es gibt keinerlei Einbruchspuren. Aber eins ist interessant.«

»Was?«

»Sie wurde in Wades Kinderzimmer gefunden«, sagte er. »Das Zimmer, in dem er aufgewachsen ist. Da hängen noch immer seine Poster und so weiter an den Wänden. Und die Frau wurde mit einem Kinder-Baseballschläger getötet.« Auf den Eisenbahngleisen in der Nähe gellte das langgezogene Pfeifen einer Lok, und Sandy rauchte und wartete, bis sie vorbei war, erst dann sprach er weiter. »Außerdem war der Tatort mit Wades Fingerabdrücken übersät: an der Haustür, in seinem alten Zimmer. Die Kollegen glauben, er könnte derjenige gewesen sein, der angerufen hat, um die Sache zu melden.«

»Wieso glauben sie das?«

»Seine Fingerabdrücke waren am Münztelefon einer Tankstelle nicht weit vom Haus seiner Mutter. Und von dort kam der Anruf.«

»Hat irgendwer ihn identifiziert?«, fragte ich.

»Nein«, sagte er. »Aber eins von den Mädchen wurde gesehen: die Ältere.«

»Easter.«

»Sie ist in den Mini-Markt der Tankstelle gekommen und hat um den Schlüssel für die Toilette gebeten, und das war etwa um die Zeit, als angerufen wurde.«

»Wie hat sie gewirkt?«

»Ein bisschen nervös, meinten die vom Mini-Markt, aber sie haben sich nichts weiter dabei gedacht. Sie hatten sie auch schon wieder vergessen, als kurze Zeit später ein Mann mit einem Bild von Easter reinkam und wissen wollte, ob sie sie gesehen hätten. Wer auch immer das war, wie ein Cop hat er auf sie nicht gewirkt: schwarze Baseballkappe, Sonnenbrille, schwarze Klamotten. Hatte ein vergrößertes Foto von Easter dabei.«

»Wer zum Teufel ist der Typ? Und woher hat er das Foto von Easter?«

»Ich weiß nicht«, sagte er. »Keiner weiß das. Im Moment haben wir nur eine Leiche und Wade Chesterfields Fingerabdrücke überall am Tatort. Es sieht nicht gut aus.«

»Ach, komm schon, Sandy. Klar sind da überall seine Fingerabdrücke; es ist schließlich das Haus seiner Mutter.«

»Ich sag ja nicht, dass er es war, Brady. Aber wir wissen beide, dass er nicht vor einer Entführung zurückschreckt, und jetzt taucht er am Tatort eines Mordes auf. Ich meine, so wie die Frau zugerichtet wurde, muss schon ordentlich viel Wut im Spiel gewesen sein, Brady – vielleicht hat seine Mutter irgendwas gesagt oder wollte irgendwas machen, was ihm nicht gefallen hat.«

»Oder der ›Mann in Schwarz‹ hat sie umgebracht«, entgegnete ich. »Ihr wisst doch nicht, wer der Typ ist. Er könnte es gewesen sein.«

»Klar«, sagte Sandy. »Jeder *könnte* es gewesen sein, Aber Wade war da. Mehr sag ich nicht.«

»Und ich sag nur, dass Zweifel angebracht sind – jede Menge Zweifel. Broughton könnte jemanden auf ihn angesetzt haben. Das könnte der Typ sein, der mit dem Foto von Easter rumläuft. Vielleicht ist Wades Mutter ihm in die Quere gekommen.«

»Was denn? Machst du plötzlich einen auf Verschwörungstheoretiker?«

»Nein. Ich bin Realist. Und ich denke wie ein Cop. Du solltest auch wie einer denken.«

»Hör mal, Brady, ich wollte dir bloß sagen, was ich gehört habe«, sagte er. »Ich hab dir versprochen, dich auf dem Laufenden zu halten. Und das habe ich hiermit getan.«

»Fährst du runter nach Charleston?«

Er sah mich an, und dann warf er seine Zigarette auf den Bürgersteig und trat sie mit der Schuhspitze aus. »Nein«, erwiderte er. »Ich habe hier alle Hände voll zu tun mit den FBI-Leuten. Das weißt du. Sollen die in South Carolina sich um den Mist kümmern. Wir kümmern uns um unseren.«

»Sandy, die Mädchen wurden in Gastonia entführt. Und ich weiß, sie sind keine Millionen Dollar wert, aber sie sind etwas wert. Und sie verdienen es, gefunden zu werden, bevor ihnen irgendwas Schlimmes zustößt.«

»Was soll ich denn deiner Meinung nach machen, Brady? Mich einfach in South Carolina einmischen, wie die vom FBI sich hier bei uns eingemischt haben?«

»Irgendeiner sollte das tun. Vielleicht tu ich es.«

Er stand da und sah mich einen Moment lang an, und dann lachte er. »Das ist jetzt eine richtige Ermittlung, Brady. Das FBI hängt sich voll rein. Wieso zum Teufel willst du deine Nase da reinstecken?«

»Ich steck schon mittendrin«, sagte ich.

»Ach ja?«, fragte er. »Wer sagt das? Das Vormundschaftsgericht? Die alte Frau, die das Kinderheim leitet? Das hier ist kein Spiel, Mann. Du kannst nicht wieder den Detective spielen. Also hör auf meinen Rat: Halt dich aus der Sache raus und tritt niemandem auf die Füße.«

»Um wessen Füße bist du besorgt, Sandy? Deine?«

»Ich will bloß nicht, dass du dich übernimmst. Schon wieder.«

»Es geht dir doch gar nicht um mich. Bisher bin ich der Einzige, der deinen Zeugen dazu gebracht hat, über dieses Geld zu sprechen. Du kannst ihn ja nicht mal finden. Bis jetzt sind wir die Einzigen, die davon wissen, und das kannst du nicht ertragen, stimmt's? Du kannst nicht ertragen, dass ich in dem Fall mit dabei bin.« Ich schnippte meinen Zigarettenstummel gegen die Glastür meines Büros.

»Hör mal, Brady, ich bin hergekommen, um dich auf den neusten Stand zu bringen. Ich versuche, dir zu helfen.«

»Ich brauch dein Mitleid nicht, Sandy.«

Er trat zurück und warf einen Blick auf das Fenster mit der Aufschrift *1-800-SAF-HOME*. »Genau, Brady«, sagte er lächelnd und zog seinen Autoschlüssel aus der Tasche. »Wie es aussieht, kommst du prima alleine klar.«

24

Am Samstagabend war die College-Messe an Jessicas Schule, und ich verbrachte die meiste Zeit zu Hause, guckte Baseball und dachte über Jessicas Entscheidung nach, in Raleigh studieren zu wollen. Ich konnte mir vorstellen, wie sie, Tina und Dean auf der Messe von Tisch zu Tisch gingen und mit Jessicas Freunden, die ich nicht mehr kannte, über eine Abschlussparty sprachen, zu der ich wahrscheinlich nicht eingeladen werden würde.

Und ich fühlte mich irgendwie wie gelähmt, als könnte ich nicht mal mehr aus meinem Sessel aufstehen, um das Licht oder den Fernseher auszuschalten und ins Bett zu gehen.

Vielleicht ist das die Erklärung dafür, dass ich mich nicht richtig daran erinnern kann, wie ich meinen .38er aus dem Schrank holte, dann nach draußen zum Auto ging und den Revolver unter dem Fahrersitz versteckte. Allerdings kann ich mich noch genau erinnern, dass ich auf dem Parkplatz des Tomcat's im Auto saß, auf das Gebäude starrte und mich fragte, wen oder was ich drinnen vorfinden und was genau ich dann machen würde. Ich hatte den Verdacht, dass der Mörder von Wades Mutter und der

Typ, der mit dem Foto von Easter durch die Gegend lief, ein und derselbe waren, und ich hatte keinerlei Zweifel daran, dass er in Wahrheit Wade finden wollte, und ich war mir sogar noch sicherer, dass Tommy Broughton derjenige war, der ihn losgeschickt hatte. Ich war Wade Chesterfield nie begegnet, aber nach allem, was ich gehört hatte, war er eher ein Dummkopf als ein Mörder. Ich kannte dagegen Tommy Broughton, und ich wusste, wenn er so viel Geld in einer einzigen Wand versteckt hatte, dann war nicht abzusehen, wie viel er in weiteren versteckt hatte – Geld, von dem jeder Cent gestohlen war. Er würde mit allen Mitteln versuchen, sich abzusichern.

Auf dem Weg über den Parkplatz zum Eingang hämmerte mir der Bass von der Musik im Club in der Brust, und er pulsierte gegen meine Hand, als ich die Tür berührte. Im Innern war es dunkel und verräuchert und sah genauso aus, wie man es von einem Lokal am Wilkinson Boulevard im Niemandsland zwischen Belmont und Charlotte erwarten würde: Lila Neonlampen brannten über der Bar, und grelles rotes Licht beleuchtete die Tanzfläche. Der Laden war voll mit Leuten jeden Alters, aber die meisten waren angegraute Männer in den Vierzigern und Fünfzigern, die Bier tranken und zu den Fernsehbildschirmen hochstierten. Keinen von ihnen schien es zu wundern oder zu interessieren, dass ich aufgekreuzt war.

Ich steuerte auf einen der wenigen leeren Barhocker zu, setzte mich und lehnte mich mit dem Rücken gegen die Theke. Ein paar Minuten später tippte mir jemand auf die

Schulter, und ich drehte mich um und sah, dass es der Barkeeper war. Sein Mund bewegte sich, aber bei der lauten Musik konnte ich nicht verstehen, was er sagte. Ich brüllte: »Budweiser«, und er nickte und ging an der Theke entlang. Wenige Sekunden später kam er zurück, schraubte den Verschluss von der Bierflasche und stellte sie vor mich hin. Ich fischte einen Fünf-Dollar-Schein aus meinem Portemonnaie und schob ihn über die Theke. Er nahm das Geld und drehte sich zur Kasse um, und als er sich mir wieder zuwandte, schob er mir einen Dollar über die Theke. Mir kam der Gedanke, dass vielleicht ein Teil des in Broughtons Wänden versteckten Geldes daher stammte, dass sie hier Budweiser für vier Dollar die Flasche an einsame Typen im mittleren Alter verkauften. Ich schob den Dollar zurück, und der Barkeeper nickte und nahm ihn und steckte ihn in ein Glas für Trinkgeld. Ehe er sich wieder abwenden konnte, winkte ich ihm, sich vorzubeugen.

»Ist Tommy heute Abend da?«, brüllte ich.

»Wer?!«

»Tommy!«, schrie ich. »Ist er da?«

»Nee, nicht heute Abend!«, schrie er zurück. Er machte einen Schritt rückwärts und zuckte die Achseln, und dann ging er ans andere Ende der Bar, wo eine Kellnerin versucht hatte, ihn auf sich aufmerksam zu machen.

Ich drehte mich um und lehnte mich gegen die Bar, und dann steckte ich mir eine Zigarette an. Das Bier war nicht richtig kalt, und nach ein paar Schlucken ließ ich es auf der Bar stehen und verschränkte die Arme.

Ein Lichtstrahl leuchtete kurz im hinteren Teil des Clubs auf, als eine Tür geöffnet und geschlossen wurde, und dann sah ich einen großen dünnen Typen auf die Bar zukommen. Er blieb einen guten Meter rechts von mir stehen und hielt die Hand hoch, bis der Barkeeper ihn sah und rüberkam und seine Bestellung annahm. Als der Barkeeper wieder wegging, beugte ich mich zu dem Typen rüber.

»Ist Tommy da?«, schrie ich.

»Nein«, brüllte er zurück. Er wandte sich zur Bar, doch dann überlegte er es sich anscheinend anders und sah mich wieder an. »Wer will das wissen?«

»Nicht so wichtig«, entgegnete ich. »Will ihn bloß sprechen – mehr nicht.«

»Tommy ist nicht da«, sagte er. Der Barkeeper brachte die Bestellung: ein Bud Light und einen Drink, der aussah wie Whiskey on the rocks. Der Typ warf mir noch einen Blick zu, dann nahm er die Drinks und verschwand wieder nach hinten. Licht strömte aus der Tür, als er sie öffnete und hineinging. Ich blieb ein paar Minuten sitzen, rauchte noch eine Zigarette, und dann drückte ich sie aus, stand auf und ging auf die Tür zu.

Der Korridor war schwarz, und auch die Tür war schwarz gestrichen, ebenso wie die von der Herren- und Damentoilette rechts daneben. Ein Lichtstreifen schimmerte darunter. Ich überlegte, ob ich anklopfen sollte, doch da mir kein triftiger Grund dafür einfiel, drehte ich einfach den Knauf und trat ein.

Der Typ, den ich an der Bar gesehen hatte, saß auf einem Stuhl an der Wand auf der rechten Seite des Raumes. Mir gegenüber stand die Art von Schreibtisch, die man bei einem Gebrauchtwagenhändler erwarten würde, mit einer Platte aus Holzimitat und Seiten aus schwarzem Aluminium. Hinter dem Schreibtisch saß Tommy Broughton. Er hatte zugenommen, seit ich ihn das letzte Mal gesehen hatte, und sein schwarzer Schnauzbart und sein schwarzes Haar waren offensichtlich gefärbt, um das Grau zu kaschieren. Sowohl er als auch der Typ, der an der Wand saß, schienen schockiert zu sein, dass ich die Tür geöffnet und es noch dazu gewagt hatte, einfach einzutreten.

»Da bist du ja«, sagte ich und blickte Broughton an, während ich die Tür hinter mir schloss. Der Typ, der an der Wand saß, stand auf, aber ich hob eine Hand, um ihn zu stoppen. »Nein, nein, nein«, sagte ich. »Ist schon gut. Ich will mich bloß unterhalten.« Ich zog einen der Stühle vor dem Schreibtisch heran und nahm Platz. Der Typ zu meiner Rechten setzte sich auch wieder hin.

»So«, sagte ich, die Augen auf Broughton gerichtet, »lange nicht gesehen.« Ich schlug die Beine übereinander und legte die Hände in den Schoß.

»Was zum Teufel willst du hier?«, fragte Broughton.

»Es ist Samstagabend, und ich hatte Lust auf einen Drink«, entgegnete ich. »Genau wie alle anderen, aber als ich hörte, dass du der Tommy vom Tomcat's bist, da wollte ich dich unbedingt sehen.« Ich setzte mich aufrecht hin und sah zu dem Typen auf dem Stuhl an der Wand hinüber. Sein Gesicht war fast weiß, und er wirkte nervös, als wüsste er nicht genau, was passieren würde. Ich wusste es auch nicht. Ich zeigte auf Broughton. »Das da ist Tommy«, sagte ich. »Du solltest ihn kennenlernen. Er ist ein richtig guter Kumpel. Wir kennen uns schon ziemlich lange, nicht wahr, Tommy?«

»Was willst du?«, fragte Broughton.

»Ich will mich bloß unterhalten. Ein paar Fragen stellen.«

»Worüber?«

»Ach, ich weiß nicht. Wo soll ich anfangen?« Ich warf dem Typen rechts von mir einen Blick zu und lächelte. Er lächelte unwillkürlich zurück, setzte aber rasch wieder eine finstere Miene auf und schaute zu Broughton hinüber, um sich zu vergewissern, dass der ihn nicht hatte lächeln sehen. Auch ich blickte wieder Broughton an. »Wen hast du da draußen?«

»Wo da draußen? An der Bar?«

Ich lachte. »Nein«, sagte ich. Ich zeigte mit dem Finger, als würde ich durch die Wand hindurch auf den Wilkinson Boulevard zeigen. »*Da* draußen – auf der Suche nach Wade Chesterfield.«

»Keine Ahnung, wovon du redest.«

»Tatsächlich?«, fragte ich. »Dann bist du ein besserer Mensch als ich. Wenn mir jemand so viel Geld stehlen würde, dann würde ich wissen wollen, wo dieser Jemand ist. Aber ich kann eben nur für mich sprechen.« Ich blickte wieder den Typen rechts von mir an. »Ich bin da vielleicht anders gestrickt«, sagte ich. Ich wandte mich wieder Broughton zu. »Ich glaube, derjenige, den du auf Wade angesetzt hast, hat gerade eine alte Frau umgebracht, die nichts mit der Sache zu tun hatte.« Ich wartete einen Moment und sah zu, wie Broughtons Gesicht weißer und weißer wurde. Aus den Augenwinkeln bemerkte ich, wie der andere Typ auf seinem Stuhl unruhig hin und her rutschte. »Falls du jemanden losgeschickt hast, damit er so etwas macht, dann ist das genauso, als hättest du die Frau eigenhändig umgebracht, Tommy. So wird die Polizei das jedenfalls sehen – sobald sie dich geschnappt haben. Du musst den Mann zurückpfeifen, bevor alles noch schlimmer wird.« Broughton schnaubte, lehnte sich in seinem Sessel zurück und verschränkte die Finger über seinem dicken Bauch.

»Red nicht mit mir wie ein Cop«, sagte er. »Du bist kein Cop mehr, schon vergessen? Und wenn hier einer einen Mord auf dem Gewissen hat, dann bist du das.«

Er schaukelte mit seinem Sessel nach hinten und lächelte, aber sein Lächeln wurde langsam breiter, und dann fing er tatsächlich an zu lachen. Der Typ rechts von mir lachte ebenfalls. Ich blickte nach unten auf meine Hände und wartete, dass die beiden aufhörten, doch sie lachten einfach weiter. Als ich aufblickte, sah ich, dass Broughton zu dem Typen rechts von mir schaute, und ehe er sich wieder mir zuwenden konnte, war ich bereits von meinem Stuhl aufgesprungen, langte über den Schreibtisch und packte ihn an den Haaren. Ich knallte sein Gesicht auf die

Schreibtischplatte. Sein Kumpel sprang so schnell hoch, dass der Stuhl gegen die Wand krachte, doch ehe er richtig stand, hatte ich schon meinen .38er gezogen und zielte auf seine Brust.

Broughton kriegte nicht richtig Luft, und er keuchte und hustete unter meiner Hand und hinterließ eine Speichelspur auf dem Schreibtisch. Es war still im Raum bis auf die Musik, die aus dem Club durch die Wände vibrierte. Ich hielt die Pistole auf den Typen rechts von mir gerichtet. »Zieh dein Hemd hoch«, sagte ich. Er tat es, und ich konnte sehen, dass er keine Knarre vorn im Hosenbund stecken hatte. »Hemd oben lassen und umdrehen.« Er gehorchte. Auch hinten im Hosenbund steckte keine Waffe, aber ich sah etwas anderes: einen dünnen, schwarzen Draht, der von der Taille den Rücken hoch verschwand. Broughtons Gesicht war abgewandt, weil ich seinen Kopf noch immer auf den Schreibtisch drückte, und er hatte nicht gesehen, was ich gesehen hatte. Ich blickte zu ihm runter. »Du steckst ganz schön in der Scheiße, was, Tommy?«

»Du bist ein toter Mann.«

»Okay«, sagte ich. Ich sah rüber zu dem Typen rechts von mir. Er hatte sein Hemd wieder nach unten gezogen und starrte mich mit blanker Panik im Gesicht an. »Wie wär's mit Musik? Um die Spannung im Raum ein bisschen zu lockern.« Mit dem Lauf meines Revolvers deutete ich auf das Radio, das auf einem Aktenschrank rechts neben dem Typen stand. »Einschalten«, befahl ich. Er rührte sich nicht. »Einschalten«, sagte ich mit mehr Nachdruck. Er griff nach dem Radio und schaltete es ein, »Life in the Fast Lane« von den Eagles schallte aus den Lautsprechern. »Perfekt«, sagte ich. »Lauter drehen.« Er griff nach dem Lautstärkeregler, und die Musik wurde lauter. »Noch lauter.« Er drehte die Lautstärke voll auf. Ich starrte ihn an, bis er sich hinsetzte, und dann sah ich Broughton an, den ich noch immer auf den Schreibtisch drückte.

»Ich will wissen, wen du auf Chesterfield und die Mädchen angesetzt hast«, sagte ich nur knapp lauter als die Musik.

»Ich bring dich um.«

»Das hast du bereits gesagt«, erwiderte ich. »Ich hab's kapiert. Also noch mal: Wen hast du auf Chesterfield und die Mädchen angesetzt?«

»Er ist tot«, sagte Broughton, eine Wange flach auf den Schreibtisch gepresst. »Seine Kinder auch.« Als ich seinen Kopf an den Haaren hochzog, machte er den Fehler, nach unten zu schauen, und ich spürte, wie seine Nase brach, als ich sein Gesicht auf den Schreibtisch knallte. Blut breitete sich rechts und links über die Platte aus wie ein Rorschach-Test.

»Nicht nett von dir, so was zu sagen«, sagte ich. Ich nahm meinen Revolver von dem Typen, der wieder auf dem Stuhl saß, und presste den Lauf fest gegen Broughtons Kopf. »Nächster Versuch: Wer sucht da draußen nach Wade und den Mädchen?«

»Ein Typ namens Pruitt«, brachte Broughton mit zitternder Stimme unter der Mündung der Pistole hervor.

»Pruitt wer?«

»Bobby Pruitt.«

»Der arbeitet hier«, sagte der Typ auf dem Stuhl. »Als Türsteher.«

»Stimmt das?«, fragte ich Broughton.

»Ja«, sagte er.

»Wo ist er jetzt?«

»Keine Ahnung«, entgegnete Broughton. Ich zog seinen Kopf an den Haaren hoch, als wollte ich sein Gesicht wieder auf die Schreibtischplatte knallen. »St. Louis«, sagte er und spuckte Blut. »Er hat gesagt, er fährt nach St. Louis.« Ich ließ seinen Kopf sinken, so dass er die Wange auf den Schreibtisch legen konnte.

»Folgt er Wade Chesterfield?«

»Ich weiß nicht«, behauptete er. Ich hob den Revolver und schlug mit dem Griff auf Broughtons Wirbelsäule. Seine Füße rutschten auseinander, und ich musste ihn am Jackenkragen festhalten, damit er nicht runterfiel. Ich beugte mich tief über den Schreibtisch und sprach Broughton direkt ins Ohr, damit er mich deutlich hören konnte.

»Dein Bursche hat ein Foto von einem von Wades Mädchen bei sich. Wenn der Kleinen was passiert oder wenn er eins der Mädchen anrührt, dann komm ich wieder und mache Hackfleisch aus dir, Tommy, das schwöre ich!« Ich richtete mich auf und schlug ihm noch mal auf die Wirbelsäule. Sein Körper zuckte. »Folgt er Wade?« Er murmelte irgendwas, aber ich verstand es nicht, daher beugte ich mich tiefer zu ihm.

»Ja«, gab er zu. Er atmete jetzt schwer und schwitzte durch die Kleidung, und ich fürchtete, er könnte die Besinnung verlieren, wenn ich ihn nicht losließ. Ich nahm die Hand von seinem Hals, und er rutschte wie ein nasser Sack von seinem Stuhl auf den Boden. Ich betrachtete ihn über den Schreibtisch hinweg. Sein Gesicht war voller Blut, das ihm über die Stirn ins Haar floss. Er lag mit geschlossenen Augen da, Gesicht zur Decke gewandt. Der Typ auf dem Stuhl an der Wand saß bloß da und harrte der Dinge, die da kamen.

»Hast du mir irgendwas zu sagen?«, fragte ich. Er schüttelte den Kopf. Ich überlegte, ihm eine reinzuhauen, einfach so, aber ich hatte keinen Schimmer, wieso er verdrahtet war oder für wen er arbeitete, und ich dachte, dass ich mir wahrscheinlich schon genug Ärger eingehandelt hatte. Ich steckte meinen .38er wieder hinten in den Hosenbund und dann öffnete ich die Tür und trat auf den dunklen, lauten Korridor.

Ich zog die Tür zu und ging zurück in Richtung Club. Als ich aus dem Korridor kam, blickte ich zur Bar, um festzustellen, ob jemand mich beim Verlassen des Büros gesehen hatte, und da fiel mir auf, was auf dem Fernseher an der Wand lief: Sosa trabte gemächlich um die Bases in Pittsburgh, was bedeutete, dass er den zweiten Abend hintereinander einen Home Run geschafft hatte und dass Roc mir jetzt 2000 Dollar schuldete. Ich hatte endlich mal Glück gehabt, aber das war nicht der Grund, warum ich wie angewurzelt stehen blieb. Der Grund war eine ESPN-

Grafik, die die Spiele aufführte, die Sosa und McGwire noch blieben, um Maris' Rekord zu brechen. Ihre Wege würden sich am Montagnachmittag in St. Louis kreuzen, und irgendetwas sagte mir, dass Wade und die Mädchen dort sein würden, um sich das Spiel anzusehen.

25

Ein schwarzer Chevy Lumina nahm meine Verfolgung auf, sobald ich vom Parkplatz des Tomcat's nach links in den Wilkinson Boulevard einbog. Er hielt zwei oder drei Wagen Abstand und wechselte mit mir die Fahrspuren, um mich im Auge zu behalten. Ich versuchte, ihm keine Beachtung zu schenken und so zu fahren, als wäre es ein x-beliebiger Samstagabend, doch ich wusste, dass praktisch jeder in dem Wagen sitzen konnte: Broughton und ein paar von seinen Gorillas, das FBI, meine eigene Paranoia. Mein .38er war wieder unter meinem Sitz verstaut, und ich konnte mich nicht entscheiden, ob ich nach ihm greifen oder ihn mit der Hacke noch weiter nach hinten schieben sollte.

In Gastonia ging der Wilkinson Boulevard in die Franklin Avenue über, und als ich auf die New Hope Road abbog, war der schwarze Lumina direkt hinter mir. Kaum hatte ich auf meinem Parkplatz vor den Quail Woods Apartments gehalten, da stellte sich der Wagen auch schon parallel zu meiner hinteren Stoßstange und machte mir eine Flucht unmöglich. Im Rückspiegel sah ich, wie der Fahrer langsam seine Tür öffnete, als hätte er alle Zeit der Welt. Er trug einen dunklen Anzug, hatte einen militärischen Haarschnitt und war ein wenig älter und kleiner als ich. Als der Beifahrer ausstieg, sah ich, dass er groß und dünn war, und als er ins Licht trat, sah ich, dass es Sandy war. Ich beobachtete ihn erst im Innen- und dann im Außenspiegel, während er an mein Fenster kam und gegen die Scheibe klopfte. Der Fahrer blieb zurück, als wollte er abwarten, wie es lief. Ich seufzte, stellte den Motor aus und kurbelte mein Fenster runter.

»Los, aussteigen, Brady«, sagte Sandy.

»Herrgott, Sandy, im Ernst?«

Der Fahrer schlug einmal mit der Faust auf den Kofferraum meines Wagens. »Aussteigen!«, befahl er. »Sofort!«

Ich kurbelte das Fenster wieder hoch, öffnete die Tür und stieg aus. Sandy trat zurück. »Trägst du eine Waffe?«, fragte er. Er musterte mich von Kopf bis Fuß, als würde er mich taxieren.

»Wer ist denn dein ungehaltener Freund?«, fragte ich und deutete mit dem Kopf in Richtung hintere Stoßstange, wo der Fahrer noch immer stand.

»Agent Barnwell«, stellte sich der Mann selbst vor. »Federal Bureau of Investigation.«

»Oh«, sagte ich und drehte mich zu ihm um. »Willkommen in Gastonia.« Ich sah wieder Sandy an. »Ich hab einen .38er unterm Fahrersitz, und ich hab einen Waffenschein dafür.«

»Ich hab Ihnen doch gesagt, er hat eine Knarre«, sagte Barnwell. Sandy sah mich an, und dann bückte er sich, griff unter den Fahrersitz und tastete herum, bis er den

Revolver fand. Er öffnete die Trommel, schüttelte die Patronen in seine Hand und steckte sie in die Tasche.

»Ist das alles?«, fragte er.

»Das ist alles.«

»Nein, ist es nicht«, sagte Barnwell. Er ging um den Wagen herum, so dass ich ihn nicht sehen konnte, ohne den Kopf zu drehen. »Wir haben ein paar Fragen an Sie.«

»Ich bin ganz Ohr«, entgegnete ich, noch immer mit dem Rücken zu ihm.

»Nicht hier draußen«, sagte er. »Drinnen.«

Ich drehte mich zu ihm um. »Wie kommen Sie darauf, dass ich Sie in meine Wohnung lasse?«

Er lächelte und steckte die Hände in die Hosentaschen. »Wir können uns auch auf dem Präsidium unterhalten, wenn Ihnen das lieber ist. Dann hätten Sie auch Gelegenheit, alle Ihre alten Freunde wiederzusehen. Detective Sanders hat mir auf der Fahrt erzählt, was für einen riesigen Fanclub Sie da haben.« Ich blickte ihn kurz an und wandte mich dann Sandy zu.

»Ihr müsst aber die Schuhe ausziehen, bevor ihr reingeht«, sagte ich. »Ich kann meine Kaution in den Wind schießen, wenn ihr überall Dreck verbreitet.« Ich drehte mich wieder zu Barnwell um und nahm meine Schlüssel aus der Tasche. »Und parken Sie Ihren Wagen lieber anständig, bevor einer meiner Nachbarn das sieht. Ihr Chef Freeh wäre sicher nicht begeistert, wenn jemand Ihretwegen den Lack seines Wagens zerkratzt.«

In meiner Wohnung war es dunkel, und ich machte das Licht an, und Sandy und Barnwell folgten mir in die kleine Küche.

»Hübsch haben Sie's«, sagte Barnwell, der sich umsah und lächelte.

»Danke«, erwiderte ich. »Ich hab gern Besuch.«

»Was dagegen, wenn wir uns ins Wohnzimmer setzen?«, fragte Sandy. »Wir haben bloß ein paar Fragen. Dauert nicht lange.« Sie folgten mir ins Wohnzimmer, und ich schaltete die Lampe am Deckenventilator ein und setzte mich in den Fernsehsessel. Barnwell sah sich im Raum um und nahm dann neben Sandy auf dem Sofa Platz.

»Habt ihr gesehen, dass Sosa heute Abend Nummer achtundfünfzig geschafft hat?«, fragte ich, doch sie saßen bloß da und starrten mich an. »Sie sind wohl kein großer Baseballfan, was?«

Barnwell holte einen Notizblock und einen Stift aus der Innentasche seines Jacketts. Er blätterte in dem Block, bis er eine leere Seite fand. »Was haben Sie heute Abend im Tomcat's gemacht?«, fragte er.

Ich zuckte die Achseln und zog die Augenbrauen hoch. »Ein vier Dollar teures Bier getrunken«, sagte ich. »*Der* Sache sollten Sie mal nachgehen.«

Barnwell blickte von seinem Block auf. »Wie haben Sie Tommy Broughton kennengelernt?«, fragte er.

»So, wie Sandy ihn auch kennengelernt hat. Wir hatten ab und an mit ihm zu tun. In dieser Branche hat man mit allen möglichen Leuten zu tun«, erklärte ich. »Gangstern, Schlägern, dem FBI.«

Barnwell lachte und klappte seinen Block zu. »Sie haben eine freche Klappe, Weller«, sagte er. Er sah Sandy an. »Er hat eine freche Klappe, nicht?« Er stand vom Sofa auf und ging an mir vorbei zur Glasschiebetür. Er zog den Vorhang beiseite und schaute hinaus auf meine kleine, unaufgeräumte Terrasse. Er tat so, als würde er sich irgendwas ansehen, obwohl ich wusste, dass es draußen zu dunkel und drinnen zu hell war, um irgendwas sehen zu können außer meinem verrosteten, alten Grill und den Klappstühlen. Der Vorhang fiel wieder zu, als er ihn losließ, und dann spürte ich seine Hand hinten am Fernsehsessel. Ich blickte auf und sah, dass er zu mir runterstarrte.

»Das war clever«, sagte er. »Die Musik aufdrehen: Bringt man euch so was in der Alarmanlagen-Schule bei?«

»Nein«, entgegnete ich. »Das hab ich bei *Law & Order* gesehen.« Barnwell lachte kurz auf, dann sah er Sandy an. »Nicht zu fassen, dass Sie mal mit dem Kerl gearbeitet haben«, sagte er lächelnd. Sandy saß vorgebeugt da und blickte mich an. »Wir sollten Sie mit aufs Präsidium nehmen und ein paar Witze erzählen lassen«, ergänzte Barnwell. »Vielleicht könnten Sie Ihrem Fanclub auch noch Autogramme geben.«

»Die sind ein treuer Haufen«, sagte ich. Ich starrte ihn an, bis er wegschaute.

»Brady«, beschwor Sandy mich, »was zum Teufel hast du heute Abend da gemacht?«

»Nein«, sagte Barnwell, ehe ich antworten konnte. »Schluss mit den Fragen.« Er stellte sich vor mich, so dass ich Sandy nicht mehr sehen konnte. »Wenn Sie das noch einmal machen, wenn Sie unsere Ermittlungen noch einmal behindern, tue ich alles in meiner Macht Stehende, um Sie außer Gefecht zu setzen. Ist mir egal, wie Sie das auffassen, aber eins sollten Sie wissen: Ich meine es ernst. Hören Sie auf, Cop zu spielen. Die Zeiten sind vorbei.«

»Er will damit sagen, Brady, dass wir alles im Griff haben«, sagte Sandy.

»Den Eindruck hab ich auch«, entgegnete ich. »Ihr macht eure Arbeit super.«

Barnwell lachte und ging wieder zu der Glasschiebetür und starrte auf den geschlossenen Vorhang, die Hände in den Taschen zu Fäusten geballt.

»Brady, ich warne dich: Mach das nie wieder«, sagte Sandy. »Das hilft niemandem, den Mädchen nicht, uns nicht und ganz sicher dir nicht.«

Barnwell drehte sich um und zeigte auf mich. »Wenn Sie noch einmal so eine Scheiße abziehen, komme ich nicht mehr hierher, um zu plaudern«, sagte er. »Sie stören, Weller, und ich bin schon zu lang an diesem Fall dran, um zuzulassen, dass Sie sich einmischen und am Ende alles vergeigen.«

»Wobei störe ich Sie denn?«, fragte ich. »Bei der Suche nach dem Geld oder bei der Suche nach den Mädchen?«

»Wir glauben, wir finden das Geld und die Mädchen, wenn du uns unsere Arbeit machen lässt«, sagte Sandy und stand auf.

»Hoffentlich«, erwiderte ich. »Und hoffentlich wisst ihr, was da draußen vor sich geht.«

»Wir wissen mehr, als Sie glauben«, sagte Barnwell.

»Das bezweifele ich.«

Sie standen beide da und sahen mich an, doch dann griff Sandy in seine Tasche und holte mit der Faust die Patronen hervor, die er aus meinem .38er genommen hatte. Er stellte sie langsam in einer Reihe auf dem Couchtisch auf. Als er fertig war, sah er mich an und lächelte. »Schönen Abend noch«, sagte er. »Wir hören voneinander.«

Ich blieb sitzen und sah ihnen nach, wie sie aus der Wohnung gingen, und ich rührte mich nicht von der Stelle, bis ich den Wagen anspringen und wegfahren hörte. Erst dann stand ich auf und ging zu dem Schrank in der Diele, öffnete die Tür und zog meinen alten Koffer von der oberen Ablage.

26 *Easter Quillby*

Am ersten Abend nach unserer Abfahrt aus Charleston hielten wir an einem Highway-Rastplatz in North Carolina. Wir stiegen aus und gingen aufs Klo und holten uns ein paar Snacks und Cola-Dosen an den Automaten und stiegen wieder ins Auto. Wade fuhr auf die Rückseite hinter den Toiletten, weil er dachte, wir könnten die Nacht über da parken, aber als wir es uns gerade gemütlich machten, kam ein Mann in Uniform und klopfte mit einer Taschenlampe an die Windschutzscheibe und sagte, wir dürften da nicht übernachten. Wade drehte ohne etwas zu sagen das Fenster hoch, ließ den Motor an und fuhr wieder auf den Highway.

Am Donnerstagmorgen wurde ich wach, weil mir das Licht durch die Windschutzscheibe in die Augen fiel. Als ich mich aufsetzte, sah ich, dass die Sonne gerade aufging und dass Wade Ruby und mich mit ein paar Sweatshirts voller Farbflecken und einer alten Jacke von ihm zugedeckt hatte. Es war kalt im Auto, und es musste noch ganz früh sein, weil das Licht draußen so weich und strahlend aussah.

Das Auto stand auf einem asphaltierten Parkplatz, und

rings herum waren nebelbedeckte Berge. Vielleicht war es gar kein Nebel, sondern Wolken, so hoch, wie wir anscheinend waren. Unser Auto war das einzige auf dem Parkplatz. Ich schlüpfte, so leise ich konnte, in meine Schuhe und schlang mir Wades Sweatshirt um die Schultern, und dann machte ich die Tür auf, stieg aus und drückte sie leise hinter mir zu. Wade lag quer über dem Vordersitz. Er hatte die Augen geschlossen und die Arme in die Ärmel seines T-Shirts gezogen.

Entlang des Parkplatzes verlief ein kleiner Gehweg, und ein Schutzgeländer gleich dahinter verhinderte, dass man zu nah an den Rand trat. Ich ging bis zum Geländer und lehnte mich dagegen und schaute runter ins Tal, in dem der Nebel noch dichter war als hier oben, wo wir die Nacht verbracht hatten. Als ich in der Fünften war, machte meine Klasse einmal einen Ausflug zum Crowder's Mountain in Gastonia, und der Berg war das Höchste, was ich je gesehen hatte, erst recht nachdem wir bis ganz oben auf den Gipfel gestiegen waren. Aber als ich jetzt hier stand und mich umschaute, wurde mir klar, dass ich so was wie diese Berge noch nie in meinem Leben gesehen hatte.

Hinter mir ging eine Wagentür auf und schloss sich leise wieder, und als ich mich umdrehte, sah ich Wade da stehen und sich umschauen, genau wie ich es vorhin getan hatte.

»Wo sind wir?«, fragte ich.

»Wir sind auf dem Blue Ridge Parkway.«

»Was ist das?«

»Eine Straße, die von Virginia aus durch die Berge bis

runter nach South Carolina führt.« Er rieb sich die Augen. »Der meistbesuchte Nationalpark des Landes«, sagte er und fing dabei an zu gähnen, und dann reckte er die Arme über den Kopf.

»Sollte man gar nicht meinen«, sagte ich mit Blick auf den leeren Parkplatz.

»Ist noch zu früh. Bald wimmelt es hier von Leuten, die sich das Herbstlaub angucken wollen.«

Das bunte Laub war mir noch gar nicht aufgefallen. Aber man sah die Farben durch den Nebel im Tal direkt unter uns: Gold und Rot und hier und da etwas Grün. Der Nebel hatte es nicht bis ganz hinauf zu den Gipfeln der höchsten Berge geschafft, und oben auf ihnen waren fast alle Blätter golden gefärbt. Irgendwie war es unglaublich, dass wir noch gestern Abend unten in Charleston gewesen waren, wo die Luft salzig und schwülwarm gewesen war, und jetzt waren wir hier oben und schauten auf diese Berge, und jeder Atemzug kam wie Rauch aus meinem Mund.

»Guck mal, da«, sagte Wade, »hinter uns.« Er zeigte auf einen riesigen Berg, der auf der anderen Seite des Parkplatzes aufragte und durch die Wolken kaum zu sehen war. Oben drauf stand eine rot-weiße Antenne. »Das ist Mount Pisgah«, erklärte er, während er zu dem Berg hochsah, die Hände um die Augen gelegt, obwohl die Sonne noch kaum aufgegangen war. Er ließ die Hände sinken und sah mich an. »Weißt du, woher der Name kommt?«

»Nein«, antwortete ich.

»Aus der Bibel. Gott hat zu Moses gesagt, er soll auf

den Berg Pisgah klettern, damit er endlich das Gelobte Land sehen kann.« Er blickte wieder zum Berg hinüber. »Das war natürlich nicht *dieser* Berg – der richtige war irgendwo in der Wüste –, aber der Name kommt daher.«

»Hast du dir das ausgedacht?«

»Nein«, sagte er.

»Woher weißt du das denn?«

»Was? Denkst du etwa, ich kann was nicht wissen, einfach weil ich es weiß?« Er stand da und sah mich an, als hätte ich ihn gekränkt, und dann lächelte er und zog eine Broschüre aus seiner Gesäßtasche und zeigte sie mir. »Die hab ich gestern Abend an der Raststätte eingesteckt«, sagte er. »Ich brauchte ein bisschen Bettlektüre.« Er breitete sie auf der Motorhaube des Autos aus. »Die ersten Entdecker sind auf den Gipfel dieses Berges gestiegen und haben gedacht, sie hätten das Gelobte Land gefunden, als sie sahen, was auf der anderen Seite lag. Diese Leute waren auf dem Weg nach Westen, genau wie wir.«

»Wo genau fahren wir hin?«, fragte ich.

»St. Louis«, sagte er. »Ich dachte, ihr wolltet euch ein bisschen Baseball ansehen?«

»Danach.«

»Ich weiß nicht. Oklahoma? Texas? Kalifornien?« Seine Augen wurden größer, als er die Namen aufzählte. »Wir können einfach weiterfahren bis zum Pazifik, wenn wir wollen.«

»Und dann?«, fragte ich. »Wir können nicht für immer in diesem Auto wohnen.«

»Ich weiß nicht«, sagte Wade wieder. »Ich schätze, so was nennt man wohl ein Abenteuer.«

Ruby öffnete die Wagentür und stieg aus. Sie hatte Wades anderes Sweatshirt um die Schultern gehängt. Sie bestaunte die Berge und den Nebel rings um den Parkplatz. Sie war noch nicht mal auf dem Crowder's Mountain gewesen, so wie ich, und ich konnte mir überhaupt nicht vorstellen, was sie wohl dachte.

»Wo sind wir?«, fragte sie.

»Mount Pisgah«, antwortete ich.

»Wieso?«

»Weil wir das Gelobte Land suchen«, sagte Wade, faltete die Broschüre zusammen und steckte sie wieder in seine Gesäßtasche. Er zwinkerte mir zu. »Und wir sind fast da.«

Die nächsten zwei Tage vergingen wie in verschwommenen Träumen, während wir mit dem Auto über kleine Landstraßen fuhren und uns spätabends in Städtchen wie Paducah, Kentucky, und Cookeville, Tennessee, verirrten, wo keine Läden oder Restaurants geöffnet hatten, und wir nirgendwo aufs Klo konnten. Wade hatte gesagt, wir würden für die Fahrt von Charleston nach St. Louis ungefähr fünfzehn Stunden brauchen, aber wir waren viel länger unterwegs. Allmählich kriegte ich das Gefühl, dass wir bloß im Kreis fuhren, und manchmal schien es, als hätte Wade keine Ahnung, wo genau wir eigentlich hinwollten, oder was wir machen würden, wenn wir dort ankamen.

Über lange Strecken sprachen wir kein Wort. Ruby und ich schauten aus den Fenstern, und Wade suchte im Radio nach Übertragungen von Baseballspielen, um zu erfahren, wie das Home-Run-Rennen zwischen McGwire und Sosa stand. Seit wir in Myrtle Beach losgefahren waren, hatte Wade kaum geschlafen, und während der Fahrt erzählte er uns lange Geschichten aus der Zeit, als er für die Rangers gespielt und Sosa beim Schlagtraining Bälle zugeworfen hatte; dass Sammy keinen seiner Pitches außer dem Fastball treffen konnte; dass er damals noch ein magerer kleiner dominikanischer Junge war, der nicht mal Englisch konnte. Die Geschichten und die Spiele im Radio vermischten sich irgendwie, und schon bald stellte ich mir Sammy Sosa als armen, dünnen Teenager in einem Cubs-Trikot vor, wie er McGwires Fly Balls irgendwo draußen im Outfield fing.

Am Samstagabend hatte McGwire sechzig Home Runs auf dem Konto und Sosa achtundfünfzig, was bedeutete, dass McGwire nur noch einen mehr brauchte, um mit Maris' Rekord gleichzuziehen. Das Sonntagsspiel war in Cincinnati, und Wade meinte, dass McGwire den Rekord dort auf gar keinen Fall einstellen würde. Er meinte, so etwas würde ein Baseballspieler in seinem Heimstadion machen wollen, und er war sicher, dass McGwire mit dem Rekord warten würde, bis er und Sosa beide am Montagabend in St. Louis spielten, und er versprach uns, dass wir dabei wären.

Wade hatte keine Tickets für das Spiel am Montag, aber

er sagte, er hätte so das Gefühl, dass es nicht allzu schwierig wäre, noch welche zu ergattern. Im Radio hatten sie gesagt, ein einziges Ticket könnte bis zu 1000 Dollar kosten, daher wusste ich, dass Wades Hoffnung auf Tickets eher was mit dem Geld in seiner schwarzen Sporttasche zu tun hatte als mit Glück oder irgendwelchem Insiderwissen.

Am Montagvormittag kamen wir in St. Louis an. Als wir gerade einen Fluss überquerten, fuhr Wade langsamer und zeigte uns etwas auf der anderen Seite. »Seht ihr das da?«, fragte er. Es war ein riesiger weißer Halbkreis rechts vor uns, der aussah, als würde er aus dem Boden wachsen. »Das ist der St. Louis Arch.« Er blickte uns im Rückspiegel an. »Man nennt ihn das Tor zum Westen.«

Ruby rutschte auf meine Seite der Rückbank, um besser sehen zu können. »Was ist das?«, fragte sie.

»Das ist so was wie eine Skulptur«, sagte Wade. »Ein Monument.«

»Und das soll ein Tor sein?«, fragte ich.

»Das ist symbolisch gemeint. Wie eine Metapher oder eine Analogie. Weißt du, was das bedeutet?«

»Nein«, sagte ich und schüttelte den Kopf.

»Das bedeutet, etwas steht für etwas anderes. Der Bogen da steht für das Tor zum Westen. Wie die ersten Siedler haben wir im Osten alles hinter uns gelassen, und wir haben die Berge überquert, und jetzt reiten wir mit unseren Pferden in Richtung Westen.« Es war still im Auto, und wir drei saßen da und betrachteten den Bogen, der immer näher kam, und auf einmal waren wir an ihm vorbei.

»Wie Oregon Trail«, sagte Ruby.

»Was?«, fragte Wade.

»Oregon Trail«, wiederholte ich. »Das ist ein Computerspiel.«

»Ich will dahin und ihn mir von Nahem ansehen«, sagte Ruby, drehte sich um und kniete sich auf die Rückbank, um durchs Heckfenster weiter auf den Bogen zu starren.

»Das machen wir«, sagte Wade. »Vielleicht morgen. Aber heute sind wir hier, um uns ein Baseballspiel anzugucken. Morgen fahren wir nach Westen.«

27 *Brady Weller*

Ehe ich am Sonntag die Stadt verließ, fuhr ich am Fish House vorbei, um mir die 2000 Dollar zu holen, die Roc mir schuldete. Er musste geahnt haben, dass ich auf dem Weg zu ihm war, denn er saß draußen vor der Küchentür auf einem umgedrehten Mülleimer und rauchte eine Black & Mild, als ich vorfuhr.

»Verdammt, Junge«, sagte er, als ich aus dem Wagen stieg. »Weißt du denn nicht, dass wir erst um elf aufmachen? Wie ich dich kenne, bist du bestimmt nicht auf dem Weg in die Kirche.«

»Ich dachte, ich komm vorbei und kassier mein Geld, damit ich was für den Klingelbeutel habe«, erwiderte ich, nahm seine Hand und arbeitete mich wieder durch einen lächerlichen Handshake.

»Sammy und McGwire Mann gegen Mann morgen Abend«, sagte er. »Bist du sicher, dass du die Zweitausend nicht im Pott lassen willst?«

»Kommt nicht in Frage. Nicht nach meiner Pechsträhne in letzter Zeit.«

Er lachte, sprang vom Mülleimer, zog einen Packen Geldscheine aus der Tasche und zählte zwanzig Hunderter ab, die er mir dann überreichte. Ich faltete die Scheine zusammen und steckte sie in die Brusttasche. Roc stopfte den geschrumpften Packen Scheine wieder in seine Jeans.

»Ich find's unglaublich, dass du so viel Bares mit dir rumträgst«, sagte ich.

Er lächelte. »Keine Sorge, Mann«, sagte er, hob sein Hemd ein Stück hoch, und zum Vorschein kam eine kompakte 9 mm, die in seinem Hosenbund steckte. »Jeder weiß, dass das Fish House der sicherste Arbeitsplatz in der Stadt ist.«

»Ja, das sehe ich«, entgegnete ich. »Bevor ich wieder fahre, kann ich dich nochmal nach einem Namen fragen?«

»Hey.« Er breitete die Arme aus, als wollte er mich umarmen. »Dafür bin ich doch da, mein Freund: um die Gemeinschaft an meinem reichen Wissen teilhaben zu lassen.«

»Hast du schon mal von einem gewissen Bobby Pruitt gehört?«

»Robert Pruitt?«, fragte er.

»Ja«, sagte ich. »Klar.«

»Ehemaliger Baseballer?«

»Genau der.«

»Scheiße, Mann«, fluchte er, »das ist der Typ, der Wade zusammengeschlagen hat. Der, von dem ich dir erzählt hab.«

»Der Typ, den er ins Gesicht getroffen hat?«

»Genau, Mann, und ich würde mich von dem Kerl fernhalten, wenn ich du wäre.«

»Ich glaub, er ist auf der Suche nach Wade und den Mädchen.«

»Na, dann rat ich dir, Wade zu finden, bevor er es tut.«

Ich holte den Autoschlüssel aus der Tasche und deutete mit dem Kinn auf meinen Wagen. »Ich hoffe, dass mir das morgen gelingt.«

»Wo soll's denn hingehen?«

»St. Louis«, sagte ich.

»Weshalb?«, fragte er mit einem Lächeln.

»Ich will zu einem Baseballspiel.«

Er lachte. »Scheiße, hast du Tickets?«

Ich klopfte auf meine Brusttasche, in der das Geld steckte, das er mir gegeben hatte. »Jetzt ja.«

28 *Pruitt*

»So viel Geld und du rufst per R-Gespräch an«, sagte der Boss.

»Sie hätten in Viertel-Dollar-Münzen bezahlen sollen.«

»Wo bist du?«

»Spielt keine Rolle.«

»Dann hast du hoffentlich eine gute Nachricht«, sagte er.

»Ich habe ihn gefunden.«

»Wieso hab ich dann nicht das, was ich haben will?«

»Weil der richtige Zeitpunkt noch nicht gekommen ist.«

»Wann ist der richtige Zeitpunkt gekommen?«

»Montag. In St. Louis.«

»Warum St. Louis?«

»Da will er hin. Und da wird diese Sache enden.«

»Es ist Donnerstag. Warum soll ich so lange warten?«

»Weil sich die Bedingungen unserer Abmachung geändert haben.«

»Wie zum Teufel kommst du denn darauf?«

»Weil Sie die Karten nicht mehr in der Hand haben.«

»Was willst du?«

»Hunderttausend.«

Es wurde still am anderen Ende der Leitung. »Ausgeschlossen. Das war nicht abgemacht.«

»Wie gesagt, unsere Abmachung hat sich geändert.«

»Nein. Hat sie nicht.«

»Er wird gefunden werden, und das, was Ihnen gehört, wird mit ihm zusammen gefunden werden. Es liegt bei Ihnen, ob Sie es wiederhaben wollen. Aber nur unter geänderten Bedingungen.«

»Schluss, aus. Wir sind miteinander fertig! Die Sache ist beendet.«

»Nein, ist sie nicht. Nicht für mich.«

Der 40-Dollar-Parkplatz beim Busch-Stadion war schon eine Stunde vor Spielbeginn proppenvoll: Studenten, Familien, Hunderte von Leuten, die T-Shirts und Kappen mit der Aufschrift »61« trugen und Plakate und Schilder mit McGwires Namen und Konterfei hochhielten. Außerhalb des Parkplatzes boten Schwarzmarkthändler auf Schildern Tickets feil, schauten in Autofenster und gingen während roter Ampelphasen auf der Straße hin und her.

Eine Gruppe Schwarzmarkthändler stand an der Kreuzung von Clark Avenue und Eighth Street, und einer von ihnen, ein großer, dünner Schwarzer, löste sich daraus und winkte mich näher. »Was brauchst du, Mann?«, fragte er. »Was immer du willst, ich hab's: hinter der Spielerbank, Left Field, Right Field, alles außer Loge.«

»Bloß ein Ticket, um reinzukommen. Egal wo.«

»Hauptsache drin, was?«, grinste er und sah sich um, als glaubte er, dass mir jemand gefolgt war oder sich ranschleichen wollte, um mitzuhören, was wir redeten.

»Was ist das Billigste, das du hast?«

»Bist du ein Cop?«

Meine Augen richteten sich auf die Typen, die noch immer ein Stück hinter ihm standen. »Fragen die auch so viel oder verkaufen die Tickets?«

»Schon gut«, sagte er. Er blickte sich wieder um und dann deutete er mit einem Nicken auf ein Parkhaus hinter ihm an der Kreuzung von Clark und Eighth. »Komm mit.« Er drehte sich um und ging in das Parkhaus, wo er zwischen einem Van und einem Pick-up stehen blieb. »Tausend«, sagte er und hielt ein Ticket hoch. »Tausend für einen Stehplatz.«

Das Parkhaus war voller Autos, aber Menschen waren nicht zu hören, weil alle längst auf dem Weg ins Stadion waren. Das einzige Geräusch machte ich mit den Hundertern, die ich vom Bündel abblätterte. Er ließ mich nicht aus den Augen, während das Geld gezählt wurde.

»Fünfzehn«, sagte er.

»Fünfzehn was?«

»Fünfzehnhundert. So kurz vor Spielbeginn wird's teurer.«

Die Scheine wurden zusammengefaltet und wanderten wieder zurück in meine Tasche. »Okay.« Bis er das gehört hatte, war die Glock schon aus dem Hosenbund meiner Shorts gezogen und ihre Mündung an seinen Kopf gepresst. Seine Knie gaben nach, und er sackte vor meinen Füßen zusammen.

»Willst du Spielchen spielen?« Die Mündung drückte so

fest gegen den Kopf, als wollte sie sich durch den Schädel bohren. »Willst du?«

»Nein«, flüsterte er. »Sorry. Da, nimm's dir.« Er hielt mir das Ticket hin, und meine freie Hand nahm es, ehe meine Schuhsohle gegen sein Brustbein trat und ihn rückwärts gegen die Betonwand katapultierte. Er lag da und sah zu mir hoch, Tränen in den Augen, und seine Brust hob und senkte sich, als hätte er einen schnellen Sprint hingelegt. Ich zog die tausend Dollar wieder aus der Tasche, zerknüllte sie und warf sie ihm ins Gesicht. Er zuckte zusammen, während das Geld um ihn herum zu Boden fiel.

29 *Easter Quillby*

Wade hatte unter einer Überführung geparkt und uns im Auto gelassen, während er Tickets besorgen ging. An allen Parkplätzen standen Besetzt-Schilder, und wir waren ein Stück vom Stadion weggefahren, um woanders eine Stelle zum Parken zu suchen. Die Straßen waren leer, weil alle schon drin waren. Es parkten noch andere Autos um uns herum unter der Überführung, und Ruby und ich kurbelten die Fenster runter und sahen zu, wie eine Familie aus einem Minivan kletterte. Beide Jungs waren jünger als ich, und sie trugen beide Baseballhandschuhe und McGwire-Trikots, und ihre kleine Schwester, die hinter dem Minivan stand und zur Überführung hochblickte, schniefte und wischte sich die Augen, als hätte sie geweint. Der Mann und die Frau zankten sich.

»Ich hab ihn ja nicht absichtlich vergessen«, sagte der Mann. Er war groß und hatte braunes Haar genau wie die Jungs, und er trug eine Cardinals-Kappe und ein T-Shirt mit einem Bild von McGwire drauf.

»Wehe, es fängt an zu regnen«, sagte die Frau. Sie hatte die Heckklappe des Minivans geöffnet und stopfte Sachen in eine Tasche. Sie schaute nach hinten zu dem kleinen

Mädchen, und dann sah sie den Mann an. »Wo sind ihre verdammten Snacks?« Der Mann seufzte so laut, dass alle es hören konnten. »Das darf doch nicht wahr sein, Marty«, rief sie. Sie knallte die Heckklappe zu und nahm das kleine Mädchen an die Hand und marschierte in Richtung Stadion. Der Mann und die beiden Jungs folgten ihr. Ruby und ich sahen ihnen nach.

Wade hatte versprochen, er würde nicht lange weg sein, aber jetzt waren nur noch wir unter der Überführung. Das Spiel würde bald losgehen, und ich machte mir langsam Sorgen, weil es um uns herum immer leiser wurde, während die Leute ins Stadion strömten. Bald waren nur noch die Autos zu hören, die auf dem Interstate über uns fuhren, und die Musik und die Lautsprecherdurchsagen aus dem Stadion.

Ruby hatte ihr Fenster ganz runtergekurbelt, und sie streckte einen Arm nach draußen, als wollte sie fühlen, ob ein Lüftchen ging. »Glaubst du, Big Mac bricht heute den Rekord?«, fragte sie.

Schweiß lief mir über die Stirn, und ich wischte ihn mit meinem T-Shirt weg. »Keine Ahnung«, sagte ich. »Ich wette, er zieht wenigstens gleich.« Ich schwitzte auch an den Beinen, und ich nahm eine Handvoll Servietten, die wir aufs Armaturenbrett gelegt hatten, und wischte mir die Beine ab, und dann knüllte ich die Servietten zusammen und warf sie auf den Boden. »Morgen ist noch ein Spiel«, sagte ich. »Vielleicht geht Wade mit uns auch dahin.«

»Wo ist er?«

»Er besorgt Tickets. Schon vergessen? Man braucht Tickets, um reinzukommen.«

Ruby zupfte irgendwas von ihrem Shirt, und dann seufzte sie. »Glaubst du, wir übernachten heute mal wieder in einem Hotel mit Pool?« Das fragte sie, seit wir in Myrtle Beach losgefahren waren, und jedes Mal antwortete ich dasselbe.

»Ich weiß nicht«, sagte ich. »Frag Wade.«

»Der sagt nie was, wenn ich ihn frage«, quengelte sie.

»Vielleicht weil du die ganze Zeit plapperst. Du bist wie Hintergrundmusik.«

»Was ist Hintergrundmusik?«

»Das ist Musik, die du irgendwann nicht mehr mitkriegst, weil du sie die ganze Zeit hörst. Wie das Gedudel in Aufzügen und Läden.«

»Aber wir sind doch nicht die ganze Zeit in Aufzügen und Läden«, sagte sie. »Wieso kriegt er mich dann nicht mit?«

»War ja bloß ein Vergleich.«

»Kapier ich nicht«, meinte sie.

Ich sagte nichts, weil ich Wade zwei Autoreihen weiter auf uns zukommen sah, als könnte er gar nicht schnell genug zurück zum Auto. Als ich sah, wie eilig er es hatte, wurde mir flau im Magen, und ich griff nach dem Sicherheitsgurt hinter mir und schnallte mich an. Aber dann erkannte ich, dass er lächelte. Als er merkte, dass wir ihn ansahen, griff er in die Gesäßtasche, zog drei Tickets heraus und fächerte sie auseinander wie Spielkarten.

Er beugte sich in Rubys Fenster und schlug ihr mit den Tickets klatschend aufs Bein. »Seid ihr startklar?«, fragte er. »Left Field. Wir sehen uns heute einen Home Run an.«

»An einem sonnigen, heißen Tag wie heute kann ein Ball richtig weit fliegen«, erklärte Wade. »McGwire wird sich nicht sonderlich anstrengen müssen, um hier einen zu schlagen.« Er hielt uns beide an der Hand, und wir gingen eine Betonrampe hoch zu unseren Plätzen. »Immer schön bei mir bleiben«, brüllte er. Überall waren Leute, die meisten von ihnen in Cardinals-T-Shirts und -Kappen, aber ein paar trugen auch Cubs-Kappen und Trikots mit Sosas Namen und Nummer auf dem Rücken. Die vielen Menschen und die Musik und der Stadionsprecher, der die Aufstellungen bekanntgab, waren so laut, dass ich kaum verstehen konnte, was Wade sagte. Ich hörte den Sprecher »Mark« sagen, aber den Rest bekam ich nicht mit, weil die Fans so laut jubelten.

Wade führte uns die Rampen hoch zu einem langen Gang, der sich im Bogen um das Feld herumzog. Rechts von uns führten kürzere Gänge zu den Sitzplätzen, und jedes Mal, wenn wir an so einem Gang vorbeikamen, konnte ich die Hitze von der Sonne spüren und das grüne Outfield und die oberen Ränge auf der anderen Seite des Stadions sehen. Die Plätze waren alle schon besetzt. In meinem ganzen Leben hatte ich noch nie so viele Menschen gesehen.

»Glaubst du, Sammy Sosa schlägt auch einen Home Run?«, fragte Ruby.

»Ich würde sagen, wahrscheinlich ja«, sagte Wade. »Wie ich Sammy kenne, wird er McGwire nicht gönnen, dass der heute den ganzen Spaß allein hat.«

»Glaubst du, er würde sich an dich erinnern?«, fragte ich.

»Natürlich erinnert er sich an mich. Einen Arm wie meinen kann er gar nicht vergessen haben.« Er drückte kurz meine Hand und zwinkerte mir zu.

»Ich hab Hunger«, sagte Ruby. »Und Durst hab ich auch.«

»Sollen wir zuerst unsere Plätze suchen?«, fragte Wade. Er sah mich an, als ob er wollte, dass ich irgendwas sagte.

»Aber wir haben den ganzen Tag noch nichts zu essen und zu trinken gehabt«, sagte Ruby. Draußen auf dem Feld fing jemand an, die Nationalhymne zu singen.

»Dann kommen wir zu spät«, erklärte ich.

»Aber ich hab Hunger«, quengelte Ruby.

»Schon gut«, sagte Wade und drückte wieder kurz meine Hand. »Wir haben eine Menge Zeit.«

»Da ist er!«, schrie Ruby. Sie zeigte auf Mark McGwire, der auf einem riesigen Fernsehbildschirm über den Sitzen am Center Field Schlägerschwünge zum Aufwärmen machte. Weil sie auf den Bildschirm starrte, ging sie noch langsamer die Stufen zu unserer Sitzreihe runter.

»Geh weiter«, sagte ich und gab ihr mit dem Knie einen Stups in den Rücken. Ich hatte eine Cola und zwei Schachteln Popcorn in den Händen. Ruby hatte ihre schon aufgemacht und stopfte sich Popcorn händeweise in den Mund, während sie die Betonstufen eine nach der anderen runterging.

Hinter mir trug Wade seine und Rubys Limo und unsere drei Hotdogs. »Bis ganz nach unten, Ruby«, sagte er.

Wir fanden unsere Plätze, die ersten drei links von der Treppe in Reihe zwei, und ich stand zwischen Ruby und Wade, weil alle anderen auch standen, damit sie McGwire sehen konnten. Wade gab mir und Ruby unsere Hotdogs, und dann tippte er einem Mann in der ersten Reihe auf die Schulter. »Was hat Sosa gemacht?«

Der Typ drehte sich um und sah Wade an. Er hatte einen Schnauzer und ein rotes Cardinals-Trikot mit einer schwarzen Baseballkappe an. »Einen Fly Ball geschlagen«, antwortete er. »Hat Hernández am First Base verhungern lassen.«

»Ich kann überhaupt nichts sehen«, sagte Ruby. Ich klappte ihren Sitz nach unten und half ihr draufzuklettern, und dann machte ich das Gleiche mit meinem. Jetzt konnte ich alles um mich herum sehen: das ganze Outfield, mit Sammy Sosa, der drüben im Right Field stand, die oberen Ränge und den offenen weißen Kreis des Stadions darüber, wo der strahlend blaue Himmel beinahe aussah wie ein Deckel, der die ganze Hitze drinnen gefangen hielt. Ich konnte auch alles um mich herum fühlen: die vielen Leute, die so laut waren, dass du nicht mal die Musik oder die Durchsagen hören konntest, und als Brian Jordan einen Fly Ball ins Left Field schlug und McGwire ans

Schlagmal trat, ohne dass jemand am Base war, wurde der Krach fast unerträglich. Ruby stopfte sich ihren Hotdog in den Mund und hielt sich die Ohren zu. Aber als McGwire dann in Schlagstellung ging, wurde es im Stadion mucksmäuschenstill und man hörte kaum noch was.

Vielleicht lag es an der Hitze oder vielleicht auch an dem leichten Wind, der von der Home Plate über das Feld wehte, aber irgendwie erinnerte mich das Ganze daran, wie Ruby und ich zum ersten Mal das Meer sahen. Es kam mir unendlich lange her vor, dabei war es erst vor einer Woche gewesen, aber jetzt musste ich daran denken: an das Gefühl des warmen Sandes unter den Füßen, an den Klang der Brandung, wie die flüsternden Stimmen, die ich jetzt überall um mich herum hörte, an den Anblick der Wellen, die sich weit draußen auf dem Ozean bewegten, genauso, wie die Menschen sich hier im Stadion bewegten, um besser sehen zu können, was vielleicht als Nächstes passieren würde.

McGwire schwang und verfehlte den ersten Pitch. Kaum klatschte der Ball in den Handschuh des Fängers, stöhnten alle im Stadion gleichzeitig auf, wie Zuschauer in Gameshows das machen, wenn ein Kandidat die falsche Antwort gibt. Aber es wurde wieder still, als McGwire sich erneut zum Schlag bereit machte. Der nächste Wurf war ungültig, und alle stöhnten genau wie davor.

Doch sobald der Ball beim dritten Wurf die Hand des Pitchers verließ, war es, als ob wir alle wussten, dass der Moment gekommen war. Der Ball prallte krachend vom

Schläger und flog genau in Richtung Left Field, wo wir saßen, und ich stand auf meinem Sitz und griff nach Rubys Hand und sah, wie der Right Fielder rückwärts in Richtung Wand lief, und dann blieb er stehen und sah zu, wie der Ball links an der Foul-Stange vorbei- und über unsere Köpfe hinwegflog. Ich drehte den Kopf und sah noch, wie er vom Fenster der Logen über uns abprallte und dann direkt vor unseren Sitzen runterfiel und auf die Wand zurollte.

Es sah aus, als ob alle in unserer Reihe gleichzeitig nach dem Ball tauchten, auch Wade. Ich wurde angerempelt und stieg von meinem Sitz und nahm Ruby und hob sie auch runter. »Halt dich an mir fest«, sagte ich. Aber dann war es ganz plötzlich vorbei, und der Mann, der vor uns gesessen hatte, richtete sich auf und hob den Ball über den Kopf, und alle um uns herum fingen an zu klatschen und zu jubeln.

Auch Wade kam wieder hoch. Sein Hemd war mit Senf und Ketchup beschmiert, von dem Hotdog, den er in der Hand gehabt hatte, und seine Haare waren klatschnass, weil jemand irgendwas – vielleicht Cola oder Bier – über ihn verschüttet hatte. Aber er lachte. »Ich hätte ihn fast gehabt!«, sagte er, hob die Hand und machte erst mit mir, dann mit Ruby High Five. »Ich hätte fast ein Stück Geschichte ergattert.« Er hielt seine Hand vor mich hin, als ob er wollte, dass ich sie anschaute, aber ich sah nicht auf seine Hand; stattdessen sah ich zu, wie Mark McGwire das Third Base umrundete und mit dem Third Baseman

High Five machte, und dann sah ich zu, wie er über die Home Plate lief, wo sein Sohn in der Montur der Cardinals auf ihn wartete. Sein Dad nahm ihn und hob ihn in die Luft, und ich sah ihnen zu und dachte, was das wohl für ein Gefühl sein musste, vom eigenen Dad hochgehoben zu werden, hoch über allem, vor den Augen einer jubelnden Menge.

»Guckt mal da!«, sagte Ruby und zeigte mit einer Hand in Richtung Center Field. »Das sind wir!« Wade und ich schauten beide hoch. Sie hatte recht. Wir drei waren auf dem riesigen Bildschirm zu sehen, wie wir in der Reihe hinter dem Mann standen, der den Home-Run-Ball über den Kopf hielt und mit allen um ihn herum High Five machte.

30 *Brady Weller*

Zuerst hatte ich gebannt auf McGwire an der Home Plate geblickt, und jetzt sah ich ihm zu, wie er High Five mit Mark Grace machte, als er das First Base umrundete. Als er das Second Base erreichte, hob ich die Augen zu dem Großbildschirm im Center Field, und da sah ich sie noch kurz, ehe eine Wiederholung von McGwires Schlag eingeblendet wurde. Meine Hand fuhr sofort zu meiner Gesäßtasche, und ohne hinzuschauen, faltete ich die Kopie von Chesterfields Polizeifoto auseinander. In Zeitlupe zeigte der Bildschirm, wie McGwires Home-Run-Ball durch die Luft flog, von dem Logenfenster abprallte und auf die Tribüne fiel. In diesen zwei Sekunden sah ich ganz kurz die beiden Mädchen, die aussahen wie Easter und Ruby, und dann sah ich Wade nach dem Ball tauchen.

Neben mir, am Geländer des oberen Rangs, stand ein älterer Mann mit einem Fernglas. »Kann ich mir das kurz ausborgen?«, fragte ich und hob den Trageriemen über seinen Kopf, ohne auf eine Antwort zu warten.

McGwire hatte die Home Plate erreicht, als ich sie endlich am Left Field erspähte, nur zwei Reihen oberhalb der

Bande. Ich drückte dem Mann das Fernglas wieder in die Hand und rannte die Treppe hinunter zum Laufgang ums Stadion.

Er war leer. Alle waren auf ihren Plätzen geblieben oder hatten sich durch die Zugangstunnel ins Stadion gedrängt, um McGwire beim Schlag zu sehen. Ich bog nach rechts und lief schneller, als ich je in meinem Leben gelaufen war, versuchte, mich an die Nummer des Bereichs zu erinnern, wo sie gesessen hatten, als ich sie durchs Fernglas entdeckte. Wenn ich an einem Zugang vorbeikam, verlangsamte ich kurz das Tempo, um mich durch einen Blick auf die Tribünen zu orientieren, wo ich war. Jeder Gang war ein Blitz aus Sonnenlicht und grünem Gras und ohrenbetäubendem Jubel.

Als ich in Höhe der Third Base Line war, nahm ich den ersten Gang rechts von mir, und als ich die gelbe Foul-Stange sah, hastete ich die Stufen in Richtung Feld hinunter, wo das Gras sich erstreckte wie die Fläche eines grün bemoosten Sees.

Die Mädchen waren allein.

31 *Pruitt*

Ihr Foto war in meiner Hand, als ihr Gesicht auf dem Großbildschirm auftauchte, doch meine Augen waren auf Wade Chesterfield gerichtet, der neben ihr stand.

Als ich die drei endlich auf der Tribüne entdeckte, ging er gerade von ihren Plätzen die Stufen hoch.

Der Laufgang war leer, alle jubelten noch immer im Stadion, und der Lärm schallte durch jeden Zugangstunnel, aus dem mir Licht übers Gesicht huschte, und meine Füße hämmerten auf den Zement, während ich zu ihm rannte. Meine Hand griff nach hinten zum Hosenbund und drückte die Pistole an die Hüfte, damit sie nicht rausrutschte.

Er hörte wahrscheinlich laufende Schritte, die auf ihn zukamen, und dachte vielleicht, da würde jemand durch den Gang zu seinem Platz hasten, um die Feier nicht zu verpassen, aber wenn er aufgeschaut hätte, statt in die Herrentoilette oben an der Treppe zu gehen, hätte er gesehen, wie ich auf ihn zugestürmt kam.

Die Herrentoilette war leer bis auf Wade, der in der ersten Kabine links stand, den Rücken mir zugewandt, und mit Klopapier an seinem Hemd herumwischte. Das Herz hämmerte mir in der Brust, und das Blut rauschte mir durch den Körper, und ich spürte, wie mir ein Rinnsal davon von der Nase auf die Lippen lief.

Ich trat in die Kabine, und er drehte sich um und sah mich direkt hinter ihm stehen.

»Hey, Wade.«

Er versuchte, sich an mir vorbeizuzwängen, aber meine Arme schlossen sich um seinen Hals und zogen ihn zurück in die Kabine. Er wand und drehte sich, so dass sein Rücken gegen meine Brust drückte, und stieß sich dann mit den Füßen vom Klo ab. Wir taumelten aus der Kabine und fielen auf die Waschbecken zu. Meine Schulter knallte gegen eine Reihe Händetrockner, von denen sich einige einschalteten und heiße Luft über meinen Arm und sein Gesicht bliesen. Er warf sich hin und her, versuchte, sich zu befreien, doch meine Arme schlossen sich fester um seinen Hals und hoben ihn vom Boden, und ein Teil von mir wollte spüren, wie sein Körper erschlaffte, damit die Sache erledigt wäre. »Kennst du mich noch, Wade?«

»Warte«, sagte er mit einer Stimme, die es kaum aus seinem Mund raus schaffte. »Meine Mädchen.« Er stank nach den Gerüchen des Stadions – Ketchup, Senf, Bier, Schweiß.

»Wo ist das Geld, Wade?« Mein Griff um seinen Hals lockerte sich, damit er genug Luft zum Antworten bekam. Aber er wand sich frei und drehte sich zu mir um, sah direkt in meine Augen. Meine Hände packten blitzschnell sein Gesicht, und meine Daumen pressten sich in seine

Augenhöhlen. Er schrie auf, drückte die Augen so fest zu, wie er konnte, und seine Finger griffen blind in mein Gesicht wie Krallen. Als er die Hände wieder zurücknahm, waren sie voll mit Blut von meiner Nase, und seine Finger rutschten an meinen Armen hinunter bis zu meinen Handgelenken.

Plötzlich war da das Geräusch meiner Sonnenbrille, die auf den Betonboden fiel, und das trübe Licht war jetzt heller in meinen Augen. Meine Hände ließen ihn los, und meine Knie beugten sich, so dass meine Finger den Boden abtasten konnten. Wade drängte an mir vorbei und stieß mich dabei rückwärts auf den Boden. Die Pistole rutschte aus dem Hosenbund, und als ich nach ihr greifen wollte, schlitterte sie durch den Raum.

Ich packte Wade an den Fußknöcheln, riss ihn zu Boden und warf mich auf ihn, und meine Hände fassten seine genau in dem Moment, als sein Finger sich um den Abzug krümmte und einen Schuss abfeuerte. Die Kugel prallte vom Boden ab und schlug oben in die Decke. Der Knall war ohrenbetäubend.

Als ich wieder auf die Beine kam, hallten schon Stimmen draußen auf dem Laufgang, und dann war ein Paar Hände auf meinen Schultern, während ein anderes Paar Wade packte und von mir wegzog. Irgendwer brüllte: »Achtung, Pistole!«, ehe meine Faust einen Kiefer zertrümmerte und Zähne in meine Knöchel drangen.

»Wir brauchen Verstärkung!«, rief eine andere Stimme.

Wade lag noch auf dem Boden, als meine Schultern vor

den beiden Typen in orangeroten Westen in Kampfstellung gingen und meine Augen den Boden nach der Pistole absuchten. Und dann traf mich eine Wolke Pfefferspray, und die beiden überwältigten mich. Und Sekunden später waren noch andere da.

»Halt!«, schrie jemand, aber ich konnte nicht gemeint sein. Von draußen im Stadion war Jubelgeschrei zu hören, als das Spiel weiterging. Aber meine Ohren nahmen noch ein anderes Geräusch wahr: das Echo von Wade Chesterfields Schritten, als er durch den Laufgang von mir wegrannte.

32 *Easter Quillby*

Als ich Wade wiedersah, stand er oben an der Treppe, die zu unseren Plätzen führte. Ich schätze, er war stehen geblieben, als er den Mann neben uns sitzen sah. Selbst wenn er nicht wusste, wer Brady war, konnte er sich wahrscheinlich denken, warum er da war. Irgendwas musste ihm verraten haben, dass es vorbei war, dass jemand uns gefunden hatte und wir zurück nach North Carolina, nach Gastonia gebracht werden würden, und wohin danach, wusste keiner.

Ich weiß nicht, wie lange er da schon gestanden hatte, als ich mich umdrehte und ihn sah, aber seine Augen waren rot, als ob er geweint hätte oder kurz davor war. Er winkte mir zu, und ich winkte zurück, und das war's – er war weg. Ich wartete noch ein paar Minuten – bis zum Ende des zweiten Innings, als die Cardinals mit Schlagen an die Reihe kamen –, bevor ich zu Brady sagte, dass Wade wohl nicht zurückkommen würde. Er fragte, ob ich mir sicher wäre, und meinte, wir könnten noch ein bisschen länger warten, aber ich wusste, dass das nichts bringen würde. Ich war bereit, einfach passieren zu lassen, was immer jetzt auch passieren würde.

33 *Brady Weller*

In Gastonia hatten sich die Ereignisse überschlagen, als ich Easter und Ruby am Dienstagnachmittag zurückbrachte, eine ganze Woche nach ihrem Verschwinden. Der Geldtransporter-Coup war wieder in allen Nachrichten, ebenso wie das Polizeifoto von Tommy Broughton. Nicht nur die Lokalnachrichten berichteten, auch landesweite Fernsehsender waren wieder in der Stadt, und CNN und die Morgenprogramme übertrugen pausenlos live und zeigten, wie FBI-Agenten in dem Haus auf Calder Mountain Trockenwandstücke aus der Kellertür warfen und schwarze Müllsäcke herausschleppten, von denen ich wusste, dass sie vollgestopft waren mit Millionen Dollars. Nur der Fahrer des Geldtransporters blieb unauffindbar. Vielleicht hatte er die letzten sechs Monate mit Steinen beschwert auf dem Grund des Catawba River verbracht, vielleicht entspannte er sich aber auch an irgendeinem Strand in Mexiko, weit weg von Tommy Broughton und dem Schlamassel, in den er sich geritten hatte. So oder so, ich wusste, Broughton würde irgendwann mit der Sprache rausrücken. Er war nicht clever genug oder hart genug, um so ein Geheimnis zu bewahren.

Einen Teil des Geldes hatte man am Montag in St. Louis bei Robert Pruitt gefunden. Eine Pistole war auch bei ihm gefunden worden, aber das war es nicht, was mir zu schaffen gemacht hatte: Was mir nicht mehr aus dem Kopf gehen wollte, war das Foto von Easter, das er zusammengefaltet in der Tasche gehabt hatte. Ich hatte mit meiner Vermutung richtiggelegen, dass man ihm schon bald den Mord an Wades Mutter in Charleston nachweisen würde, und wahrscheinlich würde die Polizei noch alles Mögliche zutage fördern, wenn sie erst mal richtig anfing zu graben. Er war erst ein paar Monate aus dem Gefängnis gewesen, aber anscheinend hatte er seine Zeit voll ausgekostet. Und jetzt war er wieder hinter Schloss und Riegel und wartete auf seinen Mordprozess. Wer weiß, was er getan hätte, wenn er an die beiden Mädchen rangekommen wäre.

Am Dienstagabend waren Easter und Ruby wieder in Miss Crawfords Obhut, doch sie kamen nicht ins Bett, bevor ich die Deluxe Delta 6000 eingebaut hatte, Kostenpunkt 750 Dollar plus 74,99 Dollar Miete im Monat. Aber natürlich fielen keinerlei Kosten an, denn die wurden großzügigerweise von Safe-at-Home und meinem Schwager Jim übernommen. Schwierig war nur, Miss Crawford zu erklären, wie die Anlage aus- und eingeschaltet wurde, aber das beunruhigte mich nicht sonderlich, weil ich wusste, dass Easter und Ruby nicht mehr lange im Heim bleiben würden. Nach dem Verschwinden der beiden hatten ihre Großeltern sich richtig ins Zeug gelegt, und sobald die Mädchen wieder da waren, ging alles ganz schnell. Nur wenige Tage später würde ich in ihrem Zimmer stehen, mit Faltkartons unterm Arm, und fragen, was sie mitnehmen und was sie für die anderen Kinder dalassen wollten.

Nachdem der Staub sich gelegt hatte, herrschte über alles und jeden Klarheit – mit Ausnahme von Wade Chesterfield.

Und da rief er mich an.

»Sind meine Mädchen noch bei Ihnen?«, fragte er. Es war kurz vor neun am Donnerstagmorgen in der Woche nach St. Louis, und als ich ins Büro gekommen war, war das Letzte, womit ich rechnete, Wade Chesterfields Stimme zu hören. Die Nummer im Display hatte die Vorwahl 704. Er hätte also von nebenan oder von irgendwo sonst in diesem Teil von North Carolina anrufen können.

»Sind Sie das, Wade?«

»Sind meine Mädchen noch bei Ihnen?«, fragte er wieder.

»Nein«, sagte ich. »Sind sie nicht mehr. Sie sind wieder da, wo Sie sie letzte Woche gefunden haben. Und ich rate Ihnen, sie da zu lassen.«

»Die Frau da hat mir Ihre Nummer gegeben«, entgegnete er. »Sie hat gesagt, ich soll Sie anrufen, wenn ich irgendwas brauche.«

»Das war, bevor das alles passiert ist, Wade. Jetzt kann ich nichts mehr für Sie tun.«

»Waren Sie das im Stadion?«, fragte er.

Seine Frage überraschte mich. Ich hätte nicht gedacht, dass er mich gesehen hatte. »Ja«, sagte ich. »Das war ich.«

»Danke, dass Sie sich um meine Mädchen kümmern«, sagte er.

»Nichts zu danken. Das ist schließlich meine Aufgabe. Sie haben das alles bloß ein bisschen schwieriger gemacht als nötig.« Ich wartete darauf, dass er etwas sagte, doch am anderen Ende der Leitung blieb es still. »Wade? Sind Sie noch dran?«

»Können Sie zu ihnen, wann immer Sie wollen?«, fragte er.

»Wieso fragen Sie das?«

»Weil ich Ihnen ein Angebot mache. Zweihundertfünfzigtausend, wenn Sie mir helfen, sie zurückzubekommen.«

Die Glocken der Baptistenkirche eine Querstraße weiter fingen wie immer um neun Uhr an zu läuten, und ehe ich Wade antworten konnte, hörte ich dieselben Glocken durchs Telefon. Ich sprang auf und lief zu den Vorderfenstern meines Büros und spähte die Franklin Avenue rauf und runter, aber ich konnte nirgends ein Münztelefon sehen.

»Hallo?«, fragte Wade.

»Ich bin noch da«, sagte ich. Ich öffnete die Eingangstür und trat hinaus auf den Parkplatz. »Hören Sie, Wade, ich kann unmöglich –«

»Dreihunderttausend Dollar«, erhöhte er. Auf dem Parkplatz waren die Glocken und der Verkehr so laut, dass ich ihn kaum verstehen konnte, und die Verbindung wurde schwächer, und es begann, in der Leitung zu rauschen. Ich ging zurück in Richtung Gebäude und hielt mir mit der freien Hand das Ohr zu. »Ich muss sie unbedingt bei mir haben. Bitte, denken Sie drüber nach. Ich rufe morgen wieder an.«

»Warten Sie!«, sagte ich. Das Glockenläuten hatte aufgehört, und ich merkte, dass ich in den Hörer brüllte. »Warten Sie. Falls Sie in der Stadt sind, irgendwo in der Nähe, könnten wir uns vielleicht treffen und reden.«

Aber er hatte schon aufgelegt.

Ich ging wieder ins Büro und wählte die Nummer, von der er mich angerufen hatte. Es klingelte fast eine Minute, ehe sich jemand meldete.

»Hallo«, meldete sich eine Frauenstimme.

»Kann ich bitte Wade sprechen?«

»Wen?«

»Wade. Er hat mich vor zwei Minuten angerufen.«

»Hier ist niemand«, sagte die Frau. »Das hier ist ein Münztelefon. Ich bin zufällig vorbeigekommen und hab das Klingeln gehört.«

»Danke«, sagte ich. Ich legte auf und setzte mich an meinen Schreibtisch, und dann lehnte ich mich im Sessel zurück, holte tief Atem und schloss die Augen. *Wade hat mich angerufen*, dachte ich. Nicht die Polizei oder das FBI oder das Kinderheim. Ich allein wusste, dass er in der Stadt war. Ich allein wusste, was er zu tun bereit war, um seine Töchter zurückzubekommen.

Als ich die Augen öffnete, waren sie auf das gerahmte Schreibtischfoto von Jessica und mir gerichtet. Ich musste unwillkürlich daran denken, was sie neulich beim Abendessen gesagt hatte, dass niemand die Kinder fragte, was sie wollten, und ich hatte wieder Easters Gesicht beim Spiel der Cardinals vor Augen, als ihr klarwurde, dass Wade nicht zurückkommen würde. Ich konnte nicht ungeschehen machen, was ich bei Jessica alles falsch gemacht hatte, obwohl ich es seit Jahren versuchte. Vielleicht hatte ich mein Leben lang nur deshalb an zweite Chancen geglaubt, weil immer ich derjenige war, der welche brauchte. Aber jetzt musste ich entscheiden, ob ich Wade Chesterfield eine zweite Chance geben wollte oder nicht, und ich hatte vierundzwanzig Stunden Zeit, um mir zu überlegen, wie diese Entscheidung ausfallen würde.

34 *Easter Quillby*

Seitdem Ruby und ich wieder da waren, hatten wir nach der Schule nicht mehr mit den anderen Kindern auf den Spielplatz gedurft, aber am Montag kam Mrs Davis in den Klassenraum, wo wir die letzten Nachmittage mit Hausaufgabenmachen und Filmegucken verbracht hatten, und sagte, wir sollten uns mit den übrigen Kindern aufstellen. »Und nehmt eure Sachen mit«, sagte sie. Wir steckten alles in unsere Rucksäcke und folgten ihr nach draußen.

Brady wartete auf dem Parkplatz hinter der Schule auf uns. Er lehnte vorn an seinem Auto und hatte die Hände in den Hosentaschen. Er lächelte und winkte, als er uns sah. Ruby und ich winkten zurück.

Mrs Davis ging an der Spitze der Reihe, aber als sie bei Brady war, blieb sie stehen und drehte sich zu Selena um. »Alle, die auf den Baseballplatz wollen, folgen Selena. Die anderen können auf den Spielplatz gehen, und ich komme gleich nach.« Selena führte einige Kinder die Treppe hinunter zum Baseballfeld, und alle anderen gingen in Richtung Spielplatz. Ein paar von ihnen drehten sich im Gehen um und starrten Brady an. Sie fragten sich garantiert, wer er war, und wieso er da auf uns gewartet hatte. Sie würden Ruby und mich mit Fragen löchern, sobald wir wieder bei ihnen waren. Sie hatten uns in den Nachrichten gesehen, als wir verschwunden waren, und ein paar von ihnen hatten Fotos von uns aus der Zeitung ausgeschnitten und uns gezeigt.

Aber Mrs Davis wusste ja schon, wer Brady war. Kurz vor Schulbeginn im August hatte Brady Ruby und mich allen Lehrern vorgestellt und ihnen erzählt, dass wir ins Heim mussten, nach dem, was mit Mom passiert war. Wir hatten sogar die Schulleiterin kennengelernt.

Brady schüttelte Mrs Davis die Hand. »Wie geht es Ihnen?«, fragte er.

»Gut«, lächelte sie. »Es geht mir noch besser, seit unsere Mädchen wieder bei uns sind.« Sie drückte meine Schulter und legte die andere Hand auf Rubys Kopf. Ruby sah sie an. »Dann wünsch ich euch viel Spaß«, sagte Mrs Davis. Sie ging in Richtung Spielplatz.

»Wo fahren wir hin?«, fragte Ruby.

Brady öffnete die Autotür und klappte den Beifahrersitz nach vorn. »Ich hab gedacht, wir machen was Schönes zusammen, zum Beispiel in den Park gehen«, schlug er vor. »Ihr reist ja nächste Woche ab, und heute ist vielleicht die letzte Gelegenheit, was zu unternehmen.«

Ruby kletterte auf die Rückbank und schnallte sich an, und ich klappte den Beifahrersitz wieder zurück und stieg vorn ein. Auf der ganzen Fahrt von St. Louis nach Gastonia hatte ich mit Ruby hinten gesessen, aber jetzt hatte ich Lust, vorn bei Brady mitzufahren. Sein Auto war klein und alt, aber nicht ganz so alt wie das von Wade, und es roch ein bisschen nach Zigaretten. Brady startete den Motor und kurbelte die Fenster runter. Dann machte er das Radio an und schaute auf die Uhr. Schließlich sah er mich an. »Okay, Kopilot«, sagte er. »Wohin zuerst?«

Unsere erste Station war das Dairy Queen gleich neben der Schule. Brady ließ Ruby und mich bestellen, was wir wollten. Ich nahm ein Vanillesofteis mit roter Zuckerglasur, und Ruby nahm eins mit Schokoglasur. »Gibt's bei Miss Crawford auch Eis?«, fragte Brady.

»Manchmal«, sagte ich. »Aber nur nach dem Abendessen.«

»Tja, dann verraten wir ihr das lieber nicht.«

Wir fuhren die Union Road runter und bogen auf den Garrison Boulevard ab, dem wir bis zum Lineberger Park folgten, aber als Brady den Blinker setzte, um auf den Parkplatz zu fahren, beschloss ich, dass ich vorher noch was anderes sehen wollte. »Können wir an unserem alten Haus vorbeifahren?«, fragte ich ihn.

Brady sagte nichts. Er ließ den Blinker weiter an, schaute auf die Uhr am Radio und drehte den Kopf und blickte zum Park hinüber.

»Ist doch ganz in der Nähe. Dauert echt nicht lange.«

»Okay«, sagte er schließlich. Er setzte den Blinker in die andere Richtung und fädelte sich wieder in den Verkehr ein und bog vom Garrison nach links in die Chestnut Street ab.

Als wir abbogen, blickte ich über den Parkplatz vor Fayles' zu der Telefonzelle an der Ecke hinüber und sah, dass sie repariert worden war.

»Gibt's da was Besonderes zu sehen?«, fragte Brady.

»Nee, nichts«, sagte ich. Ich drehte mich wieder um und betrachtete die Häuser, an denen wir auf dem Weg zu unserer Straße vorbeikamen. »Wir haben unser altes Haus nicht mehr gesehen, seit wir ins Heim gekommen sind.«

»Ich wette, das kommt euch ewig lang her vor«, sagte Brady.

»Aber alles sieht noch genauso aus«, sagte Ruby von der Rückbank. Sie hatte sich abgeschnallt und vorgebeugt und spähte zwischen Brady und mir hindurch nach vorne. Ich überlegte, ihr zu sagen, dass sie sich wieder anschnallen sollte, aber wir fuhren jetzt ganz langsam, und ich dachte mir, dass es dann keine große Rolle spielte, ob sie angeschnallt war oder nicht.

Ich zeigte Brady, welches unser Haus gewesen war. Er bremste und hielt direkt davor, und dann beugte er sich zu mir rüber, um aus meinem Fenster zu schauen. Es sah noch immer aus wie das kleine weiße Haus, in dem wir gewohnt hatten. Bis auf den Plastikstuhl, der nicht mehr auf der Veranda stand, sah es aus, als wären wir nie ausgezogen. Und dann fielen mir doch ein paar Kleinigkeiten auf, die anders waren. Im Wohnzimmer waren hellblaue Vorhänge zugezogen, und auf der Fensterbank hinter der Scheibe stand eine rote Plastiktasse. An der unteren Hälfte der Fliegentür fehlte das Fliegengitter, und ein paar Zeitungen, die noch das Gummiband drum hatten, lagen auf der Veranda. In der Einfahrt stand kein Auto, genau wie früher bei uns, weil wir auch keins gehabt hatten, aber in dem hohen Gras am Ende der Einfahrt lag ein neues Dreirad auf der Seite. Ich dachte mir, dass es den Leuten gehörte, die jetzt da wohnten.

Wir standen vielleicht eine knappe Minute da, als ein Mann die Haustür aufmachte und mit nackten Füßen auf die Veranda kam und die Fliegentür hinter sich zuknallen ließ. Er war etwa so alt wie Mom, und er hatte ein weißes Unterhemd und eine Bluejeans an. Er hielt mit der Schulter ein Handy ans Ohr geklemmt, während er eine Zigarette hervorholte und ansteckte. Wir drei saßen einfach da und starrten ihn an, und ich dachte mir, dass er sich bestimmt fragte, was in aller Welt wir da vor dem Haus machten. Er nickte uns zu, und ich winkte.

»Wir sollten wieder fahren«, sagte Brady.

»Okay«, sagte ich.

Brady setzte in die Einfahrt des Nachbarn, um zu wenden, und als wir an dem Haus vorbeifuhren, drehte ich mich auf meinem Sitz um und schaute es noch eine Weile an, und ich sah, dass Ruby sich auch umgedreht hatte und es anschaute.

Irgendwas fühlte sich anders an, als wir von unserer alten Straße wieder auf die Chestnut Street abbogen. Der Tag hatte sich irgendwie verändert. Brady hatte das Radio ausgemacht und die Fenster hochgedreht, und keiner von uns sagte ein Wort auf dem Weg zurück zum Park. Vielleicht waren Ruby und ich so still, weil wir unser früheres Zuhause gesehen hatten, oder vielleicht fühlten wir beide etwas, das wir nicht ganz verstanden, weil wir einen Fremden auf der Veranda eines Hauses hatten stehen sehen, in dem wir nie wieder wohnen würden, jetzt ganz sicher nicht mehr, wo wir praktisch schon auf dem Weg nach Alaska waren.

Aber sobald Brady auf den Parkplatz am Lineberger Park fuhr und den Motor ausstellte, wurde klar, was ihm durch den Kopf gegangen war. »Ich muss euch was sagen. Es könnte sein, dass ihr heute euren Daddy seht.« Er sah mich an, und dann wandte er sich zur Rückbank und sah Ruby an.

»Wo ist er?«, fragte ich.

»Er ist hier«, sagte Brady und zeigte mit einer Kopfbewegung zum Park. »Ich meine, er könnte hier sein. Ich weiß es nicht. Ich wollte euch nur schon mal sagen, dass ihr ihn sehen könntet. Und ich wollte nicht, dass ihr euch erschreckt.«

»Wir haben keine Angst vor ihm«, sagte Ruby. »Er ist doch unser Dad.«

»Ich weiß«, sagte Brady. Er machte seine Tür auf und sah dann wieder nach hinten zu Ruby. »Ich weiß.«

Es war zwei Wochen her, seit Wade uns aus dem Heim geholt hatte, und jetzt war es Mitte September, und der Sommer war endgültig vorbei. Die letzten paar Tage war es noch heiß gewesen, aber im Park mit dem vielen Schatten und all den hohen Bäumen um uns herum war es beinahe kühl. Der Park war voller Leute, und Ruby und ich hielten uns an den Händen und folgten Brady zum Spielplatz. Er setzte sich auf eine Bank, und wir stellten uns vor ihn. Ruby betrachtete die Leute um uns herum, als würde sie jeden Moment damit rechnen, dass Wade aufkreuzte und »Hey« sagte, aber ich sah nur Brady an.

»Deshalb wollten Sie, dass wir hierhin mitkommen, oder?«, fragte ich. »Um ihn zu sehen.«

»Nein«, sagte er. »Na ja, das ist jedenfalls nicht der einzige Grund. Ich wollte euch wirklich noch mal sehen, bevor ihr wegmüsst.«

Auf dem Hügel hinter Brady waren einige Sportplätze, und ein paar Jungs spielten dort Basketball. Hier unten im Park rannten spielende Kinder an uns vorbei und lachten und schrien durcheinander. Ich sah nirgendwo Polizei, und darüber war ich froh, aber es könnte ja irgendjemand anderes Wade aus den Nachrichten erkennen und die Polizei rufen.

»Er kriegt Ärger, wenn er herkommt, nicht?«, fragte ich.

»Ich weiß es nicht«, meinte Brady. »Wir müssen abwarten.« Er blickte zum Spielplatz und zeigte auf das Kinderkarussell. Es war leer. »Soll ich euch anschieben?«, fragte er und stand auf.

Ich zog Ruby zum Spielplatz. »Sie lässt sich nur von mir anschieben«, sagte ich. »Sie mag es nicht, wenn es zu schnell wird.«

Ruby kletterte auf das Karussell und stellte sich in die Mitte. »Gut festhalten«, sagte ich.

»Nicht zu schnell«, warnte sie.

»Ich weiß.« Ich fing an, es zu drehen.

Brady kam herüber und setzte sich auf eine Bank neben eine alte Frau, die ein Buch las. Er saß da und schaute sich die anderen Leute im Park an, als würde er auf etwas warten, ohne genau zu wissen, was das sein würde.

Ein kleines Mädchen, vielleicht ein Jahr älter als Ruby, kam und stellte sich neben mich und sah zu, wie ich das Karussell drehte. »Darf ich auch drauf?«, fragte sie schließlich.

»Klar«, sagte ich. Ich hielt das Karussell an und ließ sie draufsteigen und wartete dann, bis sie sich an einer der Stangen festhielt, ehe ich anfing, es wieder zu drehen.

»Mir wird schwindelig«, rief Ruby. Sie lächelte.

»Ich dreh dich andersrum. Dann wird dir unschwindelig.«

Ich wollte Ruby anlachen, aber die ganze Zeit konnte ich nicht anders, als mir jede einzelne Person im Park anzuschauen, weil ich immer damit rechnete, Wade zu sehen. Brady saß noch immer auf der Bank und schaute sich um, und ich dachte mir, dass er wahrscheinlich auch damit rechnete, Wade zu sehen. Die alte Frau neben ihm war wohl die Großmutter des kleinen Mädchens, denn sie hatte ihr Buch auf den Schoß gelegt und schaute zu, wie ich das Karussell anschob.

Und auf einmal sah ich, wie Brady sich zu der Frau beugte und ihr irgendwas zuflüsterte. Sie wich zurück und starrte ihn kurz an, als hätte er was Unglaubliches gesagt, und dann beugte sie sich näher zu ihm. Er flüsterte ihr wieder was zu. Sie schloss das Buch und stand auf und nahm ihre Handtasche. Dann kam sie zum Karussell und packte die Stangen und bremste das Karussell ab, bis es anhielt.

»Komm«, sagte die Frau. Sie streckte dem Mädchen die Hand hin, aber das Mädchen rührte sich nicht.

»Gehen wir schon?«, fragte sie.

»Ja«, sagte die Frau.

»Aber wir sind doch gerade erst gekommen«, sagte das Mädchen.

Die Frau sah zu Brady hinüber, und dann nahm sie die Hand des Mädchens. »Es ist Zeit, wir müssen nach Hause«, sagte sie. Sie hob die Kleine auf den Arm, ohne noch etwas zu sagen, und ging mit ihr in Richtung Parkplatz. Das Mädchen fing an zu weinen, und die Frau drehte den Kopf und sah Ruby und mich an, und dann schaute sie zu Brady hinüber. Auch andere Leute sahen uns an.

»Wieso ist sie gegangen?«, fragte ich ihn.

»Keine Ahnung.«

»Was haben Sie zu ihr gesagt?«

»Nichts«, sagte er. Er lächelte, aber ich merkte, dass er mir irgendwas verschwieg.

Ich schob wieder das Karussell an, diesmal andersherum. Ruby hatte sich hingesetzt, drehte den Kopf hin und her und schaute der alten Frau nach, die das kleine Mädchen zum Auto trug. Ich hatte das Gefühl, dass eine ganze Menge Leute Ruby und mich auf einmal anstarrten, aber als ich mich umschaute, sah ich, dass ein paar von ihnen Brady anstarrten. Einer davon war ein Mann rechts von uns auf dem Hügel. Er saß auf einer Bank und hielt eine Zeitung in den Händen. Er ließ sie auf den Schoß sinken, um besser sehen zu können, obwohl er zu weit weg gewesen war, um irgendwas zu hören, was die Frau gesagt hatte. Und dann fiel mir ein Mann auf, der nicht ganz so weit weg von uns auf der Brücke über den kleinen Bach links vom Spielplatz stand. Auch er starrte Brady an. Als er sah, dass ich ihn anschaute, blickte er weg, und ich schwöre, ich sah, wie er mit sich selbst redete.

Und dann sah ich etwas, das aussah wie ein kleiner Draht, der nach oben ins Ohr des Mannes führte. Er war viel zu jung für ein Hörgerät, und sobald ich den Draht sah, kannte ich den wahren Grund, warum Brady mit uns hierher gefahren war, und ich wollte nicht glauben, dass er uns das antat, dass er Wade das antat. Aber so war es.

Ich packte eine Stange des Karussells und rannte so schnell im Kreis, wie ich konnte. Ruby schrie, es wäre zu schnell, aber ich hörte nicht auf. Sie kreischte und lachte gleichzeitig, als ich schließlich aufsprang.

Der Park sauste verschwommen an mir vorbei, und ich konnte so gerade eben Brady auf der Bank erkennen, den Mann auf dem Hügel, den auf der Brücke und all die anderen Leute, die vielleicht aus demselben Grund da waren wie diese drei.

Ruby saß noch immer, und ich kletterte zur Mitte und lehnte mich gegen eine der Stangen. Ich sah zu, wie alles vorbeiraste, und ich hob die Hand und berührte meine Nase mit jedem Finger, und dann berührte ich beide Ohren und rieb mir nacheinander über die Arme. Das machte ich, bis das Karussell langsamer wurde, und dann sprang ich runter und schob es erneut so fest an, wie ich konnte, und sprang wieder drauf und gab Wade weiter das Zeichen, das er mir gezeigt hatte.

Brady stand von der Bank auf, und er rief meinen Namen. »Was machst du denn da?«, fragte er.

Ruby lag jetzt auf dem Rücken und starrte zu mir hoch. »Schneller!«, schrie sie. Sie lachte jetzt, und sie war anscheinend überhaupt nicht mehr ängstlich. Ich auch nicht.

35

Wir sahen Wade an dem Tag nicht, und wir sahen ihn auch nicht mehr, bevor wir aus Gastonia nach Alaska abreisten. Ich weiß nicht mal mit Sicherheit, ob er an dem Nachmittag überhaupt im Lineberger Park war, aber ich stelle es mir gern vor.

In derselben Nacht, einer der letzten im Kinderheim, lag ich im Bett und begriff plötzlich, dass Wade, nachdem er uns in St. Louis zurückgelassen hatte, etwas ganz anderes gemacht hatte, als ich gedacht hatte.

Die ganze Woche hatte ich mir ausgemalt, wie er nach Westen fuhr, in die entgegengesetzte Richtung von Ruby und mir, die schwarze Tasche mit dem Geld neben sich auf dem Sitz, während er hin und her überlegte, was er als Nächstes machen sollte. Aber in Wahrheit hatte er versucht, uns zurückzubekommen.

Ich fand nicht gut, was Brady getan hatte. Er wollte uns benutzen, damit Wade von der Polizei und dem FBI und Gott weiß wem geschnappt wurde, und ich konnte ihm das auch zuerst nicht verzeihen. Aber dann fiel mir ein, dass er Wade nicht so gut kannte wie ich, und wahrscheinlich hatte er auch nie erlebt, dass sein Vater ihn zweimal verließ und beide Male zurückkam. Brady hatte gedacht, dass er für Ruby und mich das Richtige tat, obwohl ich fand, dass es falsch von ihm gewesen war.

Ein paar Tage lang war Miss Crawford in heller Aufregung, während sie unsere Sachen packte und Ruby und ich mit Bradys Hilfe ganz in Ruhe sämtliche Dinge in unserem Zimmer durchgingen und überlegten, was wir behalten und was wir anderen Kindern schenken würden, die es gebrauchen konnten: die neue Bettwäsche, die endlich einheitlich war, die Bücher auf unserem Nachttisch, die Anziehsachen im Schrank. Aber eine Sache wollte ich auf gar keinen Fall dalassen, und zwar einen von den alten Baseballs, die Wade unterschrieben hatte, bevor er uns das erste Mal verließ, als er noch dachte, er würde vielleicht eines Tages berühmt, und andere Leute wären dann stolz, wenn sie den Ball hätten. Damals hatte ich mir alle Mühe gegeben, die Unterschrift abzureiben, aber sie war noch immer da – auch wenn man sie kaum noch sehen konnte. Es war ein bisschen so, wie Wades Tochter zu sein.

Und dann waren Ruby und ich bei Moms Eltern in Anchorage. Zu Anfang lag ich dort nachts im Bett, zum ersten Mal in meinem Leben in einem Zimmer, das ich ganz für mich allein hatte, und lauschte auf fremde Stimmen aus fremden Zimmern in einem Haus, in das ich eigentlich nicht gehörte. Aber diese Stimmen sagten mir immer nur, wie froh sie waren, dass Ruby und ich jetzt bei ihnen lebten, und wie sehr ich sie an Mom erinnerte.

Aber ich machte mir nichts vor. Ich wusste, dass sie das wahrscheinlich bloß sagten, damit ich mich wie zu Hause fühlte, damit ich das Gefühl hatte, zu ihnen zu gehören. Sobald das ganze Braun aus meinen Haaren ausgewaschen und meine Sommerbräune schließlich restlos verblasst wäre, würden sie wahrscheinlich nicht mehr Mom sehen, wenn sie mich anschauten, und das war okay. Sie hatten ja noch Ruby, um sie an Mom zu erinnern. Und ich auch.

Mein Großvater hieß Nolan, und er war groß und seine Haut war noch dunkler als die von Mom und Ruby. Seine Haare waren bestimmt mal schwarz gewesen, aber jetzt waren sie silbern, und er trug einen Pferdeschwanz. Meine Großmutter hieß Barbara, und sie war das genaue Gegenteil. Als ich sie sah, wusste ich sofort, warum ich so aussah, wie ich aussah. Ihre Haut war hell wie meine, und ihre Haare hatten die gleiche rotblonde Farbe. Sie wollte, dass wir Grandma zu ihr sagten, also taten wir es. Nolan sagte, er wäre noch nicht alt genug, um ein Grandpa zu sein, und er wäre immer ganz zufrieden gewesen mit seinem Namen, also sagten wir Nolan zu ihm.

Als Ruby und ich fast einen Monat bei ihnen wohnten, ging Grandma eines Morgens nach draußen, um die Post zu holen, und kam mit einem großen Karton in mein Zimmer. Ich saß auf dem Bett und hörte CDs auf meinem Discman und machte Hausaufgaben, als ich aufschaute und sie da mit dem Karton stehen sah, über den ihre Augen so gerade eben drübergucken konnten. Sie stellte ihn auf mein

Bett und trat zurück und betrachtete ihn. Er war an Ruby und mich adressiert.

»Der kommt aus Cordova«, sagte sie. »Das ist ein paar Orte weiter. Ich kenne da niemanden und Grandpa auch nicht, glaube ich. Du etwa?«

»Ich kenne in ganz Alaska kaum jemanden«, antwortete ich.

Sie nahm eine Schere von meinem Schreibtisch und schnitt das Paketband durch und öffnete den Karton. Drinnen lag ein Briefumschlag auf Seidenpapier. Grandma nahm ihn und zog einen Brief heraus. »Soll ich ihn vorlesen?«, fragte sie.

»Klar«, sagte ich. Ich kniete mich hin, um in den Karton zu schauen.

Sie fing an zu lesen.

Liebe Easter, liebe Ruby,

dieses Geschenk soll Euch in Alaska willkommen heißen. Ich habe Euch in den Nachrichten gesehen und über Euch in der Zeitung gelesen, und es tut mir sehr leid, was Ihr durchmachen musstet. Aber ich glaube, es wird Euch hier gefallen. Alaska ist sehr sicher, und die Leute sind sehr nett und freuen sich, dass Ihr da seid. Ihr sollt wissen, dass ich für Euch beide bete.

Mit herzlichen Grüßen,
ein Freund

Aber ich hörte nur halb hin. Ich hatte nämlich schon das Seidenpapier weggezogen und gesehen, was in dem Karton war. Es war der Teddybär, den Wade für uns an dem Abend in Myrtle Beach gewonnen hatte. Ich nahm ihn aus dem Karton, hielt ihn hoch, starrte ihn an und versuchte, mir vor Grandma nicht anmerken zu lassen, dass ich den Teddy wiedererkannt hatte und genau wusste, wer ihn geschickt hatte.

»Na, das ist aber eine nette Überraschung. Was für eine freundliche Geste.«

»Kann ich den Brief sehen?«, fragte ich.

Sie gab ihn mir, und ich sah, dass er getippt war und nicht mit der Hand geschrieben.

»Deine Schwester ist draußen im Garten«, sagte sie. »Hilft Grandpa das Vogelhaus aufstellen. Ich geh sie mal holen.«

»Okay«, sagte ich, faltete den Brief zusammen und schob ihn zurück in den Umschlag. Ich lauschte auf Grandmas Schritte, die sich durch den Flur in Richtung Küche entfernten, und ich hörte, wie sie die Glasschiebetür öffnete und Ruby rief. Dann schloss sie die Tür hinter sich.

Darauf hatte ich gewartet. Ich steckte die Hand vorn in den Overall des Teddys und tastete nach dem, was ich an dem Abend in South Carolina dort versteckt hatte. Meine Finger schlossen sich um das Geldbündel, und erst, als ich es herausgezogen hatte und es sah, konnte ich wirklich glauben, dass es noch immer da war. Aber als ich es umdrehte, sah ich etwas, das vorher nicht da gewesen war.

Eins von den Tickets zu dem Spiel in St. Louis steckte unter der Banderole. Ich zog es heraus und betrachtete es. Vorne drauf war ein Bild von Mark McGwire, wie er vor dem Publikum seine Kappe zog. Ich drehte das Ticket um, und da auf der Rückseite stand in Wades krakeliger Handschrift: *Bleibt im Spiel.*

DANKSAGUNG

Ich möchte folgenden Menschen und Institutionen für ihre Freundlichkeit und Unterstützung danken:

David Highfill, meinem Lektor bei William Morrow, für seine Aufrichtigkeit, seine Geduld und seinen Weitblick.

Nat Sobel und Judith Weber, meinen Agenten bei Sobel Weber Associates, Inc. Nat, ich wünschte, ihr könntet die Zukunft der New York Jets ebenso sichern, wie ihr meine gesichert habt. Ein herzliches Dankeschön an alle anderen im Sobel-Weber-Team: Julie Stevenson, Adia Wright und Kirsten Carleton.

Den Künstlerkolonien Yaddo und MacDowell sowie der Highland Springs Farm in Wellsburg, West Virginia, wo ein großer Teil dieses Romans geschrieben und überarbeitet wurde.

All den wunderbaren Menschen bei William Morrow/Harper Collins gestern und heute: Liate Stehlik, Michael Morrison, Jessica Williams, Sharyn Rosenblum, Stephanie Kim, Abigail Tyson, Shawn Nicholls, Kimberley Chocolaad, Tavia Kowalchuk, Carla Parker, Mike Brennan, Jeanette Zwart, Doug Jones, Caitlin McCaskey, Gabriel Barrilas, Anne DeCourcey, Ian Doherty, Karen Gudmondson, Jim Hankey, Kate McCune, Cathy Schornstein, Robin Smith und natürlich Eric Svenson.

Meinen Kollegen und Studenten im MFA Program Fiction and Nonfiction an der Southern New Hampshire University.

Den Freunden und Verwandten, die Entwürfe lasen, Rat gaben, zuhörten oder alles drei taten: Cliff Cash, Amy Earnheart, Walker Barnes, Patrick Crerand, Christian Helms, Michael Jauchen, Thomas Murphy, Chatman Neely, Harry Sanford, Brian Sullivan und Reggie Scott Young.

Zuallerletzt, aber am allermeisten, danke ich Mallory Brady Cash, meiner Frau, besten Freundin und ersten Leserin: Ohne sie wäre alles nichts.

Wiley Cash

Fürchtet euch

Roman

Band 19443

Ein kleiner Ort in den Bergen North Carolinas. Der dreizehnjährige Christopher hat noch nie ein Wort gesprochen. Deshalb soll er an einem heißen Sonntag Anfang September während des Gottesdienstes geheilt werden. Doch Christopher überlebt die Zeremonie in der Kirche nicht. Und niemand aus der Gemeinde will sich zum Tod des Jungen äußern. Bis Jess, Christophers jüngerer Bruder, das Schweigen bricht, und damit alle, die ihm nahestehen, ins Verderben schickt.

»Ein Roman von geradezu hypnotischer Stärke – zutiefst erschütternd und großartig erzählt.«
The New York Times

fi 19443 / 1

Tana French
Schattenstill
Kriminalroman
Band 18882

»Was Sie über Mord wissen müssen: In neunundneunzig von hundert Fällen bricht er nicht in das Leben der Menschen ein. Sondern sie öffnen ihm die Tür.«

In Broken Harbour, einer windgepeitschten Geisterstadt voller Bauruinen, ist eine ganze Familie ausgelöscht worden. Seltsame Löcher klaffen in den Wänden ihres Hauses. Kühl und methodisch beginnt Detective Mike Kennedy mit den Ermittlungen – doch Broken Harbour zieht auch ihn erbarmungslos in sein zerstörerisches Kraftfeld.

»Tana French in Hochform: ein Meisterwerk.«
Cosmopolitan

Fischer Taschenbuch Verlag

fi 18882 / 1

Claus Probst
Nummer Zwei
Thriller
Band 19691

Brillante Psychospannung: hart, bewegend, authentisch.

Im Wald, frühmorgens: Ein Namenloser findet ein totes junges Mädchen. Behutsam trägt er die Leiche davon. Er darf das nicht. Das weiß er. Aber er muss so handeln.

Inzwischen brüstet sich ein Serienmörder der Tat. Doch nirgendwo ist eine Leiche gefunden worden. Ein riskantes Katz-und-Maus-Spiel beginnt, in dem ein Unbekannter zum entscheidenden Faktor wird – auf Leben und Tod.